Fährten

Zum Buch

Caro Winter ist für einige Wochen in England engagiert, um für einen Sammler einen Nachlass alter Bücher zu restaurieren. In einer antiquarischen Ausgabe von *Beowulf* findet sie einen Notizzettel mit einer Skizze. Datiert mit 1982 und beschriftet mit kyrillischen Buchstaben. Wurde die Bibliothek im kalten Krieg als toter Briefkasten benützt?

Neugierig geworden will sie den Inhalt entschlüsseln, doch kurz darauf ist die Zeichnung verschwunden und Caro fühlt sich seltsam erschöpft. Eine ärztliche Untersuchung bringt eine unerwartete Diagnose und Caro wird mit grundsätzlichen Fragen konfrontiert. Sie muss eine Entscheidung treffen, die ihr ganzes weiteres Leben bestimmt …

Folgeband zu „Hüllen“

Zum Autor

Alauda Roth, seit 2004 als Autorin tätig, seit 2017 freischaffend. Diverse Veröffentlichungen von Kurzgeschichten und Lyrik in Magazinen und Anthologien, mehrere Bücher im Eigenverlag Edition ANDRANN und bei BoD. Lebt mit zwei- und vierbeiniger Familie im südlichen Niederösterreich.

https://traumpfad.jimdo.com

Alauda Roth

Fährten

Roman

Bibliografische Information der Deutschen Nationalbibliothek:
Die Deutsche Nationalbibliothek verzeichnet diese Publikation in
der Deutschen Nationalbibliografie; detaillierte bibliografische
Daten sind im Internet über http://dnb.dnb.de abrufbar.

© 2019 Alauda Roth, Kirchschlag i.d. Buckligen Welt
Titelbild: Pixaby, Ceative Commons CC0

Herstellung und Verlag:
BoD – Books on Demand, Norderstedt

ISBN: 978-3-7494-2130-5

Schläfst du, Mirjam?
Mirjam, mein Kind
Ufer nur sind wir
und tief in uns rinnt
Blut von Gewesnen
zu Kommenden rollt's
Blut unsrer Väter
voll Unruh und Stolz
In uns sind Alle
Wer fühlt sich allein?
Du bist ihr Leben
ihr Leben ist dein
Mirjam, mein Leben
mein Kind, schlaf ein!

aus: Schlaflied für Mirjam
Richard Beer-Hofmann

Hindukusch – 1982

Das Zündholz zischte. Eine Flamme schoss hoch. Er hielt sie gegen die Zigarette, sog daran und stieg über den leblosen Körper.

Er vermied es, in die Blutlache zu treten, schulterte sein Maschinengewehr und drückte sich durch die Maueröffnung. Kalte Luft biss in seine Haut und er zog die Mütze tiefer. Wieder im Tageslicht durchsuchte er die Jackentaschen seiner Uniform, fand aber nur den gefalteten Lieferschein. Die Rückseite war leer.

Mit den Zähnen zog er die Kappe vom Kugelschreiber und zeichnete. Sorgfältig prüfte er die Skizze, nickte zufrieden und steckte den Zettel ein. Er würde Werkzeug brauchen, tragfähige Seile, einen Hubstapler, vielleicht auch Sprengstoff. Und er würde sich umhören müssen. So ein Fund ließ sich nicht an einer Straßenecke verkaufen. Aber er wusste schon, wen er fragen konnte: den Pastor, der hatte gute Kontakte.

Ein paar Krähen kreisten über dem Turm des Schweigens. Ein unheimlicher Ort. Er warf den Zigarettenstummel fort, schlug den Jackenkragen hoch und marschierte zum UAZ-469. Es begann zu schneien.

1

»Ich habe eine Schatzkarte gefunden«, sagte Caro.

Wie sie erwartet hatte, verzog Gabriel keine Miene. Sie lächelte. Er schwieg.

»Hallo, hallo – Verbindung unterbrochen?« Sie klopfte mit der Fingerspitze gegen den Bildschirm.

Er seufzte. »Meinst du das ernst oder metaphorisch?«

»Das kann ich noch nicht sagen. Ich kann sie nicht entziffern.«

Er verschränkte die Hände im Nacken und lehnte sich in seinem Schreibtischstuhl zurück. »Wo hast du sie gefunden?«

»In einem Buch aus dem Nachlass, den ich gerade bearbeite.« Sie zeigte ihm den roten Einband mit dem sich windenden Drachen darauf. »Professor Lambert hat es mir geschenkt.«

»Beowulf?« Er zog die Augenbrauen ein kleines Stück hoch.

»Ja. Die Übersetzung von Kennedy. Aus dem Jahr 1940. Der Professor hat es bereits. Der Zettel war gefaltet zwischen den Seiten gesteckt.« Ein kühler Luftzug ließ sie frösteln. Caro sprang auf und schloss das Fenster der Bibliothek. Die Sonne stand bereits tief.

»Wie kommst du darauf, dass es eine Schatzkarte ist?« Gabriel spielte mit einem Füllfederhalter.

»Zumindest etwas Wichtiges. Eine Skizze mit Häusern, Bergen, Straßen. Ein markiertes Gebäude und ein dilettantisch abgemaltes Relief. Alles beschriftet mit kyrillischen Buchstaben. Auf der Rückseite eine Art Auflistung. Und ein sowjetischer Militärstempel. Ich konnte nur das Datum entziffern: 14. November 1982.« Sie holte den Zettel aus einer Mappe und wendete ihn vor dem Bildschirm.

»Hm.« Gabriel runzelte die Stirn.

Caro zog eine Schnute. »Na komm. Etwas mehr Begeisterung. Wir können heute Abend gemeinsam daran herumrätseln. Wann geht dein Flug?«

»Ich kann dieses Wochenende nicht zu dir kommen«, sagte Gabriel leise.

»So plötzlich?« Caro versuchte ihre Enttäuschung zu verbergen.

»Ich musste Baris Pflegeurlaub genehmigen und übernehme den letzten Tag des Force-to-Force Trainings.«

»Was ist mit Matthäus?«

»Er ist bei seinem Vater in Ramstein. Runder Geburtstag. Das nächste Wochenende bleibe ich bis Montag in Pangbourne, okay?« Er beugte sich vor und musterte sie.

»Ja, ja – natürlich. Ich nütze die Zeit zum Arbeiten. Und am Sonntag mache ich eine Bootstour auf der Themse.« Eine bittere Welle drängte ihre Speiseröhre hoch. Sie hielt sich die Hand vor den Mund.

»Bist du krank?«

Caro schüttelte den Kopf, sprang auf und rannte ins Gästebadezimmer. Sie beugte sich über das Waschbecken, spuckte aus. Ein paar Atemzüge stand sie da, stützte sich am Rand ab. Die Übelkeit verklang. Caro trank direkt von der Leitung einen Schluck warmes Wasser und kehrte zu ihrem Laptop zurück.

Geduldig hatte Gabriel gewartet. »Schmerzt die Narbe?« Er klang besorgt. »Schmierst du noch das Heparin?«

»Damit ist alles in Ordnung. Ich habe gestern Sushi gegessen. Indisch wäre besser gewesen.« Sie lächelte. »Geht schon wieder. Ich mache gleich Schluss und koche mir Zuhause einen Pfefferminztee.«

»Zuhause?« Er zog die Brauen zusammen.

Ärgerlich erwiderte sie: »In der Pension. Fang nicht schon wieder an.«

Um 05:11 wachte sie auf und konnte nicht mehr einschlafen. Noch immer war ihr flau. Und das Gespräch mit Gabriel beschwerte ihr Fühlen zusätzlich. Dabei hatte sie sich noch am Mittwoch ein Wochenende allein gewünscht. Um eine Tolkien-Tour in Oxford zu machen, die Gabriel sicher nicht gefallen hätte. Phantastik war absolut nicht sein Thema. Dass er jetzt tatsächlich nicht kam, wurmte Caro. Den letzten Tag des Trainings hätte auch Britta übernehmen können, meistens gab es da nur eine Nachbesprechung der simulierten Kampfeinsätze.

Caro wälzte sich auf die andere Seite, umarmte die Decke, starrte auf das Display des Radioweckers. Schließlich stand sie auf und stellte sich unter die Dusche.

Mit einem frisch gebrühten Tee setzte sie sich zur geöffneten Terrassentür, schaute in den morgenblauen Garten der Pension hinaus. Ein winziger Flecken Grünland umgeben von einer Mauer, die über und über mit Clematis bewachsen war. Das *Cherry Hall Bed & Breakfast* beherbergte ein gutes Dutzend Gäste, die sich länger eingemietet hatten als für Touristen üblich. Manche hatten wie Caro einen zeitlich begrenzten Job, andere lebten aus familiären Gründen auswärts.

Im Apartment schräg gegenüber sprang Licht an. Seit gestern wohnte dort eine elegant gekleidete Iranerin, die sich bei jedem Gast persönlich vorgestellt hatte.

Caro schloss die Terassentür und holte das Buch, das ihr der Professor geschenkt hatte, vom Schreibtisch. Die Ballade war langatmig und mühsam zu lesen, mehr als der Inhalt interessierten Caro die altertümlichen Ausdrücke im Beowulf. Schon der Titel: Bienenwolf, eine Umschreibung für den Bären. In einem Heft notierte sie besonders poetische Begriffe: *yðlida* Wogengänger für Schiff, *gleo-beam* Freudenbaum für Harfe, *windgeard* Windgarten für das Meer.

Ein Poltern gegen die Eingangstür schreckte Caro auf. Vorsichtig drückte sie die Schnalle nieder und lugte auf den Gang hinaus: Zwei Männer schleppten einen zusammengerollten Teppich.

Leise schloss sie die Tür wieder und schlurfte ins Bad, band sich ihre Haare zu einem Pferdeschwanz. Verschwollene graue Augen blickten ihr aus dem Spiegel entgegen. Sie seufzte, putzte sich die Zähne und verzichtete auf Make-Up, obwohl sie blass aussah und ihre Sommersprossen wie ein Ausschlag wirkten.

Als sie sich vorbeugte, um in die Strumpfhose zu schlüpfen, schoss ein saurer Schwall ihre Speiseröhre hoch und sie schaffte es gerade noch zur Kloschüssel. Caro übergab sich bis das Würgen nichts mehr hochbrachte.

Minutenlang hockte sie am Boden und keuchte. Die Narbe über ihrer rechten Hüfte pochte. Caro drückte den Daumennagel gegen die Kuppe des Mittelfingers bis es schmerzte, endlich schob sie sich hoch. Schwankend hielt sie sich am Waschbecken fest. Tränen schossen ihr in die Augen. So elend hatte sie sich das letzte Mal nach dem Tod ihrer Mutter gefühlt. Caro schluchzte, drehte den Wasserhahn auf und klatschte sich kaltes Wasser ins Gesicht. Plötzlich knurrte ihr Magen. Rasch zog sie sich fertig an, packte ihre Handtasche und eilte in den Frühstücksraum. Alle Tische waren bereits besetzt.

Wie jeden Morgen nahm Caro lauwarmen Porridge und Birnenkompott vom Büfett. Der Geruch von gebratenem Speck reizte ihre Nase. Ihr Magen knurrte wieder. Sie stellte einen Teller auf die Schüssel mit dem Haferbrei, schlichtete kleine Würstchen, Räucherlachs und Rührei darauf. Dann schaute sie sich um: Die Iranerin saß allein an einem Tisch.

Caro nahm noch eine Kanne Kamillentee und balancierte alles zu ihr. »Guten Morgen. Darf ich mich zu Ihnen setzen?«

Samaneh lächelt und deutete auf den gegenüberliegenden Stuhl. Sonnenlicht ließ die Vorhänge hinter ihr aufblühen. Unzählige gewebte Gänseblümchen.

Mit hochgezogenen Brauen musterte Samaneh die Auswahl, die Caro getroffen hatte, nippte an ihrem Espresso und fragte: »Sie wohnen auch allein hier?«

»Ja. Ich bin beruflich in England.« Caro aß ein großes Stück Räucherlachs mit Birne.

»Oxford? Meine beiden Söhne studieren dort.«

»Nein. Ich bin Restauratorin. Ein privater Sammler hat mich engagiert, um einen Nachlass zu bearbeiten.«

»Kunstwerke?« Samaneh aß ihr Croissant mit Messer und Gabel.

»Bücher. Ich bin auf Inkunabeln und Handschriften spezialisiert.«

»Wie interessant. Sind sie verheiratet?«

Caro runzelte die Stirn. Sie vermied es tunlichst über Privates zu sprechen.

»Entschuldigen Sie«, sagte Samaneh. »Im Westen schätzen die Menschen es nicht, wenn Fremde sie nach der Familie ausfragen, nicht wahr? In meiner Kultur ist das höflich. Jeder will alles über die Familie des Gegenübers wissen. Die Verwandtschaften sind weitläufig.« Die Iranerin lächelte. Sie hatte schön geschwungene Lippen und regelmäßige blütenweiße Zähne. Kleine Fältchen umrahmten ihre dunklen Augen.

Caro erwiderte das Lächeln und antwortete: »Ja. Ich bin verheiratet. Mein Mann kommt normalerweise am Wochenende zu mir, aber diese Woche kann er nicht aus seiner Firma fort.«

»Anspruchsvoller Chef?«

»Er ist selber der Firmenchef und meint, er muss immer alles unter Kontrolle haben. Seine Angestellten nennen ihn heimlich einen großen, bösen Wolf.«

»Das kenne ich.« Samaneh kicherte. »Was für eine Fima betreibt er?«

»Eine Sicherheitsfirma. Sec4B. Hauptsächlich Veranstaltungssicherung. Bei Kongressen und Messen.«

»Ah ja. Wir besitzen im Iran eine Textilfabrik. Mein Mann reist sehr viel. Ich weiß nicht, wann er nachkommen kann. Mein älterer Sohn heiratet in zwei Monaten. Aber hier in England! Sie können sich nicht vorstellen, was es da alles zu organisieren gibt. Iranische Hochzeiten sind ein mehrtägiges Event. Schon allein die Hotelzimmer, die wir benötigen …« Sie seufzte freudig und nahm ihre Handtasche, klappte die Lasche mit dem CC-Logo hoch. Aus einem Seitenfach zog sie ein foliertes Foto und hielt es Caro hin: zwei junge Männer in Jeans, Hemd und Sakko, die Haare akkurat geschnitten; daneben zwei halbwüchsige Mädchen in bunten Kleidern, die dunklen Haare zu einem Zopf geflochten; in der Mitte Samaneh in einem traditionellen Kaftan; am Rand, zur Hälfte abgeschnitten, ein fülliger Mann im Dreiteiler mit Halbglatze und einem mächtigen grauen Schnauzbart. Samaneh nannte Caro die Namen ihrer Kinder, erzählte von ihren Eigenheiten. Caro hörte nur halbherzig zu, nickte gelegentlich höflich.

»Haben Sie Kinder?«, fragte Samaneh unvermittelt.

Caro schüttelte den Kopf. »Ich bin erst seit März verheiratet.«

»Ihre erste Ehe?«

»Ja.«

»Sie haben aber lange gewartet. Sie sind doch schon über Dreißig.« Samaneh hielt sich die Hand vor den Mund und murmelte. »Entschuldigen Sie, bitte. Das war schon wieder unpassend.«

Caro trank von ihrem Kamillentee und sagte: »Ich werde nächste Woche zweiundvierzig.«

»Oh.« Samaneh tupfte mit einer Serviette ihren Mund ab. »Was ist das Besondere an Ihrem Mann?«

»Ich kann mit ihm streiten, ohne dass ich mich vor ihm fürchten muss.« Caro lächelte und ergänzte spontan: »Und er ist sehr aufmerksam.«

»Zwei gute Argumente«, meinte Samaneh. »Sie haben Glück.«

»Ihr Englisch ist exzellent«, wechselte Caro das Thema. Sie wollte nicht weiter über Familie reden.

»Ich habe in London Ökonomie studiert«, sagte Samaneh.

»Sind Sie berufstätig?«, fragte Caro verwundert.

»Natürlich. Wie alle meine Geschwister. Auch wenn uns das neuerliche US-Embargo zu schaffen macht. Eine einzige Katastrophe ist das.« Sie rührte in ihrem Kaffee. »Mit Präsident Trump hat Saudi-Arabien wieder einen Verbündeten im Wirtschaftskrieg gegen uns. Entgegen dem Völkerrecht werden wir vom Welthandel abgeschnitten. Europa sollte sich von diesem Embargo distanzieren. Wie kann man nur die Saudis unterstützen! Die leben den Islam in seiner schlimmsten Form. Konservativ und rückständig. Sie unterstützen Dschihadisten, begehen Gräueltaten und werden trotzdem hofiert. So eine Schande.« Samanehs Gesicht hatte sich gerötet.

Caro schwieg. Politische Gespräche vermied sie noch mehr wie Äußerungen zum Privatleben.

»Leider gibt es auch in meinem Land noch immer Kriegstreiber. Als hätten wir nicht schon genug davon erlebt. Diese Männer wollen ein *Wir* fühlen können. Schulter an Schulter stehen. Damit sie in ihrem Tun einen Sinn sehen.« Sie machte eine abfällige Handbewegung. »Als wären sie alle Araber.«

»Heute früh, die Teppichlieferung … «, begann Caro.

Samaneh fiel ihr ins Wort. »Haben die Arbeiter Sie geweckt? Das tut mir wirklich leid. Der Spediteur hatte keinen anderen Termin frei.«

»Nein, nein. Kein Problem. Ich war schon wach.«

»Ein bisschen Heimat, wissen Sie? Ich bin das einfach so gewohnt. Nicht, dass die Inneneinrichtung hier geschmacklos wäre. Ich mag diese … äh … Millefleurs. Aber mit einem heimatlichen Stück ist es gleich wohnlicher. Ich habe den Teppich extra in Isfahan bestellt.«

»Sie kommen aus Isfahan?«

»Ja. Eine wunderschöne Stadt. Sie sollten einmal dorthin reisen. Zu Frühlingsbeginn, wenn der Zayandeh noch Wasser hat.« Wieder seufzte sie und rückte ihr Seidenkopftuch zurecht. »Er war einmal der schönste Fluss im Iran und hat ganzjährig Wasser geführt. Man hat ihn den ewigen Fluss genannt. Aber der Zayandeh wurde ausgebeutet. Seit ein paar Jahren ist sein Flussbett fast das ganze Jahr über trocken. Trotzdem sind die Parkanlagen an seinem Ufer auch noch im Sommer grün. Ich freue mich jeden Abend darauf mit meiner jüngsten Tochter durch die Stadt zu flanieren.«

Als Caro schwieg, sagte Samaneh eilig: »Man muss keine Angst haben in den Iran zu reisen. Fast überall ist es sicher und wir sind sehr gastfreundliche Menschen. Wirklich. Fahren Sie doch mit Ihrem Mann nach Shiraz. Das ist die Stadt der Rosen, der Nachtigallen und der Dichter. Passend für eine zweite Hochzeitsreise. Hafis Mausoleum steht in Shiraz. Er hat viel über die Liebe geschrieben.« Samaneh senkte die Lider und betrachtete ihre rotlackierten Nägel. »Ich sollte auch einmal wieder dorthin fahren. Aber mein Mann hat nie Zeit.«

Wir hatten nicht einmal eine erste Hochzeitsreise, dachte Caro, aber unsere Hochzeit war auch nur eine Notlösung. Vielleicht wurde es Zeit dafür. Gabriel würde eine Reise in den Iran sicher gefallen. Das großzügige Atrium ihrer Sicherheitsfirma, in der sie auch wohnten, durchzog ein langes Wasserbecken, in dessen weiße Bodenfliesen er einen Vers des persischen Dichters Rumi hatte einarbeiten lassen. Noch immer bewunderte sie jeden Morgen den strengen und doch lieblichen Garten. Caro hatte extra den Essplatz in ihrer gemeinsamen Wohnung umgestellt, um beim Frühstücken einen freien Blick durch die Glastüren in den Innenhof zu haben.

»Danke für den Tipp«, sagte Caro. »Vielleicht können Sie sich nächste Woche mit meinem Mann dazu unterhalten. Er schätzt die persische Kultur.«

Samaneh wirkte mit einem Mal erstarrt und Caro fragte sich, ob sie etwas Falsches gesagt hatte. »Natürlich nur, wenn es Ihnen keine Unannehmlichkeiten bereitet«, ergänzte sie rasch. Samaneh entspannte sich und nickte leicht. Caro spießte das letzte Stück Würstchen auf. Kaum hatte sie die Gabel in den Mund geschoben, kam ihr der kalte Fettgeschmack ekelhaft vor. Sie würgte, ließ die Gabel fallen und drückte sich die Serviette vor den Mund.

»Geht es Ihnen nicht gut?«

Angestrengt unterdrückte Caro den Ekel, schob mit der Zunge den Wurstbrocken in die Serviette und knüllte das Papier unter dem Tisch zusammen. »Es geht schon wieder«, ächzte sie, spürte Schweiß auf ihrer Stirn. »Wahrscheinlich komme ich verfrüht in den Wechsel.« Sie trank den restlichen Kamillentee und ihr Magen beruhigte sich.

Samaneh fixierte sie, neigte den Kopf und sagte: »Leiden sie unter Migräne? Sie sind ganz blass. Besser Sie gehen zum Arzt.«

Sie klingelte und bog bei der Kunstgalerie in Whitcurch-on-Thames ab, radelte auf der Hardwick Road aus dem Dorf hinaus. Über viele Kilometer war die Whitchurch Bridge die einzige Möglichkeit die Themse zu überqueren. Caro hatte sich kurz nach ihrer Ankunft in einem Laden in Reading ein gebrauchtes Rad besorgt, um die rund drei Kilometer nach Mapledurham zurücklegen zu können, ohne auf Fahrpläne achten zu müssen.

Der Himmel leuchtete in einem warmen Blau. Elstern zankten in den Kronen der Buchenallee. Die Baumschatten streiften die Straße, die an Feldkanten entlangführte, gesäumt von Hecken aus Weißdorn und Haselnuss. Eine aufgeräumte südenglische Landschaft wie aus einem Roman von Agatha Christie.

Die Straße endete bei der St. Magret Church, einer Kirche, die Caro an die Wehrkirchen im südlichen Niederösterreich erinnerte. Sie stieg vom Rad und schob es in Richtung Mapledurham Chazey, dem Nebengebäude von Mapledurham House. John Joseph Blount-Eyston und Lady Anne, die Besitzer des Anwesens, hatten einen Teil des einstöckigen Backsteinbaus an Caros Auftraggeber Professor Lambert vermietet.

Ein Helikopter knatterte über das Herrenhaus. Mapledurham war touristisches Kriegsgebiet. Mehrmals am Tag war das Anwesen Ziel von Rundflügen. Caro hatte sich an den Lärm gewöhnt.

Ein Team von Fotografen, Models und diversen Assistenten hatte sein Arbeitslager auf dem Rasen neben dem Pool aufgeschlagen. Ein Pärchen posierte in englischer Landhausmode vor einem dunkelgrünen Oldtimer.

Caro schüttelte den Kopf und hatte gleichzeitig Verständnis für die Vermarktungsstrategie der Familie. Ein Gebäude aus dem 16. Jahrhundert war eine Schatztruhe ohne Boden. Wenigstens stürmten derzeit keine Horden von Tagesgästen das Anwesen, da das Herrenhaus grundsaniert wurde. Caro stoppte vor dem Eingang von Mapledurham Chazey, stellte das Rad auf den Ständer.

Jemand lief ihr nach und rief: »Sie kommen zu spät.«

Caro drehte sich um. »Wie bitte?«

Ein junger Mann mit Wuschelfrisur und Hornbrille sagte atemlos: »Die Aufnahmen laufen schon. Gehen Sie gleich zur Maskenbildnerin. Ich richte inzwischen die Walking Skirts.« Er musterte sie von oben bis unten. »Blau und Grün passt Ihnen am besten. Vielleicht auch Senf.«

»Ich bin keines ihrer Model«, sagte Caro und nahm ihre Arbeitstasche vom Gepäckträger.

»So … ach … « Er fummelte sein Smartphone aus der Hemdtasche und tippte.

Caro wandte sich ab und betrat den Backsteinbau. Eine dunkel gebeizte Holztreppe führte von der Vorhalle zur Bibliothek hinauf. Der Professor hatte ihr neben der

Tür, die zum Gästebadezimmer führte, einen Arbeitsplatz einrichten lassen. Caro musste mit viel einfacheren Mitteln zurechtkommen, als sie es von ihrem Atelier zu Hause gewohnt war, aber das gediegene englische Flair des hohen Raumes, die Buntglasfenster und der Ausblick in den Park entschädigten die Umstände.

Nur noch die Kiste war übrig, aus der sie den Beowulf geschenkt bekommen hatte. Die meisten Bücher aus dem ersteigerten Lot waren in gutem Zustand gewesen, bedurften nur einer vorsichtigen Reinigung. Die letzte Charge war keine Ausnahme. Caro stapelte die Bücher in Stöße, sortierte nach Beschädigungsgrad. Sie zog die Baumwollhandschuhe aus und griff nach den blauen Latexhandschuhen, legte sie aber wieder weg, setzte sich an den Schreibtisch neben der Werkbank und fuhr den Computer hoch. Der Professor hatte ihr seine Zugangsberechtigung zu den Servern der Oxford University überlassen.

Am gestrigen Sonntag hatten Müdigkeit, Schwindel und Kopfschmerzen sie ins Bett gezwungen. Erst am frühen Abend war sie aufgestanden und hatte im Intranet der Universität gestöbert. In den Verzeichnissen der Linguistik war sie auf eine professionelle Übersetzungssoftware gestoßen.

Caro holte eine Kopie des vergilbten Zettels aus ihrer Umhängetasche. Die Skizze war mit einem schwarzen Stift gezeichnet worden, später schien jemand mit einem grünen Kugelschreiber die Zeichnungen kommentiert zu haben. In Bulgarien hatte Caro leidlich Russisch sprechen gelernt, die Lingua franca der Oststaaten. Auch wenn viele junge Leute dort inzwischen lieber Englisch lernten. Oder Chinesisch, wenn sie Pessimisten waren. Mit dem Lesen üben hatte sie sich damals aber keine Mühe gegeben. Zwar konnte sie kyrillische Buchstaben entziffern, sie verstand die Bedeutung aber nur, wenn es Lehnwörter oder Eigennamen waren.

Nach und nach tippte sie die Wörter auf dem Zettel ein und notierte alle Ergebnisse, die ihr die lexikalische Software anbot. Nachdem sie mit der Skizze fertig war, drehte sie den Zettel um und versuchte ihr Glück mit den Kürzeln des Lieferscheins: СТИ-010, ВАРВ-105, ЬIОПХ-92. Das Oxford-Programm gab keine sinnvollen Bedeutungen dafür wieder, also surfte Caro in den Weiten des Internets.

Am Ende hatte sie unzusammenhängend notiert: Feueranbeter, Widderjagd, Petroglyphe, Fund, Luftturm, hadiqarba (könnte ein Name sein), Weberei, Edwards fragen, tagkasra (ein Ort?), Kosroeows Hort (ist Kosroeow der Verfasser der Skizze?).

Für die Kürzel hatte auch die globale Suchmaschine keine Lösung angeboten. Caro schüttelte den Kopf. War das Ganze ein Code? Die Mitteilung eines Spions?

Nur ein zusammenhängender Satz stand auf dem Zettel, den der unbekannte Schreiber unter die Liste mit den Kürzeln gekritzelt hatte: *Ich sollte wachsam sein, bei dem was ich mir wünsche.*

Eine Parole? Caro belächelte sich selber. Das Erlebnis mit den Kunstdieben hat mir nicht gutgetan, dachte sie, ich sehe schon überall Geheimnisse. Sie steckte den Zettel weg. Das hier war nur eine überholte Nachricht aus dem Gestern.

Ein Zaunkönig schwirrte von Busch zu Busch. So schnell, dass ihre Augen nicht folgen konnten und es aussah, als würde er von Zauberhand versetzt. Der Kunststoff raschelte und der Vogel verschwand. Caro riss die Hülle des Sandwiches auf, schnupperte daran: Mayonnaise-Ei. Ein schnelles Mittagessen. Sie biss hungrig hinein, kaute langsam. Eine Mischung aus Rauschen und Reiben brauste über ihren Kopf. Die Zweige der Bäume bogen sich im Wind, doch die Mauer hinter der Gartenbank schützte sie vor dem Luftzug.

Die anderen Apartments im Cherry Hall schienen leer zu sein, zumindest waren überall die Vorhänge zugezogen. Bündel von Lichtflecken sprenkelten den Rasen. Caro schlüpfte aus den Sneakers, streifte die Socken ab und fuhr mit den Fußsohlen durch das sonnenwarme Gras. Nach dem letzten Bissen leckte sie über ihre Finger, wischte sich die Hände in einer Serviette ab und betrachtete das Tagebuch.

Monatelang hatte die braune Kladde in einem Karton gelegen. Dem letzten Überbleibsel aus dem Nachlass ihrer Mutter Andrea, die vor knapp einem Jahr verstorben war. Als Caro das Tagebuch ihres Vaters entdeckt hatte, war ihr erster Impuls gewesen, es zu verbrennen. Dann hatte sie es in den Karton zurückfallen lassen und in die Abstellkammer geschoben. Warum hatte ihre Mutter das bloß aufgehoben? Und wer hatte ihr es gebracht? Ihre Eltern waren bereits geschieden gewesen, als Caros Vater sich den goldenen Schuss gesetzt hatte.

Caro hatte das Heft mitgenommen, um sich ein letztes Mal mit ihrem Erzeuger auseinanderzusetzen. Ungestört von Gabriels fragenden Blicken. Und um es in England zurückzulassen. Weit weg. Aber bisher hatte sie immer eine Ausrede gefunden, um das Tagebuch nicht aufzuschlagen.

Nach einem tiefen Atemzug griff sie das Buch von der Bank, ließ die Seiten durch ihre Finger gleiten: eine quadratische Schrift, fast wie Druckbuchstaben, ab und zu flüchtige Zeichnungen. Bei der Skizze eines Lebensbaumes hielt sie inne und las:

29. Juni 1982. Der Baum hinter der Scheune ist mein Freund. Ich mag die wulstigen Narben in seiner Borke. E+H. Ein sinnloser Versuch die närrische Zuneigung des Anfangs zu verewigen. Aufgequollen als das Holz die Ritzung heilte. Auch ich kratze an Narben. Seelennarben. Relikte aus einem anderen, einem fremden Leben. Das Kind, von dem die Frau sagt es sei meines, dieses Kind – es tanzt ganz in sich versunken unter dem Baum. Eingesponnen in seine eigene Welt. War ich auch einmal so unschuldig?

Speichel sammelte sich in ihrem Mund. Caro schluckte und schluckte. Plötzlich wurde ihr übel. Sie sprang auf, lief bloßfüßig los. Presste die Hand auf den Mund. Sie schaffte es nicht mehr ins Bad.

Abrupt stoppte der Zug. Caro klammerte sich an den Haltegriff. Die roten Türen glitten zur Seite, eine Menschenflut schwemmte sie auf den Bahnsteig der Station Reading. Unzählige Pendler überholten sie mit eiligen Schritten. In Gedanken schlenderte Caro zum Ausgang des Bahnhofes. Auf dem Weg zum Abbey Medical Centre achtete sie kaum auf die Umgebung.

Bei der Online-Anmeldung hatte sie eine Anamnese ausfüllen müssen. Und sich dabei genauer mit ihrem Befinden auseinandergesetzt. Mit den Gedanken, die seit ein paar Tagen in ihrem Hinterkopf lauerten: War ihre Leber schuld? Ihr Bauchfell? Eine Spätfolge der Operation? Man hatte sie geheilt entlassen, aber auch Ärzte irrten.

Von der Anmeldung aus schickte eine junge dunkelhäutige Frau Caro gleich weiter zu einem EKG und einer Blutabnahme. Nachdem die Krankenschwester einige Röhrchen abgezapft hatte, drückte sie Caro einen Harnbecher in die Hand und sagte: »Am Schalter abgeben. Bleiben Sie zur Befundbesprechung gleich hier?«

»Wie lange wird die Analyse dauern?«

»Rund zwei Stunden.«

Caro bejahte und wanderte in den schlichten Warteraum zurück. Von einem Automaten holte sie sich Kaffee und Wasser, schließlich zog sie den Beowulf aus ihrer Umhängetasche und las weiter die Stabreime: *Ýrse wœs Onelas cwén, Heaðo-Scilfingas healsgebedda.* Yrse, die war Onelas Königin, des kampferprobten Schweden sanfte Bettgenossin.

»Ihr EKG, die Harnwerte und ihr großes Blutbild sind in Ordnung. Auch die Leberwerte. Kein Grund sich Sorgen zu machen«, sagte Doktor Laurence und drehte sich vom Bildschirm zu ihr hin. Caro schnaufte erleichtert und hatte das Gefühl zu sabbern. Sie verfluchte den unseligen Speichelfluss und dachte: Ich werde einfach alt. Sie zog die Umhängetasche heran, kramte, fand im Durcheinander aus Kleinzeug ein loses Papiertaschentuch und tupfte sich ihre Mundwinkel ab.

Der Arzt verschränkte die Hände. »Sie haben das Gefühl krank zu sein? Warum?«

»Ich hatte im Frühjahr eine Verletzung im Oberbauch. Wenn es das nicht ist – komme ich vielleicht in einen verfrühten Wechsel?«

Doktor Laurence lächelte und fragte: »Womit verhüten Sie denn? Pille? Hormonspirale?«

»Wie bitte?« Sie knüllte das Taschentuch zusammen.

»Sie sind verheiratet, also gehe ich davon aus, dass Sie zumindest gelegentlich Sex haben.«

»Ich … ich … nein, wir verhüten nicht.«

»Warum nicht? Wollen Sie noch Kinder?«

»Ich … äh … « Caro schaute hilflos auf ihre Finger, fasste sich dann und antwortete: »Ich bin unfruchtbar.«

Interessiert musterte er sie. »Wie kommen Sie darauf?«

Caro seufzte. »Ich habe einige Jahre mit einem Mann zusammengelebt, mit dem ich eine Familie gründen wollte, aber es hat nicht geklappt. Er hat gemeint, es würde an mir liegen, weil er bereits einen ungewollten Volltreffer hatte. Sein Sohn ist zehn Jahre alt und mein Ex hat sich jeden Monat über die Alimentationszahlung beschwert.«

Der Arzt grinste. »Er zahlt wahrscheinlich für ein Kuckuckskind.«

Verdutzt starrte Caro ihn an.

»Mit Ihnen ist gesundheitlich wirklich alles bestens, Frau Winter«, der Arzt hielt ihr den Ausdruck des Befundes hin. »Gratulation. Sie sind schwanger. Sie sollten möglichst bald einen Gynäkologen aufsuchen.«

Caro ließ ihre Tasche fallen und begann zu weinen.

Wortfetzen wirbelten in ihrem Kopf. Kein Gedanke ließ sich daraus formen. Wie ferngesteuert betrat Caro eine Apotheke, hielt dem Pharmazeuten die Verordnung hin: ein Ingwerpräparat, das ihr Doktor Laurence gegen die Übelkeit verschrieben hatte. Wortlos verließ sie den Laden, schlich zum Bahnhof. Sie stierte die Gleise an, während sie auf den Zug wartete. Silberne Linien, die sich erst in der Unendlichkeit trafen.

Erstarrt rüttelte sie im GWR-Wagon von Reading nach Pangbourne. Erst kurz vor der Pension verfestigten sich die Fragen: Soll ich das Kind bekommen? Was wird Gabriel sagen?

Auf der Schwelle vom Cherry Hall blieb sie stehen. Ihr graute vor dem leeren Apartment. Spontan ging sie weiter, querte den Kreisverkehr der Reading Street und betrat das Garden Café. Ohne ihren Dufflecoat auszuziehen, ließ sie sich auf einen der blau bezogenen Stühle plumpsen, starrte durch die Auslagenscheibe auf die

Straße hinaus. Aus dem grauen Himmel begann es zu regnen.

Die Kellnerin legte ihr eine Speisekarte hin. Caro bestellte Pancake und Afternoon-Tea. Ein Holzschild über der Tee-Theke gab ihr den Rat: *When Life gives you lemons make lemonade.* Nachdem das Omelett mit der Beerenmischung vor ihr stand, goss Caro reichlich Ahornsirup darüber.

Nachdenklich stocherte sie im Fladenkuchen. Wie hatte Gabriel einmal gesagt: »Es muss von mir nichts bleiben, ich will im Jetzt etwas bewirken.« Zwar hatten sie damals nicht über Kinder gesprochen, aber im weitesten Sinne gehörte dieses Thema auch dazu.

Für ihren Geburtstag hatte er einen Tisch in einem schicken Restaurant reserviert. Eigentlich sollte sie morgen nachmittags mit dem Zug nach London fahren und er würde sie in Paddington abholen. Im Moment verspürte Caro absolut keine Lust auf einen romantischen Abend zu zweit. Wie sollte sie bloß ihre Schwangerschaft ansprechen? Den Cocktail ablehnen und einfach damit herausplatzen?

Auf der Straße eilte eine klatschnasse Frau mit Kinderwagen vorbei, die Öffnung der Babykarre mit einer durchsichtigen Plane abgedeckt. Gegenüber verfrachtete eine zierliche Person ein strampelndes Kind in den Kindersitz eines Kleinwagens. Caro wandte sich ab. Am Ende der Theke des Kaffeehauses war ein Laufstall aufgebaut, ein hohes weißes Gitter hielt zwei Jungen beim Spielzeug. Die Mütter tratschten an einem Tisch daneben.

Genervt senkte Caro den Blick, starrte auf ihren Teller mit dem zerwühlten Pancake. Was wäre, wenn sie gar nichts sagen würde? Wenn sie einfach in einer Klinik einchecken würde? Zwei Tage müssten reichen. Ein

Kind – das war so endgültig. Damit wäre ihre Zukunft entschieden. Sie hätte keine andere Option mehr als das Leben zu führen, das Gabriel ihr bot: die Firma mit der Wohnung und dem Atelier; die genauen Zeitabläufe, auf die Gabriel Wert legte; die provinzielle Enge von Wiener Neustadt; die Pflichten, die unweigerlich mit einer Familie verbunden waren.

Ihre Ehe war ein fragiles Fragment. Eine empfindliche Pflanze, getrieben aus dem kargen Boden der Vergeltung. Ein Konglomerat aus Gefühlen, das sie nicht wirklich verstand. Ihre Ehe war ihr zugestoßen.

Liebte sie Gabriel oder schätzte sie nur seine Fürsorge? Seine zuverlässige und entschlossene Art? Aber wenn daraus Besitzanspruch wurde?

Die Gabel fiel ihr aus den Fingern. Sie schob den Teller weg und rief nach der Kellnerin, um zu zahlen. Noch nie hatte sie ihre Mutter so sehr vermisst wie in diesem Moment. Gleichzeitig verfluchte sie ihren armseligen Vater – er hatte Andreas ganzes Leben verdorben.

Der graue Mann rempelte sie an und entschuldigte sich nicht. Er eilte weiter. Sie hatte ihn noch nie im Cherry Hall gesehen. Caro warf ihm einen Blick nach. Er verschwand im Frühstücksraum. Wo war er hergekommen?

Um die Ecke lag nur noch ein kurzer Gang. Die einzige Tür führte in ihr Apartment. War der Mann von dort gekommen? Sie lief zur Wohnungstür. Nichts lag davor. Rasch sperrte Caro auf und schaute sich um. Alles schien unverändert.

2

Freitag, der zwölfte. Der Wecker schrillte. Caro schlug auf die Stumm-Taste und zog sich die Decke über den Kopf. Döste und döste. Gegen Mittag schickte sie eine SMS an Gabriel und sagte das Rendezvous in London ab. Sie wartete nicht auf seine Antwort, sondern schaltete das Smartphone aus. Nach einer kurzen Dusche und einem Thunfischsalat, den sie sich in der Kochnische zubereitet hatte, kroch sie wieder ins Bett, vertrieb sich die Zeit mit Channel-Jumping, blieb bei einer Dokumentation über Chinas neue Seidenstraße hängen: brutale Bauprojekte, mit denen das Land der Mitte nach dem Westen griff. In Ländern, die sich auf Gedeih und Verderb beim Himmelsdrachen verschuldeten. Irgendwann schlief sie wieder ein und schreckte auf, als sich ein Schatten über sie beugte. Sie quietschte erschrocken.

»Bist du krank?«, fragte Gabriel. Er hatte noch seinen Trenchcoat an.

Erleichtert atmete Caro aus. »Nein. Nur schrecklich schlafbedürftig.« Sie streckte die Arme aus. Er setzte sich auf die Bettkante, beugte sich vor und küsste sie.

»Ich habe Abendessen mitgebracht«, sagte er, als sie ihn losließ. Gabriel stand auf und zog seinen Mantel aus.

Caro stützte sich am Ellbogen auf. »Bist du enttäuscht?«

»Enttäuscht?«

»Wegen des Abends in London.«

»Nein. Es ist dein Geburtstag.« Er deckte den Tisch, holte Kartonboxen aus einer Tragetasche. »Ein Glas Champagner?«

Caro schüttelte den Kopf und schlug die Decke zurück. »Nur Wasser – bitte.« Sie setzte sich an den Esstisch. Er zuckte mit den Achseln und legte die Flasche in den Kühlschrank, holte dafür Mineralwasser. In den dunklen Fenstern zum Garten spiegelten sich ihre Konturen: Gabriel im dunklen Anzug, glattrasiert, mit sauber geschnittener Kurzhaarfrisur; sie im Schlabberlook, bloßfüßig und mit zerrauften Haaren.

Caro lief ins Badezimmer, frisierte sich und flocht die rotblonden Strähnen zu einem Zopf. Danach schlüpfte sie in ein Leinenkleid, das zum Lüften am Handtuchständer baumelte. Als sie zurückkam, hatte Gabriel Hors-d'œuvre auf eine Platte geschlichtet und eine rechteckige Schachtel mit blauer Masche neben ihren Teller gestellt.

Sie nahm den Deckel ab. »Ein Smartphone? Ich habe doch eines.«

»Schönen Gruß von Britta. Dieses hat ein paar Sonderfunktionen. Wenn du *nach Hause* kommst, wird sie es dir erklären.«

Die Betonung ließ sie aufschauen: Gabriel aß eine Lachspastete und wirkte entspannt. Caro schob das Smartphone zur Seite und nahm ein paar Häppchen von der Anrichteplatte. Sie steckte ein Blätterteiggebäck in den Mund. Gabriel wählte das Gleiche, er aß die Teigtasche sorgfältig mit Messer und Gabel. Noch nie hatte Caro gesehen, dass er Essen mit den Fingern anfasste. Selbst einen Apfel verzehrte er mit Besteck.

Gabriel wischte sich die Hände an einer Papierserviette ab, griff in die Außentasche seines Sakkos und holte eine satinierte Schachtel heraus. »Alles Gute zum Geburtstag.«

»Schmuck?«

Er nickte. »Du hast alles, was du hattest, für die Bronzestatue hergegeben.«

»Hat Peter getratscht?«

Gabriel schmunzelte. »Dein alter Freund ist ein liebenswürdiger Mensch.«

»Er redet zu viel.« Caro klappte die Schachtel auf. Mittig am Samtkissen lag eine Brosche: ein goldener Paradiesvogel mit blau emailliertem Gefieder und rubinroten Augen. Goldschmiedekunst aus dem Art Déco.

»Vielen Dank. Sie ist wunderschön.« Sie warf ihm eine Kusshand zu und steckte die Brosche an ihr Kleid. »Gabriel?«

»Ja?«

»Ich … ich …« Sie fand die richtigen Worte einfach nicht. »Besuchst du manchmal deine Schwägerin?«

»Mercedes? Wie kommst du denn jetzt auf sie?«

»Deine beiden Nichten. Sie sind vier und fünf Jahre alt, nicht wahr? Kennst du sie?«

»Nein.«

»Warum nicht?«

»Erstens sind es kleine Kinder. Zweitens müsste ich mich mit meinem Bruder auseinandersetzen.«

»Hm.«

»Warum fragst du?« Gabriel betrachtete sie gespannt.

»Wegen Weihnachten«, murmelte Caro.

»Sie sind immer bei meinen Eltern eingeladen und ein Weihnachtsfest dort würde ich dir nicht zumuten.«

»Mir nicht oder dir nicht?«

»Ich habe dich nicht für jemanden gehalten, der zu Familienfesten will.«

»Will ich auch nicht. Es ist nur wegen deiner Mutter.«

»Sie hat es sich so ausgesucht«, sagte er kühl.

»Bist du gerade fatalistisch?«

»Nur realistisch.«

»Was würde deine Meinung ändern?«

»Wenn meine Mutter einmal eine Entscheidung treffen würde, ohne vorher ihren Mann zu fragen.« Er nahm seine Serviette und begann einen Vogel zu falten.

Sie beobachtete die geschickten Bewegungen seiner Finger. »Nun – das eint uns. Die Verachtung für unsere Erzeuger.«

Gabriel wirkte plötzlich äußerst angespannt. Er presste hervor: »Manchmal denke ich, er ist nicht mein leiblicher Vater und er weiß das. Deshalb bestraft er uns. Und meine Mutter erträgt die Umstände, weil sie sich schuldig fühlt.«

Sein Smartphone schrillte. Caro verstummte. Der richtige Moment war verflogen. Vielleicht ergab sich morgen eine bessere Gelegenheit.

Gabriel betrachtete das Display. »Da muss ich ran«, murmelte er, griff das Gerät und marschierte auf die Terrasse.

Caro räumte das Geschirr fort, wischte den Tisch ab. Sie gähnte und schaute zu Gabriel hinaus. Im Licht der Außenlampe marschierte er auf und ab. Insekten umschwirrten die Glühbirne. Ein tödlicher Tanz bis zur Erschöpfung. Das Telefonat zog sich hin. Einzelne seiner Worte drangen durch den Türspalt herein, wenn er daran vorbeiging: » … Lastwagen … Pass … Bericht … unklar … Alain, gut … schon klar … Kopien … «

Caro schlurfte ins Bad, wechselte das Kleid gegen Schlafshirt und Socken, putzte sich die Zähne. Als sie sich niederlegte, kam er wieder herein, legte sein Smartphone auf den Nachttisch, sagte aber nichts zu dem Gespräch. Er verschwand im Badezimmer.

Fast war sie eingeschlafen, als das Bett federte. Gabriel rutschte an ihre Seite und liebkoste ihre Schulter, küsste ihren Nacken.

»Ich bin müde«, murmelte sie.

»Schade«, sagte Gabriel, strich ihr über die Wange. »Schlaf gut.« Kurz darauf wurden seine Atemzüge tief und gleichmäßig. Sie beneidete ihn darum, sofort einschlafen zu können. Eine Fähigkeit aus seiner Soldatenzeit. So sehr seine Körperwärme sie sonst beruhigte, so sehr empfand sie jetzt schlechtes Gewissen.

Ein See schwebt im Himmel. Alles ist gleißend, flirrend. Ihre Kehle ist trocken. Steine knistern unter der gnadenlosen Sonne. Eine verzerrte Gestalt materialisiert im See über der Wüste. Oder sind es zwei? Sie ist grenzenlos durstig, doch sie muss ausharren.

Caro schreckte hoch, hustete, wälzte sich aus dem Bett. Im Dunkeln tappte sie ins Badezimmer, trank direkt vom Wasserhahn. Schließlich lehnte sie den Kopf gegen die Fliesen und weinte.

Nur noch zwei Tische waren frei. Der Wochenend-Brunch im Cherry Hall war beliebt. Als Caro den Frühstücksraum betrat, stand Samaneh bereits bei der Anrichte mit den warmen Getränken und füllte eine Teekanne. Caro nahm eine Kräuterteemischung und stellte ihr Gabriel vor. Er begrüßte Samaneh in ihrer Sprache und erntete zur höflichen Antwort einen verwunderten Blick der Iranerin. Gabriel schob die Ärmel seines Sweaters hoch und stellte eine Tasse in die Espressomaschine. Samaneh starrte auf die Tätowierung an seinem Unterarm und ließ eine Serviette fallen. Er beugte sich vor und hob sie auf. Samaneh wurde blass und wich zurück. Sie nahm eine neue Serviette, balancierte ihren Tee zu dem Tisch neben der Tür, den normalerweise alle Gäste wegen der Zugluft mieden.

»Trägst du den Taurus?«, flüsterte Caro.

Gabriel drückte eine Taste der Espressomaschine. »Du weißt, dass ich das immer mache.«

»Ich denke, die Waffe hat sie irritiert.«

»Das kann ich nicht ändern«, antwortete er ungerührt, stapelte Speck und Rührei auf einen Teller, trug alles zum freien Tisch neben dem Kamin. Er setzte sich mit dem Rücken zur Wand.

Im Nebenraum lief ein Fernseher. In den Nachrichten wurde über den Hurrican Michael berichtet, der gerade die Küste von Florida traf. Ein Reporter stemmte sich in den Sturm.

Caro biss in ein Vollkornbrot mit Käse. Kauend fragte sie: »Du sprichst Farsi?«

»Ja. Ich wollte zur ISAF wechseln. Der Marschbefehl war bereits ausgestellt und der Flug nach Kandahar terminisiert.«

»Und dann passierte Albanien?«

Er nickte. »Danach war nur noch Innendienst im Oberkommando in Wiener Neustadt möglich.«

»Bereust du deinen Abschied manchmal?«

»Nein.« Hart und schnell. Damit war das Thema für ihn beendet.

Samaneh ging zum Büffet. Caro stand auf und schlenderte zur Kuchenplatte. Eine Geruchsexplosion von Vanille, Zimt und Butter. Ihre Hand mit der Greifzange schwebte über den Süßigkeiten: Schokocroissant, Nusskuchen, Erdbeertörtchen, Cremeschnitte, Apfeltarte. Sie konnte sich nicht entscheiden. Die Iranerin drehte sich um und nickte ihr zu.

Freundlich sagte Caro: »Wollen Sie nicht doch an unseren Tisch kommen?«

Samaneh räusperte sich und sah sich vorsichtig um.

»Stimmt etwas nicht?«, fragte Caro.

»Ich will Sie nicht stören.«

»Sie stören nicht.«

Betreten zupfte Samaneh an ihrem Kopftuch. »Bitte – missverstehen Sie mich nicht – aber ich kann mich heute nicht zu Ihnen setzen.«

Erstaunt hob Caro die Brauen. »Ist es wegen meines Mannes?«

Samaneh seufzte und antwortete leise: »Ihr Mann – ich kenne solche Männer. Sie sind eisern. Geschmiedet im Kampf. Ich habe Angst vor solchen wie ihm.«

»Das müssen Sie nicht. Gabriel war Kommandosoldat im Kosovo. Beim NATO-Einsatz. Aber das ist über zehn Jahre her«, versuchte Caro zu erklären.

Samaneh senkte ihre Stimme zu einem Flüstern. »Er trägt einen Schatten mit sich. Aus einem vergangenen Leben.«

Kopfschüttelnd sagte Caro: »Er ist bei seinem letzten Militäreinsatz schwer verletzt worden. Seine Mimik ist beeinträchtigt. Das gleicht er durch Selbstdisziplin aus. Und er spricht sehr steif. Das irritiert manche Menschen, wenn sie ihn kennenlernen.«

»Das meine ich nicht.« Samaneh lugte zum Kamin hinüber. »Solche Männer kommen mit dem Nordwind. Sie atmen Feuer. Sie sind unbeirrbar.«

»Deshalb bin ich zu ihm gegangen.« Caro lächelte.

»Es geht mich nichts an, wirklich, aber ich kann Sie gut leiden. Darf ich Ihnen einen Rat geben?«

Caro verzog das Gesicht, sagte aber höflich: »Selbstverständlich.«

»Geben Sie gut acht. Solche Männer sind schlechte Väter. Krieger zeugen immer nur neue Krieger. Und die Mütter trauern.«

Wie falsch Samaneh liegt, dachte Caro, nickte aber nur, nahm einen Nusskuchen und wandte sich ab.

»Komm her, Nordmann«, sagte Caro und grinste. Sie lagerte die Füße hoch und klopfte auf das Chippendale-Sofa. Sie waren den ganzen Nachmittag in Oxford unterwegs gewesen und sie verfluchte die neuen Schuhe.

Noch feucht vom Duschen kam Gabriel ihrer Aufforderung nach. »Bin ich vom Wolf zum Wikinger befördert worden?«

»Warst du denn je auf Viking?« Sie kitzelte ihn erfolglos.

»Ich habe keine Dörfer oder Klöster überfallen, wenn du das meinst. Und die reguläre Beute war bei den Auslandseinsätzen eher bescheiden.«

Caro lachte. »Hast du keine empfindliche Stelle?«

»Schon. Aber die ist im Moment bekleidet.«

»Das können wir gleich ändern.« Sie zog am Gummi seiner Shorts.

»Nicht so eilig, Frau Winter«, sagte er und hielt sie fest. Sie kicherte und versuchte sich erfolglos zu befreien. Der Druck auf ihren Oberkörper nahm ihr den Atem, sie würgte. Gabriel ließ sie sofort los. »Alles in Ordnung?«

»Ja, ja – ich habe nur zu viel gegessen.«

Er legte den Arm um ihre Schultern und zog sie sachte an sich, streichelte ihren Nacken. Die Übelkeit flaute ab. Caro verschränkte ihre Finger in seinen. »Ich muss dir etwas Wichtiges sagen.«

»So ernst plötzlich?«

»Wirklich. Es ist wichtig. Lebensentscheidend, sozusagen.« Sie holte tief Luft. »Es ist so …«

Er hob die Hand. »Halt. Nicht jetzt.«

»Wie bitte?«

»In fünf Minuten habe ich eine Videokonferenz, die ich nicht verschieben kann. Wenn es wirklich so wichtig ist, reden wir nachher darüber. In Ruhe. Okay?«

»Da kommst du jetzt drauf?« Sie schmollte.

»Ich kann mir keine regulären Arbeitszeiten leisten. Seit wann hast du ein Problem damit?«

»Unsere gemeinsame Zeit ist gerade ziemlich begrenzt.« Sie wand sich aus seiner Umarmung.

Er verschränkte die Arme. »*Du* wolltest nach England.«

»Auch *ich* habe einen Beruf. Ich brauche das hier für meine Reputation. Mein Atelier etabliert sich nicht von selber.« Sie stand auf. Ihre gute Laune war verflogen.

Gabriel zuckte mit den Schultern, ging ins Schlafzimmer und zog sich an. Danach setzte er sich an den Esstisch, klappte seinen Laptop auf und steckte ein Headset an.

Caro nahm ihr neues Smartphone und schrieb eine SMS an Harry: *The Swan? Half an hour?*

Die Antwort kam prompt: *See you!*

Gabriel skypte bereits. Aus ihrer Umhängetasche nahm Caro einen Zettel, schrieb eine Notiz darauf, klebte das gelbe Stück Papier hinter seinem Laptop auf die Tischplatte und schlug die Tür hinter sich zu.

Gemächlich tuckerte ein Kabinenboot vorbei, teilte mit seinem Rumpf das graugrüne Wasser der Themse. Erste Nachtfalter umschwirrten Lampen in eisernen Körben, die an gebogenen Stehern montiert waren. Licht in Käfigen. Noch war es warm genug, um auf der Terrasse zu sitzen. Ein leichter Luftzug spielte mit kleinen britischen Flaggen, die am alten Gemäuer des Pubs befestigt waren. Caro schob ihren Stuhl zurück, lehnte sich an die schwarzlackierte Balustrade. Reflexe tanzten über das dämmerige Wasser.

Der Kellner stellte ihr eine alkoholfreie Pina Colada und Chips hin. Gedankenverloren nahm sie ein Kartoffelstück, tauchte es in den Ananascocktail und steckte es in den Mund. Dann nahm sie ein zweites. Drei Teenager fläzten sich an den Tisch neben ihr. Ein flachsiger Junge mit pickeligem Gesicht, ein blondes Mädchen mit schwarzgerahmter Brille und ein Mädchen mit pinkfarbenen Ponyfransen. Ihr Mini-Schottenrock hatte die gleiche Farbe.

Der Junge wischte auf seinem Smartphone, hielt das Display dem blonden Mädchen hin. »Da schau. Lance war auch da.«

»Du hast ihn fotografiert. Gefällt er dir etwa?«

»Warum nicht? Bisschen Bi geht immer.« Er kicherte.

»Aber doch nicht der«, sagte das pinke Mädchen und tippte eifrig auf dem Display ihres Telefons.

»Wieso?«

»Der meint doch, er sei ein Torpedomann. *Männliche Energie muss wiederentdeckt werden*, hat er letztens großspurig von sich gegeben.«

Das blonde Mädchen wickelte eine Strähne um ihren Finger. »Und abends gleich Sophie angebaggert.«

»Die Musikerin?«

»Hat es gewirkt?«, fragte das Rockmädchen.

»Anscheinend.« Sie knipste ein Selfie.

»Nimm dir ein Beispiel. So kommst du zu was.«

Der Junge winkte ab. »Bevor ich *so* bin – da bin ich lieber ein unterfickter Lauch.«

»Zu mir hat er letztens *Pussy* gesagt«, bemerkte das Mädchen in Pink.

»Du solltest ihn vornehm zurückbeleidigen.«

»Das versteht der nicht. Lance begreift nur, wenn's weh tut. Das ist für ihn voll machomäßig.«

»Jemanden in die Fresse hauen ist nicht männlich. Das können Frauen auch«, sagte der Junge.

»Was ist dann männlich?«

»Angeln.« Er trank von seinem Bier und filmte den Fluss.

»Ist eh ein überholtes Konzept diese Mann-Frau-Kiste«, sagte das pinke Mädchen und fotografierte ihr Essen.

Blondie winkte ab. »Täusch dich nicht. Die alten Werte kommen wieder. Familie, Heim und Herd. Ätzend.«

»Manche Männer freuen sich auch über die Gleichberechtigung. Endlich sind sie von der klassischen Rolle als Eroberer und Ernährer befreit«, dozierte der Junge.

»Ja, alles Waschlappen. Yoga, vegan und ständig am nächsten Selbstfindungstrip«, motzte das blonde Mädchen und zeigte dem Jungen etwas auf ihrem Smartphone. Das Mädchen in Pink lugte hinüber. Die jungen Leute wechselten das Thema, diskutierten in schnellem Englisch über den Brexit. Caro hörte nicht mehr zu, konzentrierte sich auf den inzwischen nachtdunklen Fluss. Die Spiegelungen der Lampen tanzten wie Irrlichter in der Strömung.

Atemlos trottete Harry auf die Terrasse. »Sorry, Bus versäumt.«

»Schon okay«, sagte Caro.

Er strich sich die dunklen Locken zurück, lächelte und bestellt noch im Stehen einen spanischen Rotwein. Harry war ein Uni-Assistent, der tageweise mit ihr an dem Nachlass arbeitete, die Bücher katalogisierte. Normalerweise unterstützte er Professor Lambert am Institut für englische Literatur und Caro hatte sich anfangs gewundert, warum er sich mit Katalogisieren abgab, war aber zu höflich gewesen, um sich zu erkundigen. Harry blickte sie fragend an.

»Wie bitte?«, sagte Caro.

»Bestellst du auch Essen?«, wiederholte er seine Frage.

»Mir genügen die Chips.«

»Hm.« Er studierte die Speisekarte.

Caro spielte mit einem Papiertaschentuch, zupfte Stücke ab und formte sie zu kleinen Kugeln. Harry bestellte gegrillten Fisch und sie zog ihr Notizbuch aus der Handtasche, schlug die Seite mit den Wörtern vom Lieferschein auf, hielt sie ihm hin. »Sagt dir das etwas?«

Mit gerunzelter Stirn studierte er die Begriffe. »Löst du gerade ein Kreuzworträtsel? Widderjagd, Petroglyphe, Fund, Weberei, Edwards. Das klingt für mich eindeutig. Luftturm könnte eine Aussichtswarte sein oder ein Funkmast, Kosroeows Hort klingt nach einem Kinderheim – oder einem Schatz? Hadiqarba und tagkasra sagt mir gar nichts. Feueranbeter habe ich schon gehört, das sind Zoroastrier.«

Caro nahm das Notizbuch wieder an sich und wiegte den Kopf. Er missverstand ihre Geste und erklärte: »Angehörige einer persischen Religion. Älter als der Islam. Auch älter als das Judentum. Sie wurden unter …«

Ungeduldig wedelte Caro mit der Hand. »Ich weiß, was Zoroastrier sind.«

»Prüfst du mich gerade?« Seine braunen Augen lächelten. Lange Wimpern gaben seinem Blick einen melancholischen Ausdruck.

Unbestimmt antwortete Caro: »Das gehört nur zu einer Übersetzung. Russische Literatur. Ich übe gerade an einem Roman meine Sprachkenntnisse.«

Der Kellner brachte den Fisch und Harry filetierte ihn sachgerecht. »Ah ja. Die Russen. Tolle Geschichten, dramatisch und tiefsinnig, wenn auch manchmal ein wenig langatmig.« Als Caro nichts sagte, fuhr er fort. »Schon Horaz hat gemeint: Literatur soll nutzen und erfreuen. Durch einen Protagonisten erlebt der Leser stellvertretend Liebe, Abenteuer oder Sieg. Welchen Autor ...«

Caro wollte nicht, dass er nach dem imaginären Buch fragte und unterbrach ihn: »Welcher Roman gefällt dir denn besonders?«

Kauend dachte er eine Weile nach, schließlich sagte er: »Wenn ich mir nur einen Titel aus einer Bibliothek aussuchen könnte, würde ich *Besessen* wählen.«

Natürlich, dachte Caro, was sonst, sagte aber nichts.

»Wie hat Dame Byatt einmal so schön gesagt: Das Erzählen gehört zur menschlichen Natur wie das Atmen. Die modernistische Literatur versucht sich darüber hinwegzusetzen, weil man es für vulgär hält zu unterhalten und ersetzt den Erzählstrang durch Rückblenden und Bewusstseinsströme. Doch wir können dem Geschichtenerzählen nicht entfliehen, es ist uns immanent.« Harry war in seinem Element und fuchtelte mit dem Besteck als würde er seine Worte dirigieren. »Wir sind alle wie Scheherezade zu Tode verurteilt und wir alle stellen uns das Leben als Erzählung vor – mit einem Anfang, einem Mittelteil und einem Ende.«

Mitten in der Bewegung gefror seine Gestik. Mit offenem Mund starrte er auf einen Punkt über Caros Kopf. Auf jemanden, der hinter ihr stand. Sie wusste: das war Gabriel.

Ohne Harrys Reaktion zu beachten, beugte Caro sich vor und säuselte: »Wie interessant. Hast du sie persönlich kennengelernt?« Sie zwinkerte ihm zu.

Gabriel setzte sich. Caro missachtete ihn. Verwirrt schaute Harry zwischen ihnen hin und her. Gabriel hielt ihm die Hand hin und stellte sich vor.

»Ah ja«, sagte Harry und legte das Besteck fort. »Ich habe schon von Ihnen gehört.«

»Haben Sie? Dann ist es ja gut«, erwiderte Gabriel frostig.

»Schön, dass du endlich Zeit hast.« Caro winkte dem Kellner und bestellte ein Mineralwasser, Gabriel nahm einen Veggie-Drink.

»Sie arbeiten im Sicherheitsgewerbe?«, fragte Harry. Es klang geringschätzig und Caro ärgerte sich.

Gabriels blassblaue Augen fixierten Harry. Den Ausdruck kannte Caro nur zu gut und er verfehlte nie seine Wirkung. Hektisch trank Harry seinen Rotwein aus.

»Ich habe noch eine Verabredung«, log er, schob den Stuhl zurück, packte seinen Mantel und verschwand.

»Echt jetzt?«, maulte Caro.

Gabriels Mundwinkel zuckten. Er nippte an seinem Karotten-Smoothie und nahm eine Handvoll Chips aus dem Körbchen.

»Manchmal bist du unmöglich«, schimpfte Caro. »Harry ist herzig. Unsere Verabredung ist ganz harmlos.«

»Sagt auch die Schlange zur Maus«, ergänzte Gabriel und knabberte.

Zuerst schaute sie verblüfft, dann grapschte Caro die letzten Chips und lachte.

Nimrod von Edward Elgar tönte aus dem Pavillonzelt. Die vier Frauen in schwarzer Abendkleidung strichen konzentriert ihre Instrumente. Caro starrte auf die roten Lackschuhe der Cellistin. Gern wäre sie irgendwo im Regenbogen verschwunden. Gabriel lauschte konzentriert der Kammermusik. Laut Programm sollte das Oxford String Quartet als nächstes Stück *Claire de Lune* von Debussy darbieten, danach war Pause. Caro versuchte das artige Gefiedel zu überhören, fokussierte sich auf das Nachmittagslicht im Park. Noch immer war es ungewöhnlich mild.

Der wärmste Oktober seit es Wetteraufzeichnungen gibt, hatte der Professor bei der Begrüßung erwähnt. Fast waren sie zu spät gekommen. Gabriel war morgens laufen gegangen, konnte die Themse bei Goring aber nicht überqueren, weil die Brücke kurzfristig gesperrt worden war. Statt umzukehren, hatte er die nächste Brücke in Winterbrook genommen und die Laufstrecke verdoppelt. Wieder war nicht genug Zeit für ein intimes Gespräch geblieben.

Die Einladung des Professors hatte sich als Charity-Event entpuppt. Dutzende Gäste drängten sich auf dem Rasen hinter Mapledurham Chazey, alle in elegant-legerer Kleidung für eine klassische *Tea Time*. Der Organzahut drückte Caro, obwohl er federleicht war. Das Teil hatte sie sich von ihrer Hauswirtin geliehen und Gabriel hatte ein Grinsen nicht unterdrücken können, während Caro genervt die violette Tüllschleife zurechtzupfte.

Endlich verstummte die Musik. Nach höflichem Klatschen setzte Murmeln ein, Grüppchen bildeten sich. Kellner boten mundgerecht geschnittene Sandwiches, Shortbreads und Scones mit Buttercreme an. Caro schlenderte an Gabriels Arm zum Tisch von Professor Lambert, einzelne Wortfetzen zogen an ihr vorbei. »Soziale Ungleichheiten zerstören die Demokratie … auf

politische Würfe zu warten … sind alle gefordert …«
Wieder war der Brexit das Hauptthema.

»Ah – Caro. Kommen Sie, kommen Sie …« Professor
Lambert verschaffte ihr einen Sitzplatz. Er schob Caro
höflich den Stuhl zurecht und sagte zu Gabriel: »Entschuldigen Sie meinen Übereifer, Herr Winter. Aber so
bezaubernde und belesene Damen verirren sich selten in
unseren akademischen Dunstkreis.«

Gabriel nickte und blieb stehen. Der Professor stellte
ihr die Tischrunde vor und die Anwesenden führten
ihren Small-Talk fort. Eine ältere Dame in einem moos-
grünen Twin-Set sagte: »Man fragt sich manchmal, wie
die Kunstwelt es geschafft hat, sich in die bizarre Situation zu bringen, dass Schönheit als unanständig gilt.«

Caro folgte dem Gespräch, ohne zuzuhören, murmelte ab und zu eine höfliche Zustimmung. Die Kellner
zündeten Laternen an, stellten Schalen mit Konfekt und
kandierten Früchten auf den Tisch. Caro rümpfte die
Nase. Als der Professor ihr ein Glas Wein anbot, lehnte
sie ab.

»Wo ist denn Harry?« Er schaute sich um. »Sonst ist er
doch immer in der Nähe.« Der Professor zwinkerte
Gabriel zu. »Caro hat ihn ziemlich beeindruckt.«

»Das ist mir aufgefallen«, sagte Gabriel und nahm einen Rotwein vom Tisch. Caro starrte das Glas an und
zog die Brauen hoch.

»Zu meinem Vorteil«, fuhr der Professor fort. »Jetzt
macht Harry die Sklavenarbeit. Katalogisieren ist das
Letzte, müssen Sie wissen.« Er grinste und griff sich
einen vorbeieilenden Scotch. »Sie haben an NATO-
Missionen teilgenommen, hat mir Ihre Frau erzählt?«

Gabriel nickte stumm.

»Da habe ich genau den richtigen Gast für Sie. Nicht
so langweilige Bücherwürmer wie wir. Kommen Sie.«

Professor Lambert sprang auf und lotste sie durch das Getümmel zu einem weißhaarigen Mann mit rötlicher Hautfarbe, der stocksteif neben dem Geländer der Terrassenstufen stand. Der Professor stellte ihn als Brigadier Henry Wolseley von den *Royal Scots Dragon Guards* vor. »Seit 2015 im Ruhestand«, ergänzte der Soldat.

»Sie waren in Bad Fallingbostel stationiert?«, fragte Gabriel.

Ein breites Lächeln erschien im Gesicht des Brigadiers und er fragte in Deutsch: »NATO-Übungsplatz Bergen?«

»Reforger 1992 und 1993. KFOR bis 2005«, antwortete Gabriel lebhaft. Der Schotte schüttelte ihm die Hand und kurz darauf waren sie in ein angeregtes Gespräch vertieft.

Gleichgültig wandte sich Caro nach einer Weile ab, schlenderte durch den dämmrigen Park. Wieder kreisten ihre Gedanken um ihren Zustand und eine passende Gelegenheit. Ihr war elend zumute. Mit einem Mal stand sie am Flussufer. Sie stierte auf das milde Wasser und beugte sich vor.

Gabriel hängte seinen Anzug auf. »Was wolltest du am Fluss?«

»Nichts.«

»Von nichts fällt einem nicht der Schuh ins Wasser.«

»Ich war unaufmerksam.« Sie streifte ihr Kleid ab, warf die zerrissene Strumpfhose in den Müll.

»Das bist du schon seit ein paar Tagen. Was geht dir im Kopf herum?«

»Ich … ich …« Caro spürte Tränen aufschießen und beherrschte sich.

»Na komm schon. Heraus damit«, sagte er jovial.

»Behandle mich nicht wie ein trotziges Kind!« Sie stampfte auf.

Er setzte sich aufs Bett, strich sich über den Nacken. Die Tätowierung auf seinem Unterarm leuchtete blau im Schein der Nachttischlampe: eine Kalaschnikow auf der eine Krähe landete.

Stoisch sagte er: »Dann benimm dich auch nicht so. Wenn du mir etwas sagen musst, sag es doch einfach.«

Caro öffnete den Mund, aber ihre Zunge schien am Gaumen angetrocknet. Sie schnaufte frustriert. Ein Musikvideo flackerte über den Bildschirm. Amy McDonald sang: *Don't tell me it is over*.

»Mach es mir bitte nicht so schwer.« Gabriel drückte die Aus-Taste auf der Fernbedienung. »Ich habe zu viel Wein getrunken und bin hundemüde.« Er streckte sich aus und sagte: »Du kannst es auch aufschreiben, wenn du es mir nicht ins Gesicht sagen kannst.«

Caro begann zu weinen. Er starrte sie verblüfft an.

»Es tut mir leid. Es liegt nicht an dir«, schluchzte sie, rannte ins Bad und sperrte sich ein. Sie drehte den Wasserhahn auf, ließ kaltes Wasser über ihre Handgelenke laufen, zog die Arme erst weg, nachdem sich ein taubes Gefühl ausgebreitet hatte.

Das Apartment war dunkel, als sie die Tür öffnete. Sie schlich ins Schlafzimmer, kroch unter die Decke, schmiegte sich an Gabriels Rücken und wärmte ihre kalten Hände an seiner Haut. Er griff nach ihrer linken Hand, küsste ihre Finger, legte sie zurück und hielt sie fest. Ein paar Minuten später war sein Atem ruhig und gleichmäßig. Caro presste ihr Gesicht gegen seine Schulter, versuchte ihre Atemzüge anzupassen, blieb aber hellwach.

Gedanken trieben wie Seifenblasen herum: Was habe ich mir nur dabei gedacht? Warum provoziere ich ihn?

Er ist viel zu beherrscht, um sich herauszufordern zu lassen. Warum sage ich es ihm nicht einfach? Es betrifft ihn genauso wie mich. Er wird sich nicht aufregen, sondern ruhig darüber nachdenken. Ich bin eine blöde Kuh. Völlig aus der Spur.

Schließlich entspannte seine Körperwärme ihre Muskeln und ihr Denken. »Alles wird gut«, flüsterte sie träge, »alles wird gut. Morgen.«

Noch war sie nicht bereit. Sie schloss wieder die Augen. Er war bereits aufgestanden und hantierte in der Kochnische. Caro zog sich die Decke über den Kopf. Beim Frühstück wollte sie Gabriel mit der Schwangerschaft konfrontieren.

Der Morgen war ihre besondere gemeinsame Zeit. Ein fixes Ritual. Manchmal blieben sie länger liegen, frühstückten danach ausgiebig. Aber auch wenn Gabriel anstehende Termine hatte, erübrigte er immer zumindest eine halbe Stunde, in der sie sich über den kommenden Tag unterhielten.

Die Kaffeemaschine summte. Ein beruhigendes Geräusch. Caro döste ein. Sonne blendete sie, als sie wieder die Augen aufmachte. Verwirrt wälzte sie sich herum, lugte auf den Wecker. 09:47. Warum war es schon so spät? Das Apartment war still. Sie schlug die Decke zurück, lief in den Wohnraum. Die Kochnische war sauber und aufgeräumt. Gabriel war fort.

Caro plumpste auf den Stuhl neben dem Esstisch. Sie fuhr sich durch die nachtwirren Haare, bemerkte einen Notizzettel, der am Kühlschrank klebte. Sie sprang auf. Seine Handschrift: *Wollte dich nicht wecken. Musste einen früheren Flug nehmen. Dringender Auftrag. Erkläre dir alles später. XO. Gabriel.*

Sie schlug mit der Faust gegen den Kühlschrank. Ein Fingernagel brach ab. Sie fluchte, rannte ins Bad und schnitt sich alle Nägel kurz. Dann griff sie nach einer Haarsträhne, setzte die Schere an, hielt inne. Aus dem Spiegel starrte sie eine Fremde an. Ein wütendes Gespenst.

Nur noch wenige Exemplare waren zur Begutachtung übrig. Sobald Caro das Werk *Mr. William Shakespeare's Comedies, Histories and Tragedies* ausgepackt hatte, rückte alles andere weit weg. Die Arbeit an einem Buch war Konzentration und Kontemplation. Stunden versandeten. Caro summte eine Melodie, wählte passende Farben von Japanpapier, um grobe Fehlstellen auszubessern, merkte kaum, wie der Tag verfloss.

Während die Folio-Ausgabe trocknete, holte sie die restlichen fünf Bücher heraus. Obenauf ein Werk, das nicht zu den exklusiven Ausgaben passte. Ein gewöhnlicher Bildband aus den 1980ern: *P.R.J. Ford / Oriental Carpet Design*. Keine Aufgabe für einen Restaurator. Da auf der ersten Seite aber eine handschriftliche Widmung eingetragen war, legte Caro das Buch auf einen Beistelltisch. Der Professor sollte entscheiden, was er damit machen wollte. Sie prüfte die anderen vier Bücher – höchstens eine Woche Arbeit, engagiert war Caro aber bis Ende Oktober. Sie schlenderte durch die Bibliothek, atmete tief den Geruch von Leder und Leim, strich über Buchrücken und überlegte, ob sie sich ein seltenes Exemplar zum Lesen suchen sollte. Vielleicht das *Red Book of Hergest*, in der Übersetzung von Lady Charlotte Guest.

Unschlüssig bummelte sie zum Schreibtisch zurück, griff nach einer Mineralwasserflasche und schubste ihre Tasche vom Tisch. Das Tagebuch ihres Vaters fiel heraus, blieb aufgeschlagen am Parkett liegen. Ein skelettierter Vogel starrte sie an. Eine hingekritzelte Bleistiftzeichnung. Caro hob das Tagebuch auf und las:

10. September 1983. Bin wieder im Ausguck. Leute gehen vorbei und sehen mich nicht. Den Mann im Baum. Die Felder gleichen einer Landkarte. Als wäre ich ein Vogel, der darüber hinwegfliegt. Ich beobachte das Kind. Es kommt von der Schule. Wie unnötig. Karolin. Komischer Name. Komisches Kind. Langweilig. Pique Dame hätte mir besser gefallen. Das Zeug, das Andrea so mag. Der Meister hat sie gestreichelt. Sie hat ihn angeschrien. Was ist schon dabei? Jeder hier sucht doch Nähe. Ich habe gelacht. Den schwarzen Afghanen hat Andi mir aus der Hand gerissen. Was für eine Verschwendung!!! Aber jetzt fliege ich in die Sonne. Die Hölle ist trocken und kalt.

Eine Horde widersprechender Gefühle überrannten sie. Kalter Schweiß nässte ihre Stirn, ihr Puls pochte in ihren Ohren. Sie schnappt nach Luft, begann von hundert rückwärts zu zählen, zwang ihren Atem in einen monotonen Rhythmus. Caro massierte ihre Nasenwurzel, ihre Schläfen. Seit Monaten war ihr das nicht mehr zugestoßen.

Schlagartig vermisste sie Gabriel. Sie krümmte sich, sank in den Bürostuhl, barg ihre Stirn auf den Armen. Warum habe ich ihn so behandelt?, dachte sie. Bin ich schon eine Desperate Housewife, eine Lockenwickler-Bitch? Caro klappte ihren Laptop auf, wählte sich beim IP-Telefondienst ein, trommelte mit den Fingern auf die Tischplatte. Ihre Anfrage wurde nicht angenommen. Sie sprang auf, tigerte ein paar Mal in der Bibliothek auf und ab, versuchte noch einmal ihn anzuwählen. Das Dialogfeld blieb leer. Caro zog die Brauen zusammen, ihr Herz pochte.

The Ferryboat war fast leer. Montagsblues. Caro wählte einen Fenstertisch, bestellte lustlos überbackenen Broccoli und tippte Gabriels Kurzwahl auf dem Smartphone. »Vorübergehend nicht erreichbar«, teilte ihr eine automatische Ansage mit. Caro drückte das rote Feld, starrte beim Fenster hinaus auf die rostfarbene Ziegelwand gegenüber. Das sah Gabriel ganz und gar nicht ähnlich. Was war das? Emotionale Erpressung? Machtspiele? Sie biss sich auf die Unterlippe und schlug mit der Faust auf den Tisch. »Soll er doch nachtragend sein«, murmelte sie. »Schweigen kann ich auch.«

Die Kellnerin eilte zu ihrem Tisch. »Everything's okay, Madam?« Bekümmert schaute sie auf den Teller. Caro hatte den Broccoli kaum angerührt.

»All is right«, sagte Caro, fühlte sich aber ganz und gar nicht richtig.

Ein Pfeifkonzert schwoll an. Der Mann im gestreiften Pullover reckte eine schottische Flagge. Mit dutzenden Demonstranten blockierte er eine Zufahrt zu Westminster. Caro drehte den Fernseher leiser, wechselte aber nicht den Sender. Die *Newsnight* kam ihr gerade recht. Die menschlichen Stimmen vermittelten ihr die Illusion nicht allein im Apartment zu sein.

Dreimal hatte sie begonnen ein Mail zu schreiben und den Text wieder gelöscht, hatte stattdessen wahllos Artikel und Videos im News-Browser angeklickt. Schließlich stand sie auf, räumte ihre Arbeitstasche aus, trug zwei leere Leimflaschen zum Mülleimer im Vorraum. Als sie den Deckel hochklappte, fiel ihr eine orange Folie auf. Normalerweise verwendete sie nur farblose Hüllen für ihre Papiere, sie hatte aber den russischen Lieferschein gleich in der Dokumentenmappe finden wollen und dafür eine Folie in Orange verwendet. Caro warf die Flaschen weg, zog die Brauen zusammen und kramte die Mappe aus der Tasche. Die orange Klarsichthülle war fort. Sie prüfte alle anderen folierten Papiere, aber der Lieferschein war nicht dabei.

Hektisch zog sie die Lade des kleinen Schreibtisches vor dem Schlafzimmerfenster auf: Pass, Buchungsbestätigung, Arbeitsvertrag, diverse Rechnungen, aber die Kopie des Lieferscheins fehlte. Und auch der USB-Stick. Caro lief zu ihrem Laptop, öffnete den Explorer, klickte und klickte. Alle entsprechenden Dateien, alle Scans, sowie der gesamte Suchverlauf auf ihrem Computer waren gelöscht. Als hätte die Skizze nie existiert.

Caro schauderte. Für sie war die Entzifferung nur ein Spiel gewesen, eine intellektuelle Herausforderung. Warum sollte eine fast vierzig Jahre alte Notiz noch von Belang sein? Schlagartig sprang sie das Bild des grauen Mannes an, der sich im Gang an ihr vorbeigedrückt hatte. War er hier gewesen?

Mit zitternden Fingern griff sie nach dem Smartphone und schickte eine Notfall-SMS an Gabriel. Auf eine Kontaktnummer, die immer aktiv geschalten war. Bis Mitternacht starrte sie das Smartphone an, doch es blieb stumm.

3

»Lobgesang.« Britta klang erschöpft.

Caro weinte fast vor Erleichterung. »Britta – endlich. Was ist denn bloß los? Seit zwei Tagen versuche ich vergeblich Gabriel, Matthäus oder dich zu erreichen.«

»Tut mir leid, Caro. Aber hier geht gerade alles drunter und drüber. Gabriel und Matthäus sind noch unterwegs. Das ganze Tagesgeschäft bleibt an mir hängen.« Jemand rief im Hintergrund und Britta schrie: »Gleich, gleich.«

Caro wandte sich vom Arbeitsplatz ab, öffnete das Fenster und schaute in den Park hinaus. Nebel hing über dem Rasen, die Baumkronen schienen luftleicht zu schweben. »Warum meldet sich Gabriel nicht?«

»Wahrscheinlich geht das im Moment schwer. Sie haben einen Spezialauftrag übernommen. Hat er nichts gesagt?«

»Er hat mir nur eine knappe Notiz hinterlassen.« Caro runzelte die Stirn. »Ein militärischer Auftrag?«

Schweigen im Telefon, endlich seufzte Britta: »Ich habe ihnen abgeraten.«

»Wer ist der Auftraggeber? Worum geht es?«

»Gabriel hat mich in die Details nicht eingeweiht.«

»Wo sind sie hin?«

»Zum Aralsee. Usbekistan.«

»Usbekistan …«, wiederholte Caro tonlos. »Wenigstens kein Kriegsgebiet.«

»Mach dir keine Sorgen. Bis Ende der Woche ist sicher alles erledigt und du hörst von ihm.«

»Ende der Woche …«, murmelte Caro.

»Ist etwas passiert? Brauchst du Hilfe? Ich kann jemanden schicken.«

»Nein … nein … vergiss es. Mir ist nur was komisch vorgekommen.« Das Gefühl, dringend mit Gabriel sprechen zu müssen, verdichtete sich. »Ich komme nach Hause, Britta. Ich versuche noch heute einen Flug zu erwischen. Kann mich einer der Personenschützer von Schwechat abholen?«

»Natürlich. Büchter wird in der Ankunftshalle auf dich warten. Schick ihm die Flugnummer.«

Caro dankte Britta, legte auf und öffnete den Laptop. Kurz darauf hatte sie einen Flug gebucht. Schwieriger wurde das Mail an Professor Lambert und Harry. Später nahm sie das letzte Buch.

02:11 zeigte der Lichtwecker. Caro ließ ihre Reisetaschen im Schlafzimmer fallen. Ohne sich auszuziehen kroch sie ins Bett, krallte sich Gabriels Polster und drückte ihn an sich. Sie grub ihr Gesicht in den Stoff, sog tief den Geruch ein: Waschmittel, Floris No. 89 und Hautfett – eine wohlige Mischung. Nach ein paar Minuten öffnete sie wieder die Augen und richtete sich auf. Mondlicht übergoss den Garten mit silberner Fremdheit. Die Wasseroberfläche im Becken spiegelte, überschimmerte den arabischen Schriftzug. Verse von Rumi: *Ich kam so wie das Wasser und gehe wie der Wind.* Fast eine Prophezeiung.

Sie fixierte die gegenüberliegende Gebäudefront, die finsteren Fenster von Gabriels Büro. Wenn sie lange genug hinschaute, würde dann Licht angehen und er wäre daheim? Und wenn es dunkel blieb? Nicht nur heute Nacht, sondern auch die folgenden?

Caro drückte die Lichttaste, kramte den Beowulf aus ihrer Umhängetasche. Die letzte Strophe, die sie gelesen hatte, war mit einem Markierungsstreifen versehen. Das Notizbuch glitt aus der Tasche. Caro hob es vom Boden, schlug es auf: die Seite mit den übersetzten Begriffen vom Lieferschein war herausgerissen.

Sie fuhr mit den Fingern die Papierfetzen entlang, nahm einen Kugelschreiber und setzte an, legte den Stift fort. Sie hatte die Skizze genau studiert, sie würde sie jederzeit zeichnen können. Auch die Begriffe hatten sich ihr eingeprägt.

Mit dem Beowulf vor Augen lehnte Caro sich im Bett zurück, zog den grünen Markierungsstreifen ab und las: *wæs his módsefa manegum gecýðed*. War sein mutiger Sinn manchem bekannt.

Ein Mensch und ein großes Tier kommen auf sie zu. Zerfasert von Schlieren. Hinter ihr ist eine Oase. Sie ist sich ganz sicher. Ihre aufgesprungenen Lippen brennen. Wasser und Kühle locken. Sie will sich umdrehen, in den Schatten fliehen. Doch vielleicht findet sie der Mensch dann nicht. Er muss sie aber finden! Also harrt sie aus.

Hacken gegen Glas. Tock, tock – tock, tock. Immer der gleiche Rhythmus. Caro blinzelte. Sonnenlicht blendete sie. Der Traum haftete noch wie Spinnweben an ihrem Denken. Ihr Mund fühlte sich trocken an. Tock, tock. Sie schlug die Decke zurück und lümmelte sich an die Bettkante. Eine Krähe klopfte an die Glasscheibe. CROW. Der Ornithopter.

Caro öffnete die Fenstertür, der künstliche Vogel stakste herein, hüpfte auf den Lesestuhl in der Ecke. »Ich bin in einer Stunde in der Firma. Es gibt Neuigkeiten. Treffen wir uns in der Kantine?«, sagte die Krähe mit Brittas Stimme.

Caro lachte. »In Ordnung. Du bist eine technische Zauberin. Kann er noch mehr Neues?«

»Lass dich überraschen«, antwortete der Vogel und flog hinaus.

Das Wasser in ihren Händen färbte sich rot. Caro erschrak. Sie drehte die Dusche ab, legte den Kopf in den Nacken und presste sich ein Handtuch ins Gesicht. Nackt saß sie ein paar Minuten auf dem Badehocker. Das Nasenbluten hörte auf. Schließlich schlüpfte sie in Gabriels Bademantel, atmete tief ein, frottierte ihre nassen Haare. Alle Wäsche aus ihrer Reisetasche wanderte in die Waschmaschine, das blutige Handtuch stopfte sie dazu und wählte 60°-Wäsche.

Ein flüchtiger Blick auf die Uhr – gleich halb neun. Caro verzichtete darauf sich die Haare zu föhnen, schlüpfte in ein Strickkleid und Leggins, eilte die Stiegen hinunter in ihr Atelier und durch einen verglasten Gang weiter in die Kantine von Sec4B.

Suchend schaute sie sich um: Britta war noch nicht da. Caro nahm sich ein vorbereitetes Frühstückstablett von der Theke, ließ sich einen Milchkaffee aufschäumen und setzte sich an einen Tisch direkt an der Glasfront zum Atrium. Schräg gegenüber liefen Nachrichten im Fernseher, berichteten von einer Sondersitzung im Nationalrat zum Klimaschutz.

Ein Lederbeutel polterte auf den Sessel neben ihr. Caros Hand mit dem Käsebrot stoppte vor ihrem Mund, sie drehte den Kopf. Britta winkte ihr zu und ging zur Theke. Wie immer trug sie einen schwarzen Hosenanzug, eine weiße Bluse und Stiefletten. Ihr Bubikopf wirkte gewollt unfrisiert.

Der schicke Lederbeutel bimmelte. Caro nervte das Geräusch, aber Britta missachtete ihr Smartphone. Sie stellte eine Schale mit Müsli und eine Teekanne auf den Tisch, setzte sich neben Caro. »Die lieben Kollegen werden sich ein wenig gedulden können.« Sie musterte Caro. »Du siehst müde aus.«

»Ditto«, antwortete Caro.

»Mein Anti-Falten-Serum ist alle.« Britta massierte ihre Schläfen. »Ich habe heute früh schon einige Bürohengste telefonisch herumgescheucht. Alle waren überfreundlich und inkompetent.« Sie seufzte und schob einen großen Löffel Getreidebrei in den Mund.

Caro spielte mit dem butterverschmierten Messer, klimperte gegen den Teller. »Warum schalten wir nicht das Außenministerium ein?«

»Erstens haben wir keinen Hinweis, dass die beiden in einer Notlage sind. Und ohne konkrete Beweise dafür wird das Ministerium nicht aktiv. Zweitens weiß ich nicht welchen Sicherheitsstatus der Auftrag hat. Gabriel würde keinesfalls wollen, dass ich einen Aufruhr veranstalte. Ich muss diskret vorgehen.«

Caro fixierte Britta und wartete, klimperte wieder mit dem Messer.

»Also«, sagte Britta endlich, »in Usbekistan scheinen Gabriel und Matthäus nicht mehr zu sein, sie hatten nur ein Transitvisa beantragt. Es war aber nicht herauszufinden, wohin sie weitergereist sind. Nicht nach Kirgistan und Tadschikistan, dorthin gibt es strenge Grenzkontrollen wegen der Konflikte mit den beiden Ländern. Jeder Ausländer wird beim Übertritt registriert.« Britta trank von ihrem Tee. »Man hat mir zugesagt, weiter nachzuforschen und die Grenzbehörden der

Nachbarländer zu kontaktieren. Aber ich denke, man hat mich abgewimmelt.«

»Was machen wir jetzt?«

»*Wir* machen gar nichts. Du beschäftigst dich mit deinem Atelier und ich werde weitere Strippen ziehen.«

»Und wenn man dich länger abwimmelt?« Caro konnte einen sorgenvollen Tonfall nicht vermeiden.

Britta legte ihr die Hand auf den Unterarm. »Dann werde ich Matthäus Vater einschalten. Er ist ein hohes Tier bei der *Airlift Wing* in Ramstein. Aber der Kontakt ist nur für den absoluten Notfall.«

Der alte Motor schnurrte. Caro setzte den Maserati Mexico zurück, parkte aus und fuhr im Schritttempo die Auffahrt hinauf. Das Garagentor öffnete automatisch und Caro winkte zur Überwachungskamera hoch. Zwanzig Minuten später parkte sie den Oldtimer beim Arthur-Schnitzler-Park. Sie hatte die Praxis gewählt, die ihr den nächstmöglichen Termin angeboten hatte. Eine Gynäkologin in Baden. Erinnerungen an ihre Zeit mit Christoph und seiner Villa überfluteten Caro. Manchmal vermisste sie das schöne alte Jugendstilhaus.

Kaum saß Caro in einem der dunkelbraunen Stoffsessel, wurde sie bereits aufgerufen. Am Gang zur Praxis fiel ihr ein beleuchteter Wandbehang auf: Pfauen und Pfingstrosen schimmerten auf blauem Grund. Am rechten Rand der Bordüre chinesische Schriftzeichen.

Die Gynäkologin lächelte sie offen an, schüttelte ihr die Hand und bat sie Platz zu nehmen. »Was führt Sie zu mir, Frau Magister Winter?«

Caro zog den Befund aus Reading, sowie den Entlassungsbericht der Unfallklinik aus einer Mappe und reichte beides der Ärztin. »Ich wurde im Mai operiert und bin ein Monat im Koma gelegen. Jetzt hat ihr Kollege mir eine Schwangerschaft attestiert.«

Die Ärztin überflog die Befunde, stockte, hob die Augenbrauen und las noch einmal, sprach ein paar Worte laut: »Notoperation … hämorrhagischer Schock … Kreislaufstillstand … Leberpenetration durch Projektil … chirurgische Ligatur … gute Prognose.« Sie fixierte Caro. »Du meine Güte – was ist Ihnen denn zugestoßen?«

»Ein Unfall.« Caro verspürte keine Lust, die Umstände des Schusswechsels in der Höhlenburg zu erklären. Es wäre eine lange Geschichte geworden.

»Bei der Jagd?«

Caro zuckte unbestimmt mit den Schultern. »Manchmal hat man eben Pech.«

Die Ärztin stand auf, deutete auf eine Liege mit einem schwarz-weiß gemusterten Kopfkissen. »Kommen Sie, Frau Winter. Ich werde mir alles ganz genau ansehen.« Sie zog ein Gerät näher. Über der Tastatur prangte der Schriftzug *Voluson P8*. Mit dem Messkopf verteilte die Ärztin das Kontaktgel auf Caros Bauch, dreht mit der anderen Hand an hellgrauen Knöpfen, studierte den Bildschirm. »War die Schwangerschaft unerwartet?«, fragte sie unvermittelt.

»Ja.«

»Haben Sie es schon länger probiert?«

»Nicht direkt. Ehrlich gesagt habe ich in den letzten drei Jahren ganz andere Sorgen gehabt.«

»Was sagt ihr Mann dazu?«

»Er weiß noch nichts davon. Er ist gerade im Ausland.«

Die Ärztin schaute Caro direkt ins Gesicht. »Wollen Sie das Kind?«

»Ich … ich … bin mir nicht sicher.« Caro schaute zur Decke hinauf.

»Ich verstehe«, sagte die Ärztin. »Eine Nahtoderfahrung wirft existentielle Fragen auf, nicht wahr? Aber bedenken Sie eines: Vielleicht ist das die Antwort ihres Körpers. Er erschafft neues Leben.«

Caro spürte Tränen und schluckte. »Welche Woche?«

Die Gynäkologin drehte das Gerät, damit Caro den Bildschirm besser sehen konnte. »Hier – Gesicht, Arme, Beine. Bei dem Fötus sind bereits alle Organanlagen ausgebildet.«

Caro konnte nicht erkennen, was die Ärztin ihr zeigen wollte. »Das bedeutet?«

»Ende zehnte Schwangerschaftswoche.« Die Ärztin legte den Ultraschallkopf weg, wischte Caros Haut ab und untersuchte die Narbe am Oberbauch. »Sieht gut aus.«

»Sie juckt immer wieder anfallsartig.«

»Das ist normal. Es dauert Wochen, bis Blutgefäße und Bindegewebe die Zellzwischenräume des Regenerationsgewebes auspolstern. Bis alles vollständig umgebaut ist, kann es ein bis zwei Jahre dauern. Massieren sie die Narbe regelmäßig im Längsverlauf und verwenden sie weiter die verschriebene Heilsalbe.«

»Muss ich sonst noch auf etwas Bestimmtes achten?«

»Weshalb?«

»Ich bin zweiundvierzig.«

»Auch wenn das Risiko einer Fehlgeburt bei älteren Schwangeren erhöht ist – halten sie ihr Leben ausgeglichen, dann sehe ich kein Problem. Der Gesundheitszustand ist wichtiger als das Alter. Und der ist nach Einschätzung meines englischen Kollegen ausgezeichnet. Kommen sie regelmäßig zur Kontrolluntersuchung. Das genügt.« Die Gynäkologin bat sie zum Schreibtisch zurück, tippte geübt auf ihrem Laptop. »Ich trage Ihnen weitere Termine ein. Den Befund und die Honorarnote bekommen Sie am Empfang. Falls Sie eine psychologische Beratung wünschen, schreibe ich Ihnen die Kontaktdaten einer Kollegin auf. Wenn Sie noch Ferienpläne haben, rate ich Ihnen, das im vierten und fünften Monat einzuplanen. Da ist die Schwangerschaft relativ stabil und Bewegung noch nicht zu beschwerlich. Nützen Sie die Zeit, um zu entspannen, ein bissel Wellness und moderate Fitnessübungen. Wenn das Butzerl einmal da ist, wird es Sie auf Trab halten.«

Nur noch eine Woche! Nur noch eine Woche für eine Entscheidung. Caro marschierte in ihrem Atelier auf und ab. Blieb kurz am Arbeitstisch stehen, tippte *Schwangerschaft* in das Suchfeld des Webbrowsers, verharrte mit dem Cursor über dem Lupensymbol, wandte sich ab. Sie lief die Stufen zur Wohnung hinauf, räumte die Waschmaschine aus, lief die Treppe wieder hinunter. Gabriel hatte die allgemeine Post, die an Caros Atelier adressiert war, auf dem Beistelltisch neben dem abgewetzten Ledersofa gesammelt. Caro durchstöberte den Papierstapel: Kataloge, Marketingangebote, Einladungen. Bis auf einen Fachkatalog und eine Ausstellungsanfrage für Maram, ihr Alter Ego als Papierkünstlerin, warf sie alles in einen Altpapierkarton. Dann holte sie eine Zitronenlimonade aus dem großen roten Kühlschrank mit dem Pepsi-Logo, lief weiter im Atelier auf und ab, trank direkt aus der Dose. Sie warf einen Blick auf den Bildschirm, klappte den Laptop lautstark zu.

»Warum bleibt das an mir hängen?«, schrie sie die Wand an. »Was hat er sich bloß dabei gedacht?« Caro stellte die Dose auf den Steinboden und stampfte darauf. Als sie das zerknitterte Metallteil aufheben wollte, drückte ihre Blase und sie beeilte sich zur Toilette.

Bis Ende des Monats bekamen alle, die eine Restaurierung bei ihrem Atelier anfragten, eine Abwesenheitsmeldung mit der Adresse ihres langjährigen Freundes Peter, der in Perchtoldsdorf eine Werkstätte betrieb. Kurz überlegte Caro, ob sie ihn anrufen sollte, verwarf den Gedanken aber und stapfte in die Wohnung hinauf. Peter hätte sofort gemerkt, dass sie nicht bei der Sache war und nachgebohrt. Das wollte sie sich noch eine Weile ersparen.

Caro schlenderte in den Wirtschaftsraum, schlichtete die Wäsche in den Trockner, stellte den Korb auf ein Regal. Neben der leeren Reisetasche lag das braune Tagebuch. Caro ließ die Seiten durch ihre Finger gleiten, blieb bei einer eingerissenen Stelle hängen. Die Schrift war fahrig.

Ein Sonntag im Mai. Kein Tier kann sich so ängstigen wie der Mensch. Grillen, Grillen. Abendrot. Abendtod. Das Zirpen ist laut wie ein Düsenjet. Dem Meister gefällt das Kind. Zirp, zirp, ruft es. Sein Haar glänzt wie Messing. Eine taufrische Knospe, meint der Meister. Tirili. Der Baum riecht nach Freiheit. Tirili. Ich schlage mit den Armen. Der Wind ist zärtlich zu meiner Haut. Tirili.

Caro schlug das Tagebuch zu und warf es auf die leere Reisetasche. Was lese ich überhaupt darin?, überfiel es sie. Das Gebrabbel eines Junkies. Sie trat gegen einen leeren Kübel. Das Plastik knackte und ein Riss klaffte.

Der wütende Nachmittag wollte kein Ende nehmen. Caro rief Britta an, aber der Anschluss war besetzt, also marschierte Caro ins Bürogebäude, fuhr in den dritten Stock. Die Tür zur Abteilung IT-Forensik stand offen. Mitarbeiter eilten ein und aus. Stimmengewirr schwirrte durch den Gang. Caro drückte sich bei einer Gruppe vorbei, die an einer mobilen Glaswand ein Ablaufdiagramm diskutierte. Über die halbhohen Wände einer Bürozelle sah sie Brittas Hinterkopf, die Haare standen wirr ab, ihre rechte Hand fuchtelte. Caro zog einen Schreibtischstuhl heran, rollte ihn in die Bürozelle. Britta nickte ihr zu und telefonierte weiter. Caro schlug die Beine übereinander, wippte mit dem Fuß, kaute an der Nagelhaut ihres Daumens. Der Lehrling aus der Buchhaltung legte Britta eine Unterschriftenmappe hin. Sie scheuchte ihn fort, drehte sich halb zu Caro hin und sagte: »Ich weiß noch nichts Neues und habe im Moment auch keine Zeit zu urgieren.«

»Kann ich etwas übernehmen?«

Britta schüttelte den Kopf. »Das wäre zu umständlich.«

Caro schnaubte. »Ich kann nicht einfach nur so rumsitzen.«

»Hör mal – selbst wenn etwas schiefgelaufen ist, die Männer wissen sich schon zu helfen. Ich forsche natürlich weiter, aber es ist auch anderes zu tun. Du musst dich einfach gedulden.«

Eine zierliche Rothaarige kam zu Brittas Schreibtisch. »Frau Lobgesang, einen Moment, bitte. Frau Klammer ist gerade gekommen.«

»Wer?«

»Die neue Personenschützerin. Ein ausständiger Termin von Herrn Borge. Wer soll sie einweisen?«

»Baris«, antwortete Britta.

»Sicher? Der hat eine ziemlich kurze Lunte«, sagte Brittas Mitarbeiterin.

Caro starrte sie mit offenem Mund an und Britta lachte lauthals. »Sie meint, dass Baris sich schnell aufregt.«

Alle rundum Stehenden lachten mit und Caro spürte ihre Wangen glühen. »Ja, ja«, murmelte sie. »Was auch sonst.«

Britta wischte sich Tränen aus den Augenwinkeln, verschmierte dabei etwas ihres tiefblauen Lidschattens. »Was hältst du davon, wenn du dich inzwischen mit Crow beschäftigst? Er könnte einen Beta-Tester gebrauchen. Ich habe dir eine intuitive Steuerungs-App am Smartphone installiert.«

Caro verzog den Mund und dachte: Werde ich gerade wie ein Kind zum Spielen geschickt? Sie wollte widersprechen, aber Britta hatte sich abgewandt, tippte Kommandos. »So – kann schon losgehen. Ich habe dir die Berechtigung übertragen. Er sitzt draußen in der Tamariske.«

Caro biss sich auf die Zunge, verschluckte ihren Ärger und trollte sich. Am Gang zum Foyer kam ihr Baris mit einer Walküre entgegen. Beide gingen an Caro vorbei als wäre sie durchsichtig. Sie straffte die Schultern, öffnete mit ihrer Schlüsselkarte die Glastür ins Atrium und atmete tief die sonnenwarme Luft.

Seufzend zog sie ihr Smartphone aus der Jackentasche, schaute sich um. Schwarzglänzende Federn wippten im Grün. Caro tippte die neue App am Display an, wählte den Hand-Button, reckte eine Faust hoch und deutete danach auf die Steinbank am Ende des Atriums. Der Ornithopter gehorchte. Crow flog auf und landete auf der Sitzfläche. »Na, das geht einmal«, murmelte Caro und folgte dem künstlichen Vogel. Als nächstes versuchte sie das Symbol, das aus einer Landkarte und zwei Augen bestand. Crow düste hoch, schraubte sich in den Himmel und Caro konnte am Bildschirm ein Luftbild des Atriums, später auch des Gebäudes sehen. Wanderten ihre Augen zum Rand, änderte sich die Flugrichtung der Krähe. Mehr taumelnd als geordnet dirigierte sie Crow um das Gebäude. Ihr wurde schwindelig und sie schaute nach oben, die Sonne blendete. Reflexartig kniff Caro die Augen zusammen. Crow stürzte ab. Irgendwo im Föhrenwald.

Frustriert stopfte Caro das Smartphone in die Jackentasche. Britta würde die Krähe aufspüren müssen. Die Fontänen des Wasserbeckens begannen zu sprudeln. Wieder einmal rannte Caro zur Toilette. Auf der Muschel hockend dachte sie nach. Geduldig sein, schon wieder, fiel ihr ein, aber ich habe meine Geduld schon im Frühjahr aufgebraucht. Da haben sie mich die meiste Zeit ausgeschlossen. Und eingeschlossen. »Dieses Mal nicht«, murmelte Caro, »dieses Mal werde ich etwas tun.«

Fast lautlos öffnete sich das Eisentor. Im Schritttempo fuhr Caro an, parkte vor den Garagen. Das schlichte zweistöckige Haus im Stil der 60er-Jahre galt durch seine exklusive Lage nahe dem Pötzleinsdorfer Schlosspark als Villa.

Caro hatte mehrere Anrufe benötigt, bis sie Magda Winter erreicht hatte. Und noch mehr Überzeugungskraft, dass sich ihre Schwiegermutter mit ihr allein traf. »Komm um elf Uhr zu uns, da haben wir eine Stunde Zeit«, stimmte Magda nach langem Zögern zu.

Ihre Schwiegermutter war wie immer makellos gekleidet, heute in einem rauchblauen Kostüm mit Seidentuch und Goldbrosche, die weißen Haare aufgesteckt. Sie küsste Caro auf die Wange. Sanft und flüchtig wie ein Schmetterlingsflügel. »Möchtest du einen Tee?«

»Gerne«, sagte Caro. Magda führte sie in einen Salon, deutete auf eine Sitzgarnitur aus Biedermeiermöbeln und verschwand. Ein säuerlicher Geruch hing in der

Luft. Caro fröstelte. Zu unruhig, um sich zu setzen, schritt sie zum Fenster, blickte in den Garten hinaus: sorgfältig getrimmter Rasen, Töpfe mit Oleander und Kirschlorbeer, ein Rosenbeet. Sie knetete ihre kalten Finger, stieß gegen einen Sekretär, verschob einen Notizblock mit einem Buch darauf: *111 tödliche Pflanzen, die man kennen muss.* Ein Lesezeichen ragte heraus. Caro spitzte die Lippen. Sie hätte geschworen, dass Magda einem Gärtner die Arbeit überließ.

Daneben lagen geöffnete Kuverts und diverse Schreiben. Magda hatte anscheinend gerade ihre Post durchgesehen. Eine aufgestellte Karte fiel Caro auf, sie las: *Die Offiziere des Österreichischen Bundesheeres und der Absolventenvereinigung Alt-Neustadt erlauben sich, geziemend zum Ball der Offiziere (Alt-Neustädter Ball) in die Wiener Hofburg einzuladen. Freitag, 18. Jänner 2019. Motto: 1000 und eine Nacht. Mitternachtseinlage mit einem Ensemble der Militärmusik des Sultans von Oman.* Das Kuvert der Einladung war handschriftlich adressiert. Absender war das Heeresabwehramt.

Magda kam mit einem Tablett zurück. Kanne und Tassen, Servietten, kleine Messer, ein Teller Biskuit und ein Schälchen Orangenkonfitüre standen darauf. »Gabriel wird sicher auch eine Einladung bekommen, falls du hingehen möchtest.« Sie stellte Caro eine zartrosa Porzellantasse hin.

»Ich möchte seine Telefonnummer«, sagte Caro und setzte sich auf einen der mit gestreiftem Satinstoff bezogenen Stühle. »Die Karte ist doch von Oberst Lichal persönlich, nicht wahr?«

Ein Hauch von Röte huschte über das Gesicht ihrer Schwiegermutter. »Ja. Er lädt uns jedes Jahr ein, aber Robert will nicht hingehen.«

»Du kennst ihn schon länger?«

»Er ist ein Schulfreund von Robert.«

»Ah ja.« Caro trank von ihrem Tee. Er war zu süß.

»Gabriel hat seine Telefonnummer«, sagte Magda und knabberte an einem Orangenbiskuit.

»Gabriel ist nicht erreichbar«, erwiderte Caro.

»Oh.« Magdas Blick glitt unstetig zwischen Tasse, Tisch und Tür hin und her. »Ich weiß nicht – ob ich dir die einfach geben darf – ich …« Sie verstummte.

Caro stand auf, setzte sich neben Magda auf das Satinsofa, ergriff die Hand ihrer Schwiegermutter. »Ich will dich nicht beunruhigen, aber es ist dringend. Wir wissen im Moment nicht, wo Gabriel sich aufhält und ich brauche jemanden, der bessere Kontakte hat, als die Mitarbeiter in seiner Firma.«

»Das kommt schon einmal vor. Warum musst du ihn so dringend erreichen?« Magda flüsterte fast.

Sie hatte noch keine Entscheidung zu dem Kind getroffen, aber Caro wusste: Magda würde sie wegen Lichal vertrösten und zuerst mit Robert sprechen wollen. Magda traf nicht die kleinste Entscheidung ohne die Zustimmung ihres Ehemannes.

»Ich bin schwanger, Mama«, sagte Caro. »Und ich konnte Gabriel das nicht mehr sagen, bevor er abgereist ist.«

Magda riss die Augen weit auf. Sie hatten die gleiche blassblaue Farbe wie Gabriels. Ihre schwammen aber gerade in Tränen. Trotzdem blieb Magda starr sitzen.

Caro seufzte. »Vielleicht kann Oberst Lichal mich anrufen. Er hat sicher meine Mobilnummer.« Sie stand auf, ohne ihren Tee auszutrinken, und verließ die Villa.

Noch bevor sie die Zufahrtsstraße von Sec4B erreichte, läutete ihr Telefon. Caro fuhr rechts heran und stoppte. Eine unterdrückte Nummer. Ihr Finger zitterte, während sie die grüne Taste tippte und sich meldete.

Ohne einen Namen zu nennen, sagte eine tiefe Stimme: »Café Griensteidl. In zwei Stunden.« Daraufhin war die Leitung unterbrochen. Sofort wendete Caro den Maserati.

Eine Stimme kreischte: »Poidl, gib her die Marie.« Fast stieß Caro mit einer üppigen Brünetten zusammen, als sie die Waschraumtür öffnete. Die Frau lächelte entschuldigend und sagte: »Ich muss ihm ein wengerl stessen. Mir müssen unser Geld zusammenhalten.«

Caro erwiderte das Lächeln, nickte stumm. Auf einem Sideboard lag ein Stapel rosa Zeitungen. Eine kostenlose Sonderausgabe: Der Standard – 30 Jahre. Caro nahm das oberste Exemplar, wählte einen Ecktisch und überflog die Artikel. Eine sympathische Selbstdarstellung und Reminiszenz. Interessiert las sie den Bericht über ein Interview aus dem Jahr 1990 mit Abdullah Öcalan, dem Führer der PKK, und über eine junge Hamburgerin, die sich den kurdischen Widerstandskämpfern angeschlossen hatte. Sie war als Kämpferin in die Berge gegangen. 1998 war sie gefangen genommen und in der Türkei zu fünfzehn Jahren Haft verurteilt worden.

»Man sollte nicht glauben, dass dieses Thema nach wie vor brandaktuell ist«, sagte eine Männerstimme und Caro ließ die Zeitung sinken. Oberst Lichal trug seinen grauen Dienstanzug, das Barrett hatte er abgenommen. Er zog einen Stuhl zurück, setzte sich Caro gegenüber.

»Solange alle daran verdienen, wird sich auch nichts ändern«, antwortete sie.

Ungefragt stellte ihm der der Kellner einen großen Braunen hin. Caro bestellte noch ein Mineralwasser.

Oberst Lichal schaute zum Kellner hoch. »Was meinen Sie, Herr Gottfried?«

»Wie sagt man so schön, Herr Oberst: Der Teufel ist kein Trottel.«

»Wie wahr, Herr Gottfried, wie wahr. Wir erwarten noch jemanden. Können wir ungestört bleiben?«

Der Kellner nickte und stellte Schilder mit der Aufschrift *Reserviert* auf die Nebentische.

»Wen erwarten wir?«, wollte Caro wissen.

»Wissen Sie, warum Wien nach wie vor eine wichtige Relaisstation für Informationen ist?« Er rührte in seinem Kaffee.

Bin ich im Dritten Mann?, dachte Caro, sagte aber nichts.

»Viele internationale Organisationen haben ihren Sitz in der Stadt. Von hier aus gibt es einfachen politischen und wirtschaftlichen Zugang zu den Balkanländern. Das hat sich seit der Monarchie nicht geändert.«

»Gabriel ist nicht am Balkan.«

Oberst Lichal saß kerzengerade, er putzte einen unsichtbaren Fussel von seinem Revers und sagte: »Nein. Aber beides gehört zur russischen Einflusszone. Es gibt Überschneidungen. Ich habe jemanden hergebeten, der sich in dieser Zone bewegt. Überlassen Sie bitte mir das Gespräch.«

Caro nickte und spielte gedankenverloren mit der Zeitung, faltete aus einer Ecke eine Ziehharmonika. Ein leichtes Lächeln erhellte das Gesicht ihres Gegenübers.

Ein Mann materialisierte: schmale Schultern, kleine Augen hinter einer Hornbrille, ein aufgeknöpfter beiger Mantel, darunter ein brauner Anzug. Oberst Lichal streckte die Hand aus.

»Was für eine Freude, alter Freund.« Der schmale Mann schüttelte ihm die Hand, warf Caro einen Seitenblick zu.

»Sie können frei reden«, sagte Lichal, ohne sie einander vorzustellen.

»Wie läuft es im Dienst?«, fragte der Mann in akzentfreiem Deutsch und positionierte sich auf dem Stuhl, ohne den Mantel auszuziehen.

»Was soll ich viel sagen? Die Steigerung von Feind ist Parteifreund.«

Der Mann grinste. »Das kennen wir alle, nicht wahr?« Er winkte dem Kellner und bestellte einen Pharisäer. »Ihnen weht gerade der Spitzel aus Salzburg um die Ohren, stimmt's?«

Lichal winkte ab. »Der ist schon ein alter Hut. Wir hatten ihn schon länger im Visier.«

»Verstehe. Kleines Ablenkungsmanöver. Damit nicht immer nur der Ausschuss in den Medien präsent ist?«

»Jeder Regierungswechsel bringt so seine Herausforderungen. Aber dieses Mal haben sie es übertrieben.«

»Und auch etwas gefunden?«

»Nur was wir wollten. So ungeschickt sind wir auch nicht. Aber jetzt zu etwas anderem. Wie sieht es mit Ihren Quellen in Zentralasien aus?«

Der braune Mann legte den Kopf schief. »Ich habe da einen ehemaligen GRU-Mann an der Hand. Ein Feldschwein.«

»Wir vermissen einen unserer Dienstleister.«

»Offiziell?«

»Kann ich nicht sagen.«

»Wo?«

»Unbestimmt. Letzter gesicherter Aufenthaltsort ist Moynak.«

»Karakalpakistan. Hm. Besser wie gedacht. Südlicher wäre es schwieriger gewesen. Zu viele unterschiedliche Interessen. Wo können wir ansetzen?«

»Personalien. Flugdaten. Visum.« Oberst Lichal überreichte ihm einen USB-Stick.

»Genügt einmal. Ich melde mich.« Der braune Mann trank einen kräftigen Schluck von seinem Pharisäer und verabschiedete sich.

Caro schaute ihm nach, bis die Eingangstür des Kaffeehauses hinter ihm zugefallen war. »Ist er auch ein Dienstleister?«

»So in etwa.« Lichal trank seinen Kaffee aus, legte einen Fünfzig-Euro-Schein auf das Tablett.

»Ist Gabriel in Ihrem Auftrag unterwegs?«, wollte Caro wissen.

»Nein.« Knapp und scharf.

»Warum engagieren Sie überhaupt auswärtige Mitarbeiter?«

»Image.«

Caro schaute ihn fragend an. Ein paar Minuten schwieg er, sagte schließlich: »Unser Heer tritt in den Medien fast nur als Katastrophenhelfer auf. Das ist ein verfälschtes Bild. Jedes Militär ist die legitimierte Gewaltanwendung des Staates. Das ist unser Verfassungsauftrag. Das wollen die Menschen in Demokratien oft nicht wahrhaben.«

»Was passiert jetzt weiter?«

»Wenn wir wissen, woran wir sind, übermittle ich Ihnen einen Treffpunkt. Genau zwei Stunde später warte ich dort. Für fünf Minuten. Halten Sie sich bitte jederzeit bereit.« Er stand auf, zog das Barrett über.

»Danke«, sagte Caro. »Vielen Dank.« Gleichzeitig wusste sie nicht, ob sie gerade in der nächsten Warteschleife landete.

Oberst Lichal bewegte sich vom Tisch weg, stoppte, kam wieder zurück, legte ihr die Hand auf die Schulter.

»Beunruhigen Sie sich nicht zu sehr, Caro. Er weiß, wie mit komplizierten Szenarien umzugehen ist.«

Der Kaffeeautomat brummte. Vanilleduft strömte aus dem Becher. Britta griff ihn mit zwei Fingern, nippte mit gespitzten Lippen. Caro lehnte sich gegen die Wand im Foyer. »Warum arbeitest du für Gabriel? Du bist ein technisches Genie. Du könntest in einer ganz anderen Liga aufgeigen.«

»Komm mit«, sagte Britta und marschierte zum Aufzug. Caro folgte ihr und sie fuhren in den vierten Stock des Hauptgebäudes. Britta führte sie einen Gang entlang, den Caro noch nie betreten hatte. Bei einer gesicherten Tür legte Britta die Hand auf einen Venenscanner. Das Schloss klickte. Britta öffnete die Tür und ließ Caro vorgehen. Staunend schaute sich sie sich um. Ein ernsthaftes Spielzimmer. Voll mit Werkzeugen, Monitoren und CROWs in verschiedenen Entwicklungsstadien.

»Deshalb. Gabriel lässt mich werken, wie ich will. Ich muss ihm hierfür keine Rechenschaft ablegen. Jede größere Firma würde sofort ein Geschäftsfeld daraus machen.« Britta strich einem der künstlichen Vögel über das schwarzglänzende Gefieder. »Mir geht es nur um die Herausforderung, ich will meine Ornithopter nicht vermarkten.«

Caro lächelte. »Gabriel schätzt Künstler.«

»Scheint so. Deshalb habe ich mich auch nicht gewundert.«

»Worüber?«

»Über dich. Was er alles gemacht hat, damit du hierbleibst.«

»Du hältst das für eine Schwäche.«

Britta riss die Augen auf. »Ganz und gar nicht. Nein, überhaupt nicht. Du machst ihn menschlich.«

Caro bemerkte eine Wendeltreppe, die anscheinend aufs Flachdach führte. »Dein Übungsplatz?«

»Auch«, sagte Britta, ging voraus und öffnete eine Luke. Über einen Windfang kamen sie ins Freie. Britta nahm zwei Klappstühle und stellte sie auf die geteerte Fläche. Der Splitt war schlüpfrig von abendlicher Feuchte. Vorsichtig schritt Caro zur Dachkante. Von hier heroben sah das Atrium wie ein grafisches Muster aus: das weiß gefliese Wasserbecken bildete die Längsachse, absolut symmetrisch hatte jeder Baum, jedes Beet, jeder Stein, jede Lampe links und rechts eine Entsprechung. Gerade stoben Wasserfontänen hoch. Die tiefstehende Sonne brach sich in Regenbogenfarben im Sprühnebel. In der Ferne läuteten die Kirchenglocken des Wiener Neustädter Doms. Caro hob den Blick. Die Wipfel der Föhren hinter der Firma färbten sich rötlich. Am Horizont glühten die Konturen von Schneeberg und Rax. Langsam versank der Garten vor ihr in der Dämmerung.

An das höhere Verwaltungsgebäude, auf dessen Dach sie stand, waren drei niedrigere Gebäudeteile angebaut worden, um den Innenhof zu bilden. Als Gabriel die Anlage gekauft hatte, stand eine Industrieruine hinter dem Backsteinbau. Caro hatte Schnappschüsse von der Baustelle gesehen. Einmal waren hier Maschinenteile für Flugzeuge gefertigt worden. In Kriegszeiten mit Zwangsarbeitern.

Im gegenüberliegenden Gebäudeteil lagen der schallgedämmte Schießstand mit der Waffenkammer und unterirdisch eine Bunkeranlage mit Notstromgenerator. An die schlicht verputzte Wand hatte Caro im Sommer maurische Arkaden malen lassen. Die Steinbänke schienen nun vor einem schattigen Gang zu stehen. Eine reizende Illusion.

Vor Gabriels Büro sprang Licht an und für einen Augenblick schoss Aufregung in ihr hoch. Aber es war nur die Putzkolonne, die sich langsam durch das Stockwerk arbeitete. Caro verschränkte die Arme und wandte sich ab. Britta saß im Klappsessel und schien zu dösen.

»Vermisst du Matthäus nicht?«, fragte Caro.

Ohne die Augen zu öffnen, sagte Britta: »Natürlich. Ich habe eine ganze Reihe von Terminen umstellen müssen. Der Entwurf für das Sicherheitskonzept vom Adventsingen in der Wirtschaftskammer macht mir auch Kopfzerbrechen.«

»Das meine ich nicht«, sagte Caro scharf.

Britta öffnete die Augen, schaute sie aber nicht an, sondern blickte zum Föhrenwald hinunter. »Wir verkehren privat nicht mehr miteinander.«

»Sehr förmlich ausgedrückt. Warum?«

»Er stellt sich Dinge vor, die ich ihm nicht bieten kann.«

Locker sagte Caro: »Stehst du nicht auf BDSM?«

Endlich schaute Britta zu ihr hoch. »Er wollte mit mir zusammenziehen.«

»Nichts für dich? Ihr passt doch gut zusammen.«

»Tun wir nicht. Und ich bin nicht so kompromissbereit wie du. Matthäus und ich, wir sind beide Macher. Das wäre nur ein Kampf. Außerdem ist Matthäus nicht wie Gabriel. Nicht so ... so ... « Britta runzelte sie Stirn. »Nicht so endgültig.«

Eine Weile schwieg Caro, schließlich sagte sie versonnen: »Ihr beide – ihr seid wie Penthesilea und Achilleus, ihr könnt einander erst lieben, wenn einer von euch tot ist.«

Britta wurde blass.

Dieses Mal sagte die tiefe Stimme: »Helm des Skander-berg. Allein. Reisefertig.« Wieder wurde sofort danach aufgelegt. Sie wusste aber, welcher Ort gemeint war, Caro hatte sich jahrelang in den Gebäuden der Hofburg bewegt. Oberst Lichal schien Caros Lebenslauf zu kennen. Mehr Kopfzerbrechen bereitete ihr die Aufforderung reisefertig zu sein. Was meinte er damit? Sollte sie ihn begleiten? Wie lange und wohin?

Ratlos schaute sie ins Freie. Über Nacht war es unbeständig geworden. Sonnenschauer wechselten mit Regensträhnen. Der Wind riss Wolkenfetzen über den Himmel. Caro eilte in den Wirtschaftsraum, holte die Reisetasche. Hektisch stopfte sie Kleidung hinein: Jeans, Pullover, Sweater, Unterwäsche, zwei Kleider, Ballerina und Turnschuhe, ein Übergangsmantel, etwas Kosmetika und Medikamente. Noch neunzig Minuten.

Sie hatte nur wenig Bargeld eingesteckt. Konnte sie noch zu einer Bankfiliale? Aber heute war Sonntag und sie würde nur eine begrenzte Summe beim Automaten abheben können. Caro lief durch den Verbindungsgang von ihrer Wohnung zu Gabriels Büro hinüber, öffnete mit ihrer Schlüsselkarte und schob das Regal vor dem Safe zur Seite. Sie tippte eine zwölfstellige Nummer ein, legte ihre Hand auf den Venenscanner. Die Sicherheitstür glitt auf.

Aus dem obersten Fach nahm sie ein Bündel Euro- und Dollar-Scheine sowie ein Dutzend ¼-Unze-Krugerrand. Sie riss ein Blatt von einem Block auf Gabriels Schreibtisch, listete ihre Entnahme und das Datum auf. Im untersten Fach bewahrte er persönliche Dokumente auf. Zuoberst lagerte der Karton mit dem Brief von Beatrice de Trencavel, das Schriftstück, das Caros Leben durcheinandergewirbelt hatte. Nach der Präsentation beim Kongress europäischer Theologinnen hatte sie es zurückgeholt. Noch konnte sie sich nicht davon trennen. Vorsichtig hob sie den Karton heraus, rückte den restlichen Papierstoß gerade. Schon wollte sie ihre Notiz darauflegen, als sie die kyrillische Schrift bemerkte. Sie zog die Klarsichthülle näher und fand darin den Lieferschein, ihre Notizen dazu und einen Zettel mit Gabriels Schrift: *Alain Vuitel, MND, Service de renseignement de l'armée / Labor Spiez.* Was hatte das zu bedeuten? Warum hatte er alles an sich genommen und ihren Laptop gesäubert? Was war Labor Spiez?

Sie fluchte. Nur noch fünfundsechzig Minuten. Keine Zeit um zu recherchieren. Sie drehte die Klarsichthülle um. Noch einmal Gabriels Handschrift. Ein Brief.

Caro —

So sehr ich ansonsten die Motivation anderer Menschen zu durchschauen meine, so sehr bist du mir gerade ein Rätsel. Vielleicht, weil ich niemanden so nahestehe wie dir. Daher kann ich nur vermuten, welche wichtige Sache du mir nicht mitteilen hast können. Ich sollte dich anrufen, bevor ich aufbreche, aber ich kann nicht mit dir auf Distanz darüber reden und muss meine Überlegungen aufschreiben.

Wie ich euch beide gesehen habe, im The Swan, ist mir bewusst geworden, wie weit meine Welt von deiner entfernt ist. Wie fremd dir mein Umfeld sein muss. Ich bin egoistisch und habe deine Situation ausgenutzt. Wahrscheinlich ist dir das inzwischen auch klargeworden. Du musst nicht bei mir bleiben, nur weil du meinst, mir etwas schuldig zu sein.

Wie oft will ich aber bei dir sein! Mitten aus dem heraus, was ich gerade mache, dich einatmen und die Luft anhalten. Aber ich werde den Abschied ertragen lernen und ich …

Hier brach der Brief ab. Caro plumpste in den Bürostuhl, starrte das Blatt Papier an. Um Himmels Willen, schoss es ihr durch den Kopf, Gabriel meint, ich will ihn verlassen. Sie rekapitulierte das letzte Wochenende und stellte selbstkritisch fest, dass sie seine achtsame Zuneigung als selbstverständlich hinnahm. Dabei kannte sie beiläufige Beziehungen nur zu gut.

Zuerst wollte sie die Klarsichthülle zurücklegen, dann hielt sie inne, zog den Brief heraus, faltete ihn und stopfte ihn zum Geld in ihre Umhängetasche. »Darüber reden wir von Angesicht zu Angesicht, mein Lieber«, murmelte sie. »Und wenn ich dafür hinter dir herrennen muss.«

Vor dem MQ stieg sie aus dem Taxi. Kurz schaute sie zum Durchgang, zu den Innenhöfen. Ein Plakat kündigte eine Vernissage in der Sammlung Leopold an. Ich sollte wieder einmal Sandra besuchen, dachte Caro betreten, ich bin eine nachlässige Freundin. Noch zwanzig Minuten. Caro lief zum Fußgängerübergang, überquerte die Zweierlinie, eilte zwischen Gruppen von Touristen über den Maria-Theresia-Platz, musste beim Ring warten. Ein Trupp Seifenkistenautos bog vom Heldenplatz auf die Ringstraße ab, folgte einem schwarzen Lieferwagen mit der Aufschrift *Follow Me* am Heck. Wieder ein neuer Gag für Wien-Touristen. Endlich sprang die Ampel auf Grün. Fast stieß sie mit einer Gruppe auf E-Scootern zusammen, auf den Lenkern baumelten Sackerln mit dem MQ-Logo. Noch vierzehn Minuten.

Caro vermied den Haupteingang, lief zu einer schmalen Tür auf der Rückseite. Als sie in der Nationalbibliothek gearbeitet hatte, war das ein beliebter Ausgang für die Raucher gewesen, die sich eine Pause im Burggarten gönnten. Caro drehte den Knauf, die Tür ging auf. Sie huschte den Gang entlang, durchquerte die Halle und lief die Freitreppe zum Rittersaal hoch. Schritte hallten

74

hinter ihr. Am oberen Absatz blieb sie stehen und sah sich um. Folgte ihr jemand? Caro traute es Britta durchaus zu, dass sie einen Aufpasser auf sie angesetzt hatte. Ein junger Mann kam die Stiegen herauf. Caro wandte sich nach links, drückte die Tür zur Sammlung historischer Musikinstrumente auf. Noch fünf Minuten.

Die Tasteninstrumente im Seitengang führten einen Dornröschenschlaf, die Bilder wirkten vergessen. Ein großes Ölgemälde zog Caros Blick an: Vier Frauen mit langen offenen Haaren in einem nächtlichen Wald, die das Feuer beschworen. Gern hätte sie den Titel gewusst, schritt aber weiter ohne anzuhalten, öffnete die Tür zum Hauptflügel, warf einen Blick in die Zimmerflucht: nur zwei asiatische Besucher. Caro marschierte bei einer Glasorgel vorbei – rote geschwungene Gläser, die ineinander gereiht waren. Daneben ein Serpent, dessen goldfarbenes Mundstück einen Schlangenkopf darstellte. Der Parkettboden knarrte überlaut. Vor einem surrenden Klimagerät saß ein Museumswächter auf einer samtbezogenen Bank und pullte Schmutz aus seinen Fingernägeln. Er beachtete Caro trotz der Reisetasche nicht. Sie blickte sich um, niemand war hinter ihr. Der letzte Raum schloss direkt an die Rüstkammer an.

Schon von weitem konnte sie ihn sehen. Seine grauweiße Bürstenfrisur überragte die meisten Besucher. Heute erschien Oberst Lichal in einem dunklen dreiteiligen Anzug, ein Trenchcoat hing über seinem Arm. Für einen Moment stockte Caro: In diesem Licht ähnelten sich der Oberst und Gabriel frappant. Oder war es nur die Größe und die militärische Haltung, die beiden eigen war?

Der Oberst betrachtete den Schaukasten mit dem Helm des albanischen Nationalhelden. Ein schwerer Metalltopf gekrönt von einem gehörnten Ziegenkopf.

Auf die Minute pünktlich stellte sich Caro neben ihn, beruhigte ihren hastenden Atem. Ein lautes Piepsen ließ sie zusammenzucken, einer der Besucher hatte sich über die unsichtbare Barriere zu den ausgestellten Rüstungen gebeugt und einen Alarm ausgelöst.

»Kommen Sie«, sagte Oberst Lichal leise und schlenderte zum Ausgang. Im Stiegenhaus lotste er sie zu einem ovalen Objekt, das hinter Marmorsäulen am ersten Treppenabsatz der Aula aufgebaut war. Ein dunkler Laib mit einer rechteckigen Öffnung. Im Inneren leuchtende Projektionen, beständig lief eine Präsentation. Seltsamer Ort für Werbung, dachte Caro, anscheinend ein Sponsor des Weltmuseums. Oberst Lichal setzte sich auf die Bank, den Eingang im Blick. Mit Abstand ließ sich Caro nieder. »Was haben Sie herausgefunden?«, flüsterte sie.

»Der Kontakt meines Freundes hat Gerüchte gehört. Von Technik, die am Schwarzmarkt in Chorugh angeboten wird.«

Caro musste sich konzentrieren, um im Gedudel des Videos seine Worte zu verstehen. »Technik?«

»Ausrüstung. Hubschrauberteile. Er hat einen Motorteil erworben. Die Seriennummer konnten wir zu einem Hubschrauber zurückverfolgen. Sec4B hat ihn gemietet.«

Caro schluckte schwer. »Und das bedeutet?«

»Dass der Hubschrauber gestohlen wurde oder abgestürzt ist.«

Beherrscht fragte sie: »Wo ist Chorugh?«

»In Tadschikistan. Nahe der Grenze zu Afghanistan. Aber gemietet wurde der Hubschrauber in Usbekistan. Genauer gesagt in Nukus. Ein Flugplan ist nicht zu finden.«

»Sucht der Vermieter denn nicht nach ihnen?«

»Der fürchtet unnötiges Aufsehen und hat nur der Versicherung den Verlust gemeldet.«

»Was werden Sie als Nächstes unternehmen?«

»Ich gar nichts.« Der Oberst fasste in die Innentasche seines Mantels und hielt ihr ein Kuvert hin. »Flugticket, Visum, Kontaktadressen, Reiseinformationen des Ministeriums.«

»Ich soll allein nach Usbekistan fliegen?«

»Mein Aktionsradius ist im Moment leider beschränkt. Der BVT-Ausschuss beschäftigt nicht nur die Medien. Wir alle laufen gerade durch ein Minenfeld.« Noch immer hielt er ihr den Umschlag hin. »Gehen Sie in Taschkent zur deutschen Botschaft und geben Sie eine Vermisstenmeldung ab. Vor Ort können Sie mehr bewirken als von hier aus.«

Zögerlich nahm Caro das Kuvert. Oberst Lichal schaute auf seine Armbanduhr. »Der Flug geht um 12:30. Sie müssen sich gleich auf den Weg machen.«

Caro hielt das Konvolut wie eine Briefbombe von sich, konnte keinen klaren Gedanken fassen.

»Und noch etwas – unser Mann war nicht der Einzige, der sich für die Reiseaktivitäten von Sec4B interessiert hat.«

»Sie warnen mich und lassen mich gleichzeitig in Stich?« Caro stopfte die Unterlagen in ihre Tasche.

»Vielleicht war es nur ein Zufall. Aber achten Sie darauf, mit wem sie worüber sprechen. Nicht jeder, der freundlich ist, meint es auch so.« Er stand auf, zog seinen Mantel über. »Mehr kann ich im Moment nicht für Sie tun. Ich habe Ihnen auch ein spezielles Prepaid-Handy mitgegeben. Wenn ich mehr erfahre, melde ich mich.« Er hielt ihr die Hand hin.

Caro seufzte, ergriff seine Finger. »Danke. Gehen Sie nur. Ich werde meinen Mann finden.«

Das erste Mal lächelte Oberst Lichal. »Zuerst habe ich es nicht verstanden. Aber Hauptmann Winter hat gut gewählt.« Er bückte sich bei der Öffnung hinaus und verschwand.

Caro starrte zur weißen Wölbung hinauf, missachtete die projizierten Bilder. Sollte sie Britta informieren? Oder Magda? Beide würden versuchen sie abzuhalten. Caro beschloss, erst eine SMS zu schicken, wenn ihr die Botschaft eine Auskunft gegeben hatte. Bald würde sie sowieso zurück sein. Zum Termin bei der Gynäkologin in der Klinik.

Flicken durch Risse in Wolkenfeldern. Das Flugzeug rüttelte und vibrierte, gewann an Höhe, durchbrach die Regenfront. Caro schob die Jalousie herunter, drehte die Lüftung fort. Knapp fünf Stunden bis Moskau-Wnukowa. Drei Stunden bis zum Anschlussflug nach Taschkent. Den Abend würde Caro in einem anonymen Wartebereich verbringen müssen. Sie schlüpfte aus ihren Schuhen. Jeder Sonntagnachmittag enthielt eine gewisse Melancholie. Die Woche war zu Ende und wirkte doch nicht erledigt. Gleichzeitig herrschte ein Gefühl zu spät gekommen zu sein. Etwas Wichtiges versäumt zu haben. Ein milder Abend konnte die Schwermut beschwichtigen. Aber heute war es anders. Heute drohte ihr der Sonntag völlig zu entgleiten. Sie zu überwältigen.

Der dringende Wunsch überfiel Caro, eine fröhliche Stimme zu hören, mit jemanden zu sprechen, der sie ablenken und bei dem sie sich ausweinen konnte. Caro holte ihr Smartphone heraus, rief Peters Telefonnummer auf, verharrte über der Verbindungstaste, wischte die Nummer fort. Vielleicht wäre das Gespräch auch nicht so freundlich. Peter hatte ihre Hochzeit nicht gutgeheißen und er würde sich bestätigt fühlen. Um Zeit zu sparen, schrieb sie ein Mail an die deutsche Botschaft und kündigte ihr Kommen an. Mehrmals korrigierte sie den Text, versuchte die richtige Mischung aus Höflichkeit und Dringlichkeit zu treffen.

Wortfetzen zersetzten ihre Gedanken. Neben ihr unterhielten sich zwei junge Frauen über günstige Schönheitsoperationen. Caro stopfte die Stöpsel der Kopfhörer in die Ohren, scrollte durch die Playlists, wählte Hard & Heavy. Musik von Nightwish erklang – *The Islander*. Marko sang: *Now his love's a memory, a ghost in the fog, he sets the sails one last time, saying farewell to the world.*

4

Gelbe Blätter schaukelten im hellblauen Pool unter ihr. Ein Mann in Overall versuchte jedes einzelne Blatt mit einem Stock herauszufischen. Hinter der Mauer des Hotelgartens erstreckte sich eine seltsame Mischung aus europäisch wirkenden Villen, Plattenbauten und schlichten Einfamilienhäusern. Die Gärten der Stadt färbten sich herbstlich. Über allem thronte ein Fernsehturm, der an eine Weltraumrakete erinnerte. Caro wandte sich ab, zog den sandfarbenen Vorhang vor das geöffnete Fenster. Im Fernseher lief ein russischer Sender, sie versuchte, sich wieder in die Sprache einzuhören. Obwohl der Rezeptionist einwandfrei Englisch gesprochen hatte, zweifelte sie daran, dass sie überall damit durchkommen würde.

Kurz nach zwei Uhr morgens hatte das Taxi sie vor dem Radisson Blu Tashkent abgesetzt. Zu müde um noch auszupacken, hatte Caro nur die Kleidung abgestreift und war ins Bett gekrochen.

Sie leerte ihre Reisetasche. Ganz unten fand sie das Tagebuch ihres Vaters. Unschlüssig wog sie das braune Buch, schlug es auf, legte Gabriels Brief hinein. Auf der linken Seite stand:

Ein Freitag. Glaube ich. Das Kind hatte gestern Geburtstag. Neun, glaube ich. Mein Arm juckt. Rote Pusteln. Nadelungen. Sternzeichen in einem fleischfarbenen Himmel. Hoch hinaus. Hinaus. Nichts mehr denken. Hab das Kind dem Teufel verkauft.

Seine Schrift war kaum mehr leserlich. Caro schauderte und schlug das Tagebuch zu, stopfte es in die Umhängetasche, holte ihr Notizbuch heraus. Sie schrieb die Kontaktdaten ab, die ihr Oberst Lichal auf ein paar Papierstreifen mitgegeben hatte, machte eine Einkaufsliste und einen Zeitplan, checkte Rückflugmöglichkeiten. In sechs Tagen war sie im vierten Monat.

»Darf ich mich zu Ihnen setzen?« Er sprach sie in einem kehligen Englisch an. Seine dunklen Augen unter den buschigen Augenbrauen taxierten sie.

»Ich bin verheiratet«, antwortete Caro rasch.

Zuerst schaute der Mann verblüfft, dann sagte er lächelnd: »Ich auch. Und deshalb frühstücke ich lieber in Gesellschaft.«

Caro blickte sich um: mehrere Tische waren leer, aber sie war die einzige Einzelperson. Sie zuckte mit den Achseln und deutete auf den Stuhl gegenüber. Der Mann platzierte seinen Teller davor. »Mein Name ist Dimash Mamay«, stellte er sich vor. »Purchase Manager.«

»Caro Winter.«

Er setzte sich, schnitt ein Weckerl auf, schmierte Butter darauf. »Sind Sie beruflich in Taschkent?«

Sie musterte ihn: ein guter Anzug von der Stange, dazu ein hellblaues Poloshirt, eine goldene Panzerkette und ein breiter Ehering. Er wirkte gleichzeitig weltmännisch und schmierig.

»Nein. Und Sie?«

»Ich bin Einkäufer für Sunwon. Ein chinesisches Unternehmen für Innenausstattung. In Singapur und Hongkong ist gerade Ethno *en vogue*. Ich kaufe Keramik aus Samarkand, Wandbehänge aus Buchara, Schlafunterlagen aus Chiwa.« Genussvoll biss er in sein Gebäck, kaute und schluckte. »Ich mache hier nur einen Zwischenstopp. Ich will zu den Dörfern im Süden, an der afghanischen Grenze. Dort gibt es asorbische Filzteppiche. Günstig. Aber dafür braucht man eine Sondergenehmigung von der Zentralregierung.« Er trank in einem Zug seinen Espresso aus, holte sich sofort eine weitere Tasse. »Alles Beschwernisse. Der verminte Korridor nach Afghanistan. Dauernde Kontrollen und Straßensperren. Der Drogenschmuggel. Man muss gut aufpassen, mit wem man redet.« Er seufzte.

Caro stockte im Essen. »Drogen?«

Dimash nickte. »Die schmuggeln in Gemüsekisten, Kaftanen und Trockenfrüchten. Zuletzt haben die Grenzer sogar Kamele eingefangen, denen Päckchen in die Höcker eingenäht worden waren.«

Caro starrte ihn ungläubig an.

»Ja, ja – das stimmt. Die Armut treibt die Menschen zu verzweifelten Taten. Und die Prediger finden menschliche Nährböden. Das gilt für die ganze Region. Auch wenn alle früheren Sowjetstaaten säkular sind.«

»Und einander nicht vertrauen«, warf Caro ein und bereute es sofort.

Eifrig redete Dimash Mamay weiter: »Unsere Länder sind verbunden durch grenzüberschreitende Familienclans, ein Gefühl gegenseitiger Verachtung und durch die Angst unserer Führungsschicht vor radikalen Islamisten.«

Caro gab einen unbestimmten Laut von sich, spießte eine Käsestück auf und knabberte daran. Unbeirrt sprach ihr Gegenüber weiter: »Dabei haben die Amerikaner den IS erst ermöglicht. Im Camp Bucca haben sie alle zusammen eingesperrt. Tausende Männer: Offiziere der irakischen Armee, Sunniten, Schiiten, gemäßigte Muslime und Dschihadisten. Dort wurden Netzwerke gebildet, Pläne geschmiedet. Und Abu Bakr al-Baghdadi ist in Folge zum Terrorkalifen aufgestiegen.«

Caro stocherte in ihrem Fruchtsalat.

»Ich langweile Sie, nicht wahr? Eine Unartigkeit.« Er lächelte breit.

»Schon in Ordnung.«

»Sie sind also deutsche Touristin. Und reisen allein?«

Kurz dachte Caro nach: eine Unwahrheit wurde umso glaubhafter, wenn sie nahe an der Wahrheit lag. »Ich will meinen Mann treffen. Er ist im Land unterwegs. Um ein Sicherheitskonzept für einen Touristiker zu erstellen, einem Partner der Globetrotter Travel Group. Die Banken machen Kredite davon abhängig. Wir wollen im Anschluss eine verspätete Hochzeitsreise machen.«

»Dann bleiben Sie bloß nicht hier. Reisen Sie nach Buchara weiter. Und nach Chiwa. Die haben eine intakte Altstadt. Nicht so postmodern wie Taschkent.«

Wieso pries er ihr diese Städte an? War er ein usbekischer Aufpasser? Misstrauisch fragte Caro: »Wo stammen Sie her?«

»Aus Almaty. Kasachstan. Verzeihen Sie, wenn ich zu viel rede. Zuhause kann ich es mir nicht leisten eine politische Meinung zu haben. Wer an Präsident Nasabajev öffentlich Kritik übt, kann schon einmal einen geköpften Hund vor der Haustür finden.«

Nicht schon wieder Politik, dachte Caro. »Hat Sunwon in Almaty eine Filiale?«

»Nein. Nur ein zentrales Warenlager, das ich organisiere. Normalerweise beschäftigen sie nur Chinesen in Führungspositionen. Aber nachdem letztens das Projektteam eines Bergbauunternehmens aus einem kirgisischen Dorf gejagt wurde, hat sich keiner für den Job vor Ort gefunden. Zentralasien gilt als barbarisch.« Er lachte gutmütig, fuhr ernster fort: »Im Gegenzug sieht unsere

Landbevölkerung die Chinesen inzwischen als bösartige Usurpatoren an. Das finde ich aber übertrieben.«

»Meinen Sie? Das Böse hat meist ein banales Antlitz: Gier, Ruhmsucht und Bürokratismus«, sagte Caro.

»Nur gut, nur böse, das gibt es bloß in Comics. Ich glaube nicht an dieses Konzept. Menschen sind ambivalente Wesen. Oder ist es etwa falsch sich am Aufschwung zu beteiligen? Chancen zu nutzen?«

»Nicht um jeden Preis. Ich denke schon, dass man seinem Handeln eine bestimmte Ethik zugrunde legen sollte.«

»Ein lobenswerter Vorsatz. Muss man sich aber leisten können.« Er knüllte seine Serviette zusammen und warf sie auf den schmutzigen Teller. »Wir alle sind potentielle Täter. Es kommt nur auf die Umstände an.«

Dieser Satz hätte von Gabriel stammen können. Caros Magen rebellierte.

Die Querstange war ungewohnt. Caro mühte sich beim Aufsteigen, sie fuhr ansonsten nur Damenmodelle. Kaum in Fahrt steuerte sie das blaue Fahrrad mit dem Radisson Aufkleber in Richtung des Anchor; die deutsche Botschaft befand sich in einer Parkvilla am Fluss. Im Eingangsbereich erwartete sie ein geschniegelter Mann mit gelangweiltem Gesichtsausdruck. »Schultke.« Er schüttelte ihr die Hand und schob eine Sonnenbrille über die Augen. »Bitte kommen Sie gleich mit, Frau Winter, wir haben bereits den Beamten im Innenministerium kontaktiert, der den Fall koordiniert. In einer halben Stunde haben wir einen Termin.« Mürrisch scheuchte er sie ins Freie, ein Chauffeur öffnete ihr die Autotür einer dunklen Limousine.

»Ich bin mit dem Fahrrad gekommen«, wandte Caro ein.

»Wir kümmern uns darum«, sagte er, stieg ein und zückte sein Smartphone, das er die ganze Fahrt über bediente. Die abgedunkelten Scheiben verhinderten eine ungehinderte Sicht auf die Stadt, Caro rutschte tiefer in den Ledersitz, hielt sich an ihrer Umhängetasche fest. Weder der Fahrer noch Attaché Schultke sprachen ein Wort.

Der Wagen hielt vor einem Sowjetpalast. Ein Gebäude aus Beton und orangem Glas, förmlich und abweisend. Ein riesiger Platz breitete sich vor dem Regierungsgebäude aus. Begrenzt wurde die begrünte Fläche von weiteren pompösen Gebäuden. Nur einzelne Menschen schlichen über die grafisch angelegten Gehwege, als würde die brutal-moderne Architektur ihnen die Luft zum Atmen abschöpfen.

Polizisten in petrolblauer Uniform bewachten den Eingang zum Ministerkabinett. Caro musste Pass, Visum und die Registrierung vorweisen, bevor sie durchgelassen wurde. In der Halle lotste sie ein anderer Polizist um eine Gruppe Asiaten, denen gerade ein zuvorkommender Empfang bereitet wurde. Eine lächelnde Usbekin in traditioneller Kleidung verteilte Besucherpässe an seidigen Bändern, bedruckt mit der chinesischen und der usbekischen Flagge.

Attaché Schultke begleitete Caro in den dritten Stock, stoppte vor einer verschlossenen Tür und deutete auf eine Sitzbank. »Sie werden gleich aufgerufen. Ich muss noch ein paar Angelegenheiten regeln. Melden Sie sich, wenn Sie noch etwas brauchen.« Er schien erleichtert zu sein, sie loszuwerden.

Eine Weile stierte Caro die Bürotür an, eine benommene Leere lähmte sie. Schließlich kramte sie den Beowulf aus ihrer Umhängetasche. Eigentlich hätte sie ein anderes Buch vorgezogen, aber die überstürzte Abreise hatte sie auf Lektüre vergessen lassen. Caro schlug das Buch an der markierten Stelle auf. Der bunte Streifen klebte am Ende des Finnsburg-Fragments: *Léoð wæs ásungen*. Das Lied war gesungen.

Ein scharfes Klacken ließ sie den Kopf drehen. Absätze klapperten über den Steinboden. Eine schlanke schwarzhaarige Frau in einem körperbetonten Seidenkleid schritt den Gang entlang. Dunkle Augen und rosa Lippen, eine modische Sonnenbrille wie ein Haarreif am Kopf, durchmaß sie den Raum und die Wände schienen sich zu ihr zu neigen. An ihrer Handtasche baumelte eines der Bändchen mit den eingewebten Flaggen. Während sie vorbeirauschte, schoss die Hand des Polizisten, der am Gang postiert war, zur Schirmkappe mit dem goldenen Abzeichen hoch. Die junge Frau beachtete ihn nicht. Seine Augen folgten ihrer Rückseite. Die Kordel an seiner Mütze wippte. Ohne zu Klopfen öffnete sie eine Tür und verschwand.

»Hush Kelibsiz!«, sagte eine Stimme. Caro schaute geradeaus. Ein kleiner Mann, der sie an ein Frettchen erinnerte, stand vor ihr, verneigte sich leicht, sprach in langgezogenem Russisch weiter. »Bitte sehr, treten Sie ein. Bitte. Ich bin Pavel Djanibekov. Setzen sie sich.« Er geleitete sie zu einer Sitzgruppe, holte eine Mappe von seinem Schreibtisch.

»Darf ich Ihnen etwas anbieten? Tee? Wasser?«

Ungeduldig schüttelte Caro den Kopf. »Was wissen Sie von meinem Mann und seinem Mitarbeiter Herrn Borge? Haben Sie meinen Mann gefunden?«

Der Beamte setzte sich ihr gegenüber, lockerte seine Krawatte, schlug die Mappe auf. Er räusperte sich. »Frau Winter, bitte verstehen Sie – wir haben eine strenge Registrierungspflicht für Reisende. Herr Winter und

Herr Borge hatten nur ein Transitvisa. Nach ihrer Registrierung in Moynas und später in Nukus hat es keinen Eintrag mehr gegeben. Ich will nicht ausschließen, dass sie noch illegal im Land sind. Aber ich denke, sie haben Usbekistan verlassen.« Er schaute sie mit leicht geöffneten Lippen an und erinnerte noch mehr an ein Nagetier. »Soweit wir es recherchieren konnten, sind sie mit einem privaten Hubschrauber abgeflogen. Ohne Reiseplan. Ein unkontrolliertes Vorgehen. Und nicht den gesetzlichen Vorschriften entsprechend. Ein weiteres Visum wurde bei keiner unserer Vertretungen beantragt. Im Moment gehen wir davon aus, dass sie einen unbewachten Flugkorridor nach Afghanistan benutzt haben. Wir haben bereits eine diplomatische Anfrage nach Kabul geschickt. Eine komplexe Situation.« Seine dunklen Augen wirkten betrübt. »Bitte gedulden Sie sich noch ein paar Tage. Wir machen, was wir können.«

»Und wenn ich selber nach Kabul reise?«

Heftig schüttelte er den Kopf. »Davon rate ich ab. Mit Nachdruck. Hier sind Sie sicher. Bleiben Sie in Taschkent. Es ist eine schöne Stadt.« Er stand auf und öffnete die Tür zu einem Nebenraum, ließ eine dralle Frau herein. »Das ist Frau Zohra Nuraliev. Sie wird Ihnen für die Dauer Ihres Aufenthaltes als Reisebegleiterin zur Verfügung stehen. Sie kommt aus der Mahalla Kiyot, ihr Mann ist ein Aksakal, daher kennt sie viele Leute, man respektiert Frau Nuraliev. Sie sind in guten Händen.«

Er strahlte über das ganze Gesicht, so als hätte er ihr eine mehrstöckige Torte präsentiert. Caro war zu verblüfft, um zu protestieren. Die Frau knöpfte ihre Strickweste über dem buntgemusterten Kaftan zu, rückte den Knoten ihres Kopftuches im Nacken zurecht. In Russisch sagte sie freundlich: »Kommen Sie, Madam.

Wir machen uns einen schönen Nachmittag. Eine gute Stadt, wirklich gut.«

Caro starrte zwischen Herrn Djanibekov und Frau Nuraliev hin und her. Beide lächelten zuvorkommend und ihr fiel kein Argument ein, um abzulehnen. Caro stand auf und ging hinaus. Trotz ihrer matronenhaften Statur bewegte sich die Usbekin gewandt durch die Leute in der Eingangshalle. »Möchten Sie ins Museum für angewandte Kunst? Sie sind Restauratorin hat Pavel erzählt?«

Caro nickte stumm.

Die Matrone scheuchte einen Polizisten fort. »Ein schöner Ort, wirklich schön. Alexander Polovtsov hat die Villa bauen lassen. Er war ein Diplomat des Zaren und hat Kunsthandwerk gesammelt. Sehr, sehr schöne Dinge: Musikinstrumente aus dem Fergana-Tal, Goldstickerei aus Buchara, Ikat-Weberei und Duppi aus allen Regionen. Und erst das Gebäude selber – bemalte Decken, durchbrochene Lampen, geschnitzte Holztüren, stuckverzierte Wände voller Blüten und Arabesken. So schön, so schön. Und im Museum-Shop gibt es Taschen und Kleider von Fatima. Das ist eine junge Designerin aus Taschkent. Sehr, sehr begabt. Diese Tasche ist von ihr.« Die Matrone hielt ihre bestickte Stofftasche hoch.

»Ja, sehr schön«, murmelte Caro. »Aber können wir nicht einfach nur ins Hotel zurück?«

»Gut. Das Wetter ist gut. Gehen wir spazieren. Haben Sie für abends schon etwas vor, Madam?« Frau Nuraliev drängte sie sachte zu einem Gehweg, der schnurgerade über den Unabhängigkeitsplatz führte.

Sie wird mich doch nicht rund um die Uhr beaufsichtigen?, dachte Caro erschrocken, schüttelte den Kopf.

»Sie könnten ins Turkistan gehen, dort treten gerade Sogdora auf. Tolle Tänzerinnen, wirklich. Und im Alisher-Navoi-Theater steht Burana am Programm. Sehr ergreifend. Muchtar Aschrafowitsch war ein großer Künstler. Ja, wirklich groß.«

»Was sind Duppi?«, versuchte Caro abzulenken. Sie hatte nicht vor mit der Usbekin ins Theater zu gehen.

»Eine Tjubetejka. Traditionelle Kappen«, sagte Frau Nuraliev, zog ein Taschentuch hervor und schnäuzte sich. »Schöne Muster. Entworfen von Meisterinnen. Männer tragen sie noch häufig. Wir Frauen meistens nur zur Festtracht.«

Sie querten eine breite Straße mit überraschend wenig Verkehr, gingen durch einen rasterförmigen Park und unter einer Straßenbrücke durch. Vor einem gewollten Riss im Pflaster hielt die Matrone inne. Am Ende der Bruchlinie erhob sich ein steinernes Pärchen. Mann und Frau streckten abwehrend die Hände aus, blickten trotzig auf den Betrachter nieder. Die Frauenstatue drückte ein Kleinkind an sich. Figuren im Stil des sozialistischen Realismus. *1966* stand auf einem geborstenen Granitblock. Caro hatte im Reiseführer darüber gelesen. In dem Jahr war Taschkent von einem Erdbeben zerstört worden. Und im darauffolgenden Jahr hatten tausende sowjetische Freiwillige die Stadt zu einem guten Teil wieder aufgebaut.

Mit verschränkten Händen stand Frau Nuraliev davor, zum ersten Mal, seit sie das Ministerium verlassen hatten, ganz still. Schließlich sagte sie: »In der Not muss man fest werden wie ein Steinwall.« Aufgewühlt zupfte sie an Caros Ärmel und winkte sie tiefer in den Park hinein, zu Holztischen und Stühlen zwischen efeubewachsenen Kiefern, Yucca, spitz zulaufenden Zypressen und kugelrunden Buchsbüschen. Jeder Tisch stand auf einer eigenen Plattform. Pendelschirme beschatteten die Sitzplätze. Ruheoasen im Grün. Fast ein mediterranes

Ambiente. Für einen Moment hatte Caro ein Bild vor Augen: mit Gabriel in Locarno, eine Reise, die sie für das nächste Frühjahr geplant hatten.

Ein Kellner schob Caro freundlich den Stuhl zurecht, legte ihnen Speisekarten hin. Muss ich sie einladen?, überlegte Caro. Sie blätterte lustlos in der zweisprachigen Karte und die Usbekin bestellte für sie beide. Kurz darauf servierte ihnen der Kellner große Teller mit Grillspießen, dazu Kannen mit grünem Tee.

»Haben Sie eine gute Schwiegermutter, Madam?«

Noch vor kurzem hätte Caro diese Frage unbeantwortet gelassen, aber inzwischen wusste sie: Gespräche über die Familie waren hier genauso höflich wie Gespräche in England über das Wetter oder in China über die Gesundheit. Sie antwortete: »Ja, danke der Nachfrage. Sie ist sehr freundlich.«

Zufrieden nickte die Matrone, trank Tee in kleinen Schlucken. »Sie passt auf Ihre Kinder auf? Oder sind die schon selbstständig?«

»Ich bin erst seit acht Monaten verheiratet«, sagte Caro und stocherte in ihrem Essen, das Fleisch roch penetrant.

Die Brauen der Usbekin schossen hoch. »Ach so. So spät. Ach so. Da müssen Sie sich aber beeilen. Das wird schwer. Sehr schwer.« Mitleidig schaute sie Caro an. »Ihr im Westen macht euch das Leben so schwer.«

Unwillkürlich legte Caro eine Hand auf den Bauch.

Endlich sprang das Licht auf Grün. Caro riss die Schlüsselkarte aus dem Schlitz. Hüpfte mit verschränkten Beinen ins Bad, klappte den Klodeckel hoch. Seufzend hockte sie auf der Brille und streifte die drückenden Schuhe ab. Ihre bequemsten Treter. Warum waren ihr die Schuhe plötzlich zu klein?

Sie wusch sich die Hände, setzte sich auf das Doppelbett und massierte ihre Sohlen. Der Inhalt ihrer Umhängetasche, die sie einfach fallen gelassen hatte, lag verstreut am Boden: Smartphone, Notizheft, Stifte, Kosmetiktasche, Kleingeldbörse, Taschentücher, Sonnenbrille, Prepaid-Handy, Pass, Registrierungsschein und lose Geldscheine. Gerade hatte sie am Wechselschalter neben der Rezeption hundert Euro auf mehrere Packen Som getauscht. Frau Nuraliev hatte ihr empfohlen, in Taxis und Geschäften nicht mit Euro zu zahlen, man würde sie beim Wechselkurs übervorteilen. Und sie hatte Caro ermahnt abends nicht allein auf die Straße zu gehen und keinen auffälligen Schmuck zu tragen. Ihr Blick war zu der emaillierten Taschenuhr gewandert, die Caro an einer goldenen Kordelkette um den Hals trug. Zum Abschied hatte die Matrone noch ihre Telefonnummer aufgeschrieben und gesagt: »Rufen Sie an, wenn Sie das Hotel verlassen, Madam.« Es hatte wie ein Befehl geklungen.

Caro rollte ihre Schultern, zog sich aus und schlüpfte in eine Leggings und einen Sweater. In Schlapfen ging sie in den menschenleeren Fitnessraum des Radisson Blu, legte ein Handtuch, in dem sie ihr Smartphone und die Schlüsselkarte eingerollt hatte, neben einen Crosstrainer und marschierte los, bis sie außer Atem war, reduzierte dann das Tempo. Popmusik dudelte durch den Raum. Ein schräger Mix aus westlichen Rhythmen und asiatischen Klängen. Caro fuhr sich mit der Zunge über die trocknen Lippen. In einer Nische bemerkte sie eine Kühlvitrine mit Wasserflaschen zur freien Entnahme. Sie hüpfte vom Gerät, eilte durch den Raum. Hastig riss sie die Kappe ab, trank in langen Schlucken. Die Kälte biss in ihren Gaumen und sie genoss den Schmerz.

Eine Tür fiel zu und Caro zuckte zusammen. Sie fuhr herum – aber noch immer war sie allein im Raum. Mit langen Schritten rannte sie zur Eingangstür, zog sie auf und kontrollierte den Hotelgang, erhaschte noch eine Silhouette, die um die Ecke verschwand. Caro hastete zu ihrem Handtuch und rollte es auf: Smartphone und Schlüsselkarte glitten heraus. Sie atmete auf, runzelte dann die Stirn. Hatte sie es nicht auf die linke Seite gelegt?

Nachdenklich eilte sie in ihr Zimmer zurück, wischte auf dem Smartphone, versuchte herauszufinden, ob in den Einstellungen oder bei den Apps etwas anders war. Mehrere W-LANs standen zur Verfügung. Ein Luxus, den das Hotel bot, in der restlichen Stadt waren die öffentlichen Internetzugänge eher mau. Sie trank die Wasserflasche leer, öffnete ihre Zimmertür, stockte. Stimmen erklangen, danach ein Tusch. Hatte sie den Fernseher nicht ausgeschalten?

Jetzt werde ich schon hormondämlich, dachte Caro, hängte ihr Gewand auf, stieg in die Dusche und überlegte, ob sie im Restaurant zu Abend essen sollte. Der Geruch der muffigen Grillspieße drängte sich ihr auf und sie würgte. Im Bademantel knotzte sie sich in den roten Fauteuil neben dem Fenster, wechselte den Sender zu CNN und griff sich eine Orange aus der Obstschale. Ein Stich durchzuckte ihre Schläfen. Caro ächzte, kroch ins Bett, drehte den Fernseher leiser. Sie legte eine Hand auf ihren Bauch. Zu zweit und doch mutterseelenallein, dachte sie. Was mache ich bloß? Was nur? Was? Ein Schluchzen drängt ihre Kehle hoch.

Sie kneift die Augen zusammen. Der Mensch scheint ein Mann zu sein. Ein junger Mann in einem sandfarbenen Overall. Ein Gewehrlauf ragt über seine Schulter. Er trägt eine Art Turban aus blauem Stoff, ein Ende über den Mund gewickelt, wie ein Tuareg-Nomade. Aber hier ist nicht Afrika, das weiß sie ganz sicher. Am Strick führt er ein Trampeltier. Warum wartet sie auf ihn? Sie kennt ihn nicht und sie fürchtet sich. Vor dem, was er mitbringt. Etwas baumelt aus seiner geschlossenen Faust.

Müde taumelte sie auf. Noch immer pulsierten ihre Schläfen. Vor dem Fenster war es neondunkel. Caro tappte ins Bad, griff nach dem Necessaire, holte Schmerztabletten heraus, ließ den Blisterstreifen fallen. Was darf ich überhaupt einnehmen? Sofort noch ein Gedanke: Aber wenn ich es nicht behalte, ist es doch egal. Sie nahm ein Glas von der Ablage, füllte es mit Leitungswasser, trank in einem Zug aus. Rumpeln und schleifen vom Gang. Sie schlurfte zum Bett zurück, plumpste hinein, wickelte sich in die warme Decke. Der Traum fiel ihr ein. Ich sollte endlich aufhören dieses vermaledeite Buch zu lesen, dachte sie, lauter Gemetzel und Gelage, das fordert seltsame Einbildungen geradezu heraus. Dösend blieb Caro liegen, bis ihr die Sonne ins Gesicht schien. Die Hotelinformation am Flachbildschirm prognostizierte einen sonnigen Tag mit 20°C Nachmittagstemperatur. Caro setzte sich auf und dachte: Ich brauche neue Schuhe.

Trotzig stopfte sie den Zettel mit der Telefonnummer von Frau Nuraliev zurück in das Seitenfach ihrer Umhängetasche. Sie stand auf, lief ein paar Schritte hin und her. Die Schuhe passten. Der Kunststoff roch chemisch, trotzdem behielt Caro die bunten Sneakers gleich an, riss die Etiketten mit den chinesischen Schriftzeichen ab. Sie blätterte der lächelnden Verkäuferin 25000 Som hin, packte ihre Ballerina in ein Plastiksackerl.

Der Gehweg zum Unabhängigkeitsplatz führte vorbei an einer schneeweißen Moschee mit hellblauer Kuppel, einer Großbaustelle und dem Park hinter der deutschen Botschaft. Der Wetterbericht behielt recht, die goldgelben Blätter der Bäume entlang des Anchor schienen zu strahlen. Kurz war sie versucht Herrn Schultke zu bedrängen, aber man würde sie wahrscheinlich gar nicht zu ihm vorlassen.

Auf dem Treppenabsatz im Ministerium wachte der gleiche Polizist wie am Vortag, ein breitschultriger Mann mit dichtem Schnauzbart. Gerade als Caro an ihm vorbeiwollte, streckte er den Arm aus. »Passport, spasiwa.«

»Ich habe mich gestern schon bei Ihnen ausgewiesen. Ich war in Begleitung von Attaché Schultke von der Deutschen Botschaft«, erklärte Caro.

Unbeirrt streckte der Polizist die Hand aus. Sie griff ins Seitenfach der Umhängetasche, holte ihren Pass heraus und zeigte ihn her. Der Mann zog ihn ihr aus den Fingern, blätterte darin. »Registratsiya«, sagte er scharf.

Wortlos reichte Caro ihm das Formular mit dem Stempel des Radisson Blu. Die Sonne stach in ihren Nacken und Caro wippte hin und her. Wieder blätterte der Polizist in ihrem Pass, betrachtete die Stempel. »Professiya?«

»Restauratorin. Aber ich bin nicht beruflich in Taschkent. Ich will zu Herrn Pavel Djanibekov. Er erwartet mich.«

Der Polizist hielt stur ihre Papiere und schwieg. Caro überlegte, ob er Geld in ihrem Pass erwartet hatte.

»Salom, Vahob. Yasche ma?«, sagte eine fröhliche Stimme neben ihr. Die junge Frau, die sie gestern auf dem Gang gesehen hatte, redete schnell in Usbekisch auf den Polizisten ein, hakte sich bei Caro unter. Er gab ihr die Papiere zurück und deutete ihnen mit dem Kinn weiterzugehen. »Rachmat«, bedankte sich die Frau, zwinkerte ihm zu und zog Caro mit sich. »Unsere Polizisten handeln oft noch so streng wie unter Präsident Karimow. Seit Mirsijojew an der Macht ist, hat sich aber einiges geändert. Man darf freier sprechen. Es gibt jetzt sogar Facebook und Skype. Sie sind aber noch genauso vorsichtig wie früher.« Sie winkte dem Uniformierten zu. »Du musst Vahob Antojnew sein Verhalten nachsehen. Polizisten arbeiten sechzehn Stunden am Tag, dürfen nicht das Land verlassen und können sich nur im Hochsommer ein paar Tage frei nehmen. Kein leichter Job. Ich bin übrigens Nadja.« Sie sprach zu Caros Verwunderung fließend Deutsch.

Aus der Nähe erschien die junge Usbekin noch schöner. Sie war nur wenig geschminkt, trotzdem wirkte ihr Gesicht ausdrucksvoll und konturiert. Neben ihr kam sich Caro farblos vor. »Danke, Nadja. Arbeitest du im Ministerium?«

»Nein. Ich besuche nur meinen Verlobten.«

»Du sprichst sehr gut Deutsch.«

»Meine Großmutter ist eine Wolgadeutsche. Und ich habe einige Semester in Berlin studiert. Treffen wir uns in einer Stunde im Florya? Du kannst es nicht verfehlen, es ist gleich neben der Oper.« Sie rauschte davon, ohne Caros Antwort abzuwarten.

Mit einem Dudeln bestätigte das Handy den Pin-Code. Caro drückte die Pfeiltaste, bis sie bei den Mitteilungen ankam und schrieb in das Textfeld: *Behörden unkooperativ, halten Informationen zurück, glaube ich, versuche Druck zu machen, werde aber bewacht, soll ich Geld anbieten? C.*

Lichal hatte ihr erklärt, dass das Gerät modifiziert worden war und alle Nachrichten automatisch verschlüsselte. Für normale Kommunikation war das Handy nicht geeignet. Caro drückte *Senden* und betrat das Florya.

Nadja wartete bereits, winkte ihr zu. Auch in diesem Lokal waren die Tische auf Plattformen gruppiert, getrennt durch Töpfe mit Blumen und niederen Palmen. Nadja hatte eine Glasschüssel vor sich, in der Mitte drei große Kugeln Vanilleeis, rundum Früchte: Granatapfelkerne, Melonen, Pfirsiche, Weintrauben, darüber gestreut geröstete Mandeln. Caro bestellte das Gleiche.

Zwischen dem Garten des Cafés und dem Opernhaus spiegelten sich goldfarbene Birken in einem kleinen See. Ein Hochzeitspaar posierte vor den weißen Stämmen, ein Fotograf wuselte vor ihnen herum, knipste und knipste. In einer Pause winkte der Mann zu ihnen herüber. Caro schaute Nadja fragend an.

»Eines meiner Projekte«, sagte die Usbekin.

»Projekte?«

»Ja, ich arbeite für eine Stiftung, eine Präsidialorganisation, die Hochzeiten für arme Paare organisiert. Meistens heiraten gleich neun oder zehn Paare an einem Termin. Wir zahlen die Brautkleidung, die Zeremonie und auch die Bewirtung der Familien.« Sie klaubte eine Weintraube aus der Schüssel, saugte daran und schluckte die Frucht. Am Nebentisch starrte ein pickeliger Bursche Nadja ungeniert an. Sie fuhr fort: »Damit verhindern wir, dass sich verarmte Familien nicht leisten können ihre Kinder zu verheiraten. Und davon gibt es eine ganze Menge im Land, besonders unter den Bauern. Bei uns können junge Leute nicht einfach so zusammenziehen. Die arrangierten Ehen werden zwar immer weniger und Mädchen können Kandidaten, die ihnen präsentiert werden, auch ablehnen, aber geheiratet werden muss sofort. Vorher dürfen Paare sich nicht allein treffen.«

»Deshalb besuchst du deinen Verlobten im Büro?«

»Ein kleine Schummelei«, sagte Nadja lächelnd.

»Wonach hast du deinen zukünftigen Mann ausgewählt?«

Nadja antwortete prompt. »Das hat ein Algorithmus für mich gemacht. Eine Heiratsplattform. Nicht trinken, nicht rauchen, eine gute Position, die gleiche Bildungsschicht. Das waren die Kriterien. Und beim ersten Treffen war ich seiner Mutter genehm, das ist das Wichtigste.«

Caro nickte, sagte aber nichts, sie löffelte das restliche Vanilleeis aus ihrer Schüssel.

Nadja seufzte. »Das kannst du vielleicht nicht verstehen, aber bei uns heißt es noch immer: Das Glück einer Frau besteht darin, dass sie Kinder gebiert und dass im Haus kein Mangel herrscht.«

»Auch bei uns gibt es nicht wenige Männer, die sich genau das von ihren Frauen wünschen. Deshalb holen manche sich Frauen aus dem Osten. Erleben dabei aber oft eine Überraschung.«

Nadja kicherte. »Wie hast du deinen Mann kennengelernt?«

»Ich habe Personenschutz gebraucht und bei seiner Firma angefragt«, sagte Caro wahrheitsgemäß.

»Und da seid ihr euch nähergekommen?«

»Eigentlich nicht. Anfangs habe ich ihn nicht leiden können. Gabriel ist sehr distanziert, wenn man ihn kennenlernt. Einer seiner Mitarbeiter hat auf mich aufgepasst.« Caro wollte nicht mehr erzählen, aber Nadja hatte sich vorgebeugt, schaute sie gespannt an. Caro sagte: »Ich habe mich nicht in Gabriel verliebt. Die Vergeltung hat uns verheiratet, später hat uns die Liebe befreundet.«

»Wie spannend. Das will ich jetzt aber ganz genau wissen«, rief Nadja und putzte theatralisch ein paar Brösel von ihrem Kleid. Dann wanderte ihr Blick zur Seite und ihr Gesicht fror ein, bekam den herablassenden Ausdruck, den Caro im Ministerium bei ihr gesehen hatte.

Schnaufend setzte sich Frau Nuraliev zu ihnen an den Tisch. »Madam, Madam. Sie hätten mich doch anrufen sollen«, keuchte sie. »Wenn nicht der gute, gute Pavel wäre.« Sie schüttelte betrübt den Kopf. »Die Stadt ist groß, wirklich groß. Es soll Ihnen doch nichts passieren.«

»Ich habe auf Caro geachtet, Baibitsche«, sagte Nadja beschwichtigend.

»Geachtet, ja, ja. Bist noch ein Füllen und springst gern durchs junge Gras. Was willst du schon achten?« Unvermittelt lächelte sie und ihre Goldzähne blinkten im Sonnenlicht. »Aber genieß nur. Ist schon recht. Da bist du später anständig und folgst deinem Mann.«

Nadja ächzte, nahm eine Serviette und tupfte umständlich ihren Mund ab, wischte ein paar Krümel vom Tisch. Frau Nuraliev hob den Finger. »Der Mann ist nun einmal der Kopf der Familie«, sagte sie mit Nachdruck, drehte sich zum Kellner um und bestellte einen Eiskaffee.

Nadja flüsterte Caro zu: »Und die Frau ist der Hals, der entscheidet, wohin der Kopf schaut.« Sie faltete sorgfältig die Serviette zusammen, nahm ihr Smartphone. »Jetzt muss ich aber. Der nächste Termin wartet.« Nadja griff in ihre Handtasche.

»Lass nur«, sagte Caro. »Ich lade dich ein.« Sie kramte nach ihrer Geldbörse, legte den Beowulf auf den Tisch.

»Was ist das?«

»Ein angelsächsisches Heldenepos in englischer Übersetzung und mit historischen Erläuterungen. Nicht gerade ein Thriller.«

»So etwas Ausgefallenes gibt es bei uns nicht zu kaufen.« Nadja betrachtete interessiert den roten Umschlag. »Zum Englisch üben taugt es sicher.«

Caro klappte das Buch auf, zog den Markierungsstreifen ab, reichte Nadja den Band. »Ich schenke es dir. Falls du schwer einschläfst, lies ein paar Seiten.«

Nadja lächelte strahlend, nahm das Buch, hauchte Caro einen Kuss hin und eilte davon.

Kopfschüttelnd schaute die Matrone ihr nach. »Viel zu lebhaft. Viel zu modern.«

Caro schaute ins Nichts, der markierte Vers stand ihr noch brennend vor Augen: *Swá giómormód giohðo maénde.* So gab er klagend dem Kummer Ausdruck.

Eine kleine Frau grüßte Frau Nuraliev, die sich umdrehte, und bald palaverten sie in schnellen Sätzen, die Caro nicht verstand.

Am Nebentisch diskutierte eine Touristengruppe in Englisch über die nächsten Stationen ihrer Rundreise. Als die Stadt Nukus genannt wurde, hörte Caro angespannt zu. Eine blauhaarige Frau wollte unbedingt dorthin, um das Museum zu besuchen, das eine Sammlung sowjetischer Avantgardekunst ausstellte. Der sonnenverbrannte Mann neben ihr verzog das Gesicht. Er wollte sofort nach Samarkand weiter.

»Dort wird man aber gerade dauernd kontrolliert. Wegen der Chinesen«, warf eine Frau ein, unter deren Basecap dichte weiße Löckchen hervorquollen. »Die haben eine nagelneue Fabrik hingestellt. Die wird in den nächsten Tagen eröffnet. Großes Programm mit lauter Politikprominenz aus Taschkent.«

Die blaue Frau stupfte ihren Begleiter an. »Willst du etwa eine Fabrik ansehen? Da können wir uns ja auch gleich die Baumwollfelder ansehen. Mit den arbeitenden Kindern.«

»Nicht so laut!«, wies die ältere Frau sie zurecht. »Wenn wir nach Nukus fahren, bekommen wir die auch zu sehen. Und die Aralwüste. Dort wo einmal der See war. Lauschige Gegend.«

»Und lauter verrostete Frachtschiffe. Schrotthaufen im trockenen Nirgendwo. Nicht meine Baustelle.« Der Mann kratzte an seinem Sonnenbrand.

»Wo die Insel war kann man sowieso nicht hin. Das ist Sperrgebiet«, sagte der Vierte am Tisch, ein Mann mit Knollennase und großen Ohren.

Bei *Sperrgebiet* schreckte Caro auf. Sie überlegte, ob sie den Grund erfragen sollte. Die Touristen würden ihr sicher eine ehrliche Auskunft geben.

Kaum hatte sie sich halb erhoben, vibrierte das Prepaid-Handy. Unauffällig holte sie es aus ihrer Westentasche, drückte die grüne Taste und las den Text am Display. Oberst Lichal hatte geantwortet: *Geld anbieten heikel. Und unnötig. Info von Kontakt. Matthäus Borge gefunden. Derzeit im Spital Termez. Schwer verletzt. Befragung versuchen.*

5

»Der Ministerialbeamte hat unwissend getan. Aber er hat meinen Blick gemieden. Und dieser Schultke hat sich telefonisch verleugnen lassen. Dabei bin ich hinter dem Zaun der Botschaft gestanden und habe ihn am Parkplatz gesehen.« Caro rückte das Smartphone zurecht. »Ich würde ja einfach losfahren, aber spätestens bei der ersten Polizeikontrolle setzen die mich fest und holen diese usbekische Über-Mama. Gestern habe ich gerade noch vermeiden können, dass sie mir die Wange tätschelt.«

Britta lächelte schwach. »Du solltest nach Hause fliegen.«

»Das mache ich sicher nicht. Nicht bevor ich mit Matthäus gesprochen habe.«

»Du willst mir nicht sagen, wer dich informiert hat?«

»Sagst du etwas zu deinen Quellen?«

Britta zuckte mit den Achseln, ihr Bild erstarrte, nur ihre Stimme bewegte sich: »Also versuchst du nach Termez zu kommen?«

»Natürlich.«

»Ich kann dich nicht überzeugen still zu halten und zu warten, bis ich dir jemanden schicke?«

»Bis der ein Visum bekommst, dauert es mindestens eine Woche«, gab Caro zu bedenken.

»Und wie hast du das in einem Tag geschafft?« Brittas Kopf bewegte sich wieder, sie wuschelte in ihren Haaren. Ein paar Strähnen standen ab.

Caro biss sich auf die Unterlippe und schüttelte den Kopf.

»Du hast *ihn* aufgetrieben, stimmt's?« Britta seufzte. »Ein heißes Pflaster. Ich hoffe, du hast ihm nichts versprochen.«

»Du verstehst die Situation nicht«, erwiderte Caro.

»Wie auch immer. Warum, bei allen Teufeln, lässt du nicht ihn intervenieren?«

»Dafür gibt es Gründe. Und die werde ich dir nicht erklären«, stieß Caro hervor. »Nicht jetzt.«

»Wenn dir etwas passiert und Gabriel kommt unversehrt von wo auch immer zurück, frisst er mich auf.«

»Und verdirbt sich dabei den Appetit«, sagte Caro.

Britta lachte. »Kann ich dir irgendwie sonst helfen?«

»Informiere den Vater von Matthäus. Er soll die Jungs vom Resolute Support einschalten. Damit ist Matthäus geschützt und wird gut behandelt. Ich versuche in spätestens drei Tagen zurück zu sein, okay?«

»Melde dich – und pass gut auf dich auf.«

Caro nickte und beendete die Verbindung, beantwortete einige Mails. Außerdem schrieb sie eine Nachricht an die Gynäkologin und bat um einen letztmöglichen Termin.

Ihr Magen fühlte sich angenehm leer an. Der erste Morgen seit langem, an dem Caro keine Übelkeit verspürte. Sie drehte sich auf den Rücken, ließ ihre Gedanken fließen, ohne sie festzuhalten. Fast döste sie wieder ein, das Telefon klingelte. Nicht ihr Smartphone, sondern der hoteleigene Apparat. Sie hob ab und Nadjas Stimme rief fröhlich: »Frühstücken wir gemeinsam? Café Europa?«

Caro stimmte sofort zu, schlüpfte in eine Röhrenjeans und ein Twinset aus Kaschmir, band sich einen Zopf.

Als sie das Kaffeehaus im Hotel betrat, war Nadja in ein Gespräch mit dem Kellner vertieft. Sie legte ihre Hand auf seine Schulter und flüsterte ihm etwas zu. Er lachte.

Nachdem sie sich einen Tisch ausgesucht und bestellt hatten, holte Nadja ein Buch aus ihrer eleganten Aktentasche, legte es vor Caro hin. »Ein kleines Gegengeschenk. Zweisprachig. Zum Russisch üben taugt es.«

Caro las den Titel: *Tschingis Aitmatow. Dshamilja.* »Hat es dir gefallen?«

»Geht so. Ich lese lieber Exotischeres. Schickes Twin-Set, übrigens. Wo hast du es her?«

»Aus einem Geschäft in Oxford. Vor zwei Wochen war ich noch in England.«

»Du stehst auf klassische Mode?«

»Vor allem auf Bequemes«, antwortete Caro unbestimmt. Der Kellner servierte ihnen ein kontinentales Frühstück, wie es in Hotelsprache so schön hieß.

»Was kann man denn außerhalb von Taschkent unternehmen?«, fragte Caro.

Nadja schlug ihr Ei auf. »Stehst du etwa auf Outdoor-Zeug?«

»Nein. Ganz und gar nicht. Aber hier ist alles so … so …«

Nadja grinste: »So Sowjet.«

»Äh. Ja.« Caro lächelte retour. »Ich hätte gern mehr Lokalkolorit gesehen.«

»Fahr doch nach Samarkand oder Buchara.«

»Ich habe das beim Visaantrag vorab nicht angeführt. Ich bin nur für Taschkent registriert. Und Frau Nuraliev passt ganz genau auf.«

»Warum?«

Was sollte sie Nadja sagen? Eingedenk der Warnung von Oberst Lichal, wollte Caro keinesfalls etwas über ihre Suche preisgeben. »Mein Mann ist beruflich gerade im Fergana-Tal unterwegs. Im Grenzgebiet zu Osch. Und die Behörden sind da etwas heikel.«

»Ja, verstehe. Hm.« Nadja tupfte sich maniert den Mund ab, griff nach ihrem Smartphone und tippte. In schnellem Usbekisch sprach sie ein paar Minuten, legte auf. »Erledigt. Drei Tage Abstecher sind genehmigt. Sie schicken gleich eine Bestätigung ans Fax in der Rezeption.« Sie wischte über das Display. »Um zwei können wir den Afrosiyob nehmen. Ich liebe Zugfahrten.«

Caro beugte sich vor und legte ihre Finger auf Nadjas Hand. »Danke. Du bist ein Organisationsgenie. Alle Achtung.«

Eine leichte Röte überzog Nadjas Gesicht, sie winkte ab. »Kleinigkeit. Wozu hat man Kontakte?« Sie zwinkerte Caro zu. »Ich freue mich mit dir unterwegs sein zu können. Bei uns sind die meisten Frauen sehr gesittet. Ich muss immer aufpassen, was ich sage. Viele Themen sind tabu.« Sie biss genussvoll in ein Croissant.

Der Triebwagen glich einer Hundeschnauze. Dahinter reihten sich weiße Waggons mit hellblauen Dächern. Der Afrosiyob war ein Prestigeobjekt, ein Luxuszug, der täglich zwischen Taschkent und Samarkand verkehrte. Als sie einstiegen, hatte Caro fünf Passkontrollen hinter sich. Zugbegleiterinnen in sandfarbenen Kostümen und mit schicken Schiffchen am Kopf wiesen ihnen die Sitzplätze zu. Nadja bewegte sich gewohnt selbstbewusst, Frau Nuraliev blieb ungewohnt schweigsam, hielt ihre kleine Reisetasche an sich gedrückt.

Erst nachdem sich der Zug in Bewegung gesetzt hatte, entspannte sich die Matrone, holte eine Tüte aus ihrer bestickten Tasche und knabberte Halva. Eine der Stewardessen servierte ihnen Tee und kleine Würfel aus türkischem Honig mit Mandeln. Die Fahrt dauerte rund zwei Stunden und Nadja plauderte die ganze Zeit unbeschwert, suchte zwischendurch ein Hotel, das ihren Ansprüchen gerecht wurde. Caro hielt sich zurück, warf nur ab und zu einen Satz ein. Nadja übernahm auch am Bahnhof von Samarkand die Führung, organisierte ein Taxi für die Fahrt zum Hotel Malika Prime. Caro bezahlte.

Den ganzen Abend beschäftigte sie die Frage: Wie komme ich weiter nach Termez? In der Hotelrezeption hatte sie erfragt, dass vom Busbahnhof mehrmals täglich Marschrutkas in den Süden fuhren. Sammeltaxis, die eine bestimmte Strecke ohne fixe Haltestellen bedienten. Sollte sie sich einfach absetzen? Aber Frau Nuraliev würde sofort das Ministerium informieren und man würde Caro in Termez aufgreifen. Welchen Grund konnte sie erfinden, um weiterreisen zu dürfen?

Aufgekratzt unterhielt sich Nadja mit den anderen Gästen, die neben ihnen am Taptschan saßen. Rot gemusterte Kissen zierten die Sitzplattform, die unter einem geschnitzten Vordach auf der Dachterrasse des Hotels stand. Durch die abenddunklen Bäume leuchtete die Kuppel des Gur-Emir-Mausoleums. Nadja flirtete abwechselnd mit dem Kellner und einem Belgier, der leicht gekrümmt ihr gegenüber hockte. Frau Nuraliev fotografierte begeistert. Caro zwang sich touristische Heiterkeit ab.

Eine Musterflut stürzte auf sie ein. Schimmerndes Blau in allen Schattierungen auf goldfarbenem Grund, gerahmt in Weiß. Arabesken, Blüten, Girlanden, Verschachtelungen. Kufi-Schriftbänder. In dieser verschwenderischen Pracht erfahren selbst Ungläubige einen Hauch Göttlichkeit, dachte Caro. Die drei monumentalen Medresen des Registan-Platzes entlockten Frau Nuraliev kleine Kiekser des Entzückens. Sie sprach ein Gebet, kaufte sich eine Tüte Trockenfrüchte, kaute und fotografierte abwechselnd. Nadja stöberte an einem Verkaufsstand. Keramikteller mit braunem Grund und blauem, ornamentalem Blütenmuster stapelten sich vor ihr. Die Usbeken, die über den riesigen Platz flanierten, waren deutlich traditioneller gekleidet als die Einwohner von Taschkent: die Frauen in gemusterten Kaftanen, weißen Kopftüchern mit Stickereien und mit bunten Sonnenschirmen; die Männer in Tuniken, ärmellosen Westen und mit dunklen Duppis auf dem Kopf. Dazwischen eine Gruppe Kinder in Schuluniformen. Nadja kaufte zwei Majolika-Teller mit Granatapfelmotiv. »Eine Geschenk für meine Schwiegermutter. Eine gute Investition«, sagte sie.

»Wird hier noch gelehrt?«, erkundigte sich Caro und tippte eine SMS an Herrn Djanibekov.

»Nein. Die Medresen sind alle Museen mit Andenkenbasaren. Und dazwischen kleine Werkstätten. Das stört mich aber nicht. Wir sind stolz auf unsere Handwerker, der Staat fördert sie und keiner muss Einkommenssteuer zahlen.«

»Gibt es auch Antiquitätenläden?« Caro kontrollierte ihren Nachrichteneingang am Smartphone.

»Ja. Aber im Grunde nur für Einheimische. Antike Stücke dürfen nicht ausgeführt werden.« Nadja betrachtete an einem Stand Holzschnitzereien, klappte einen Koranständer auf und zu, ließ sich aber vom Händler nicht zu einem Kauf überreden.

»So etwas brauche ich nicht«, sagte sie leise. Caro blickte sie fragend an. Ungewohnt ernst meinte Nadja: »Es gibt keine Religion, die für Frauen gemacht wurde, dabei ist die Frau der Schöpfung näher als der Mann.«

Sie schlenderten zum Ausgang und Caro schickte eine weitere Nachricht an die deutsche Botschaft.

Nadja linste auf das Display. »Sucht dich dein Mann etwa schon?«

»Nein. In der Firma gibt es ein Problem. Eine Mitarbeiterin braucht eine Entscheidung und erreicht ihn nicht«, flunkerte Caro und suchte mit den Blicken nach Frau Nuraliev. Die alte Usbekin plauderte gerade mit einer Standlerin. »Kannst du mich kurz entschuldigen«, sagte Caro, »ich muss das erledigen.«

Die Geräusche verklangen. In einer Seitengasse holte Caro das Prepaid-Handy heraus und drückte die Acht. Vielleicht hatte Lichal einen Tipp, wie sie möglichst rasch weiterkam. Ohne eine Nummer anzuzeigen, wählte das Telefon. Sie hörte ihn nicht kommen und schrie erschrocken auf, als ihr der Mann das Handy aus der Hand riss. Schon meinte sie, er würde weiterlaufen, da stoppte er, kam zurück und griff er nach ihrer Umhängetasche, verfehlte den Riemen. Caro sprang zur Seite, stieß sich die Hüfte an der Hausmauer. Er stürzte sich auf sie.

Noch vor einem Jahr wäre sie in haltlose Panik geraten. Aber inzwischen hatte sie in der Firma ein Basistraining mit Einsatzkräften absolviert. Sie trat dem Mann kräftig gegen das Knie, schlug mit dem Ellbogen gegen sein Schlüsselbein. Er knickte ein, taumelte zurück und drehte sich zur Seite. Aber anstelle von ihr abzulassen, zog er ein Klappmesser aus der Hosentasche, versperrte ihr den Fluchtweg. Er kam lauernd näher. Gabriel hatte ihr eingeschärft nicht das Leben zu riskieren, wenn es um Wertsachen ging. Hektisch überlegte Caro: Wenn man ihr das Geld und die Papiere raubte, musste sie nach Taschkent zurück und Schultke würde sie in ein Flugzeug setzen.

Caro umklammerte ihre Tasche und schrie so laut sie konnte. Der Straßenräuber wich einen Schritt zurück, schaute sich angestrengt um. Schritte hallten durch die Gasse. Ein schnauzbärtiger Mann in Jeans und Stoffjacke bog um die Ecke, zog im Laufen eine Pistole. Der Mann mit dem Messer ergriff die Flucht.

»Okay? Are you okay?«, fragte sie der Schnauzbärtige, steckte die Pistole in den Holster und zeigte ihr eine Marke. »I'm Police. Looking for tourists. You are safe now.«

Caro atmete tief durch, bedankte sich und versicherte ihm, dass nichts gestohlen wurde. Sie verzichtete auf eine Anzeige. Der Polizist schien erleichtert. »Pretty lady, not walk alone.« Er zeigte auf ihren Ehering. »Better stay with your husband. Okay?«

Er begleitete sie zum Registan-Platz zurück und beobachtete sie, bis Caro ihre Begleiterinnen gefunden hatte. Frustriert wegen ihres Leichtsinns überlegte Caro, wie sie jetzt Oberst Lichal kontaktieren sollte. Ihr blieb nur die Hoffnung, dass er den Fremdnutzer registrierte und sich auf ihrem Smartphone meldete.

Aufgeregt wedelte Frau Nuraliev mit einer Broschüre, auf die verschlungen *Teahouse Oriental Sweets* gedruckt war. »Kommen Sie, Madam, kommen Sie. Wir können dort hinein. Schöne Dinge ansehen. Kommen Sie.« Die Zipfel ihres blauen Kopftuches flogen durch die Luft.

»Was hat sie?«

Nadja blinzelte in die Nachmittagssonne und setzte eine dunkle Brille auf. »Eine Folklore-Veranstaltung mit Modenschau. Eigentlich eine geschlossene Gesellschaft. Aber die haben noch Plätze frei. Machen wir ihr die

Freude. Dann habe ich nachts meine Ruhe.« Caro verstand ihren Wunsch. Frau Nuraliev hatte darauf bestanden, dass Nadja sich das Hotelzimmer mit ihr teilte.

Ein Touristen-Guide führte sie in den Innenhof einer restaurierten Karawanserei. Der Eingang wurde von zwei Uniformierten bewacht, die ihre Papiere prüften. Eine Modeschau hatte gerade begonnen, der Guide führte sie zu einem Tisch am Rand. Junge Frauen mit schwarzen Zöpfen präsentierten lange bunte Mäntel, bei denen die traditionellen Muster in modernes grafisches Design umgesetzt worden war. Untermalt wurde die Vorführung von einer Musikgruppe. Nadja erklärte Caro die Instrumente: Doira, eine Handtrommel, ein zweisaitiges Zupfinstrument, das sie Dutar nannte und ein bronzenes Blasinstrument namens Karnai, das Caro an eine Engelsposaune erinnerte. Am Ende der Vorführung wurden die Mäntel ausgestellt, daneben reich bestickte Tjubetejkas. Nadja zog Caro zu dem Verkaufsstand, Frau Nuraliev winkte ab. Sie knabberte einen Samarkand Snickers aus einer Schale mit orientalischen Süßigkeiten, die ihnen der Kellner mit drei Kannen Tee auf den Tisch gestellt hatte.

Caro betrachtete einen der Mäntel, berührte vorsichtig die Stickerei aus Seiden- und Goldfäden. Eine Stimme hinter ihr sagte: »Die Welt ist ein Dorf.« Als sie sich umdrehte, stand Dimash Mamay hinter ihr. »Schöne Stücke, nicht wahr? Aber etwas überteuert. Ich werde nur eine Kappe für meine Frau mitnehmen. Welche würden Sie mir raten?«

Neugierig betrachtete Nadja den Kasachen. »Wer ist dein Bekannter?«

Caro stellte sie einander vor und Nadja setzte eine Tjubetejka mit Rosenstickerei auf, posierte vor ihm und sagte: »Ich würde diese nehmen.«

Er lächelte und bedankte sich mit einer kleinen Verbeugung, ließ sich die Kappe einpacken. »Welcher angenehme Zufall führt Sie hierher?«

»Und Sie, Herr Mamay?«, fragte Caro retour.

»Geschäfte«, sagte er unbestimmt. »Aber sagen Sie doch Dimash zu mir. Sie beide.« Vertraulich beugte er sich vor. »Sehen Sie nur …« Er deutete auf drei Tische, die mit lauter Männern in Business-Anzügen besetzt waren. »Der General Manager von Litai-Textil ist auch hier. Herr Yuang. Deshalb sind die Kontrollen der Polizisten gerade besonders aufdringlich.«

Nadja schob ihre Sonnenbrille in die Haare, schaute Dimash interessiert an. »Sie kennen ihn persönlich? Wie interessant.«

»Nur flüchtig. Über meinen Schwiegervater. Auch die kasachische Regierung hofiert Herrn Yuang. Seine Fabriken bringen Arbeitsplätze – und Geld für die Funktionäre.«

»Und er interessiert sich für Designermode?«

»Das hier ist sicher nur ein Geschäftstermin. Wenn schon, interessiert er sich für antike Textilien. Passend zu seinem Business. Er baut gerade ein Museum für seine Sammlung.«

»In Samarkand?« Nadja rückte ein wenig näher heran, lehnte sich fast an ihn.

»Aber nein. In Guangzhou. Dort wohnt er hauptsächlich.«

»Da wird er aber bei uns nichts finden.«

»Wegen des Ausfuhrverbotes?« Dimash betrachtete Nadja mit einem mitleidigen Blick. »Für jemanden wie ihn spielt das keine Rolle. Er bringt antike Suzanis mit der Diplomatenpost aus dem Land.« Dimash seufzte, seine dunklen Augen wirkten traurig. »Geld spielt bei diesen Leuten keine Rolle. Er hat sogar versucht den

Pazyryk zu kaufen. Die Eremitage hat natürlich entrüstet abgelehnt.« Er schaute Caro unverwandt in die Augen. Was will er von mir?, dachte sie irritiert.

»Was ist der Pazyryk?«, fragte Nadja und klimperte mit den Lidern.

Dimash neigte den Kopf und lächelte sie an. »Der älteste bekannte Teppich. Er wurde in einem Hügelgrab im Altai-Gebirge gefunden. Man schätzt ihn auf ein Alter von 2400 Jahren.« Wieder betrachtete er Caro eingehend. Sie drehte sich zur Seite, stöberte in einem Stoß mit Seidentüchern.

Nadja nickte betrübt. »Also produzieren die Chinesen jetzt auch bei uns. Das Personal und die Baumwolle sind billig. Sie verbrauchen unser Wasser, werden dabei auch noch von der Regierung unterstützt.«

»Weshalb?«, fragte Caro.

Dimash antwortete: »Usbekische Baumwolle wird von vielen westlichen Firmen auf der roten Liste geführt. Wegen des Verdachts von Kinderarbeit. Die Baumwolle wird also hier verarbeitet, das Garn wird nach China geschafft und zu Stoffen gewebt. Damit gilt es als Made in China. Und schon ist alles sauber.« Er strich über seinen gepflegten Schnurrbart. »Die neue Seidenstraße.«

Nadja hing an seinen Lippen, lächelte in einer Mischung aus Unschuld und Versprechen. Belustigt legte sich Caro eines der Ikat-Tücher um und überlegte, ob sie Dimash um Hilfe bitten sollte. Er schien sich im Land sehr gut auszukennen, aber er war kein Usbeke und konnte ihr vielleicht bedenkenloser zu einer Weiterfahrt nach Termez verhelfen.

»Nehmen Sie dieses Tuch, es passt zu ihren Augen«, sagte er galant. »Man nennt sie Khanseide – der Stoff der Könige. Ich kenne eine hübsche Geschichte dazu – wollen Sie sie hören?«

Nadja klatschte in die Hände und nickte, hängte sich bei ihm ein.

»Also.« Er räusperte sich und begann: »Einmal war ein Mogulherrscher zu Gast beim Emir von Buchara. Bei einem Rundgang im Handwerkerviertel bemerkte er ein schönes Mädchen und begehrte sie für seinen Harem. Doch sie war die Verlobte des Webers und der liebte sie sehr, so bat er den hohen Herrn, seine Braut behalten zu dürfen. Gut, sagte der Mogul, so sei es, wenn du mir bis zu meiner Abreise etwas bringst, das mich die Schönheit des Mädchens vergessen lässt. Der Weber fertigte ein Tuch aus Fäden von gesponnenem Mondlicht und regenbespülten Halmen, dann stickte er mit den Farben des Frühlings die Oase darauf, in der er seiner Liebsten beim Neujahrsfest das erste Mal begegnet war. Tag und Nacht arbeitete er, beflügelt von seiner Sehnsucht, und war noch vor dem nächsten Vollmond fertig. Sein Tuch war leicht wie Taubenfedern, anschmiegsam wie das Lächeln einer Liebenden und prächtig wie ein persischer Garten. Der Mogulherrscher war entzückt und ließ das Mädchen ziehen. Er nahm das Tuch mit in seine Heimat. So begann der Handel mit Seidenstoffen aus Buchara.«

Caro zahlte das Seidentuch. Gerade als sie den Kasachen auf Termez ansprechen wollte, zog Nadja ihn mit sich, zu einer Schauwerkstätte, in der eine Knüpferin an einem Teppich arbeitete. Eine Frau erklärte den Zuschauern: »Das wird ein Lakharbi-Göl. Typisch dafür sind die aneinandergereihten Medaillons. Diese Teppiche werden seit hunderten Jahren in der gleichen Technik hergestellt. Acht Bewegungen sind für einen Knoten nötig, vierzig Knoten schafft eine geübte Handwerkerin pro Minute. Ein mittlerer Teppich dauert ein Jahr. Die

Seide und die Wolle sind natürlich gefärbt, mit Indigo, Färberwaid, Karmin. Jedes Stück ist ein Unikat.«

Caro fand den Teppich wunderschön. Nadja war an dem Vortrag nicht interessiert. Der Kasache sagte laut: »Bauernteppiche.« Die Frau lächelte unbeirrt weiter, erklärte die geometrischen Muster. Dimash und Nadja spazierten zu den Tischen des Lokals. »Die Kelims in der Stadt sind recht gut«, sagte er. »Aber die Knüpfteppiche – da haben die Chinesen deutlich bessere Ware. Wenn die Leute hier wenigstens mehr figürliche Motive herstellen würden, das kommt besser an. Aber sie halten sich stur an die Überlieferung.« Wieder starrte er Caro an und sie nahm Abstand, kaufte sich am Stand der Schauwerkstatt einen blau-violett gemusterten Kaftan.

Als sie sich umwandte, bemerkte sie, wie die Hand von Dimash an Nadjas Rücken hinunterglitt, ihr die Hüfte streichelte. Nadja kicherte und stieß ihn spielerisch weg. In seinem Gesicht stand ein gieriger Zug und plötzlich war er Caro zutiefst unsympathisch. Das ist sein wahres Gesicht, dachte sie angewidert. Sofort verwarf sie die Idee, ihn um eine Weiterfahrt zu bitten. Sie musste eine andere Gelegenheit finden. Caro setzte sich neben Frau Nuraliev, die Pistazien knackte. Dimash verabschiedet sich von Nadja, spitzte dabei anzüglich die Lippen.

Die junge Usbekin kam zu ihnen. Ihr Gesicht war gerötet und eine schwarze Strähne hatte sich gelöst, fiel ihr lockig über die Stirn. Frau Nuraliev schaute sie streng an und sagte: »Halt dich von dem Halsabscheider fern. Ein Ausländer.« Sie spuckte ein Stück Nussschale aus. »Was würde dein Verlobter denken, wenn er dich so sieht. Ha?«

Nadja zuckte mit den Schultern, blies sich die Strähne aus dem Gesicht und putzte sorgfältig ein paar Schalenreste vom Tischtuch. Dann verteilte sie die Becher, die ihnen der Kellner auf den Tisch gestellt hatte. »Weißer Tee«, sagte sie und zwinkerte Caro zu.

Kaum hatte sie den Becher an die Lippen gesetzt, spuckte Caro aus. »Das ist Vodka.«

»Natürlich.« Die Matrone griff Caros Becher und trank ihn aus.

An einem rund gemauerten Ofen, der mit Holz befeuert wurde, schlug ein Mann mit einer Kelle gegen den riesigen Kochtopf, der im Oberteil des Ofens eingelassen war. »Plow ist fertig«, rief die Matrone und sprang auf. Nadja folgte ihr sofort. Sie stellten sich mit Tellern an. Der Koch hob den Deckel ab: der Geruch von Fleisch, Gewürzen und Zwiebel drang in Caros Nase. Ihr Magen blubberte.

»Hält das Wasser im Körper«, sagte Nadja.

Hinter der Kochstelle baumelten T-Shirts an Haken an einer Leine. Darauf die Konterfeis der Beetles, alle mit Duppis am Kopf, und dem Spruch *All you need is Plov*. Nadja ließ sich den Teller füllen, nahm eine Schüssel mit Tomatensalat und ein Lepjoschka dazu.

Caro hielt ihren Teller hin. Der Koch klatschte einen Schöpfer Reiseintopf hinein, legte ein gekochtes Wachtelei obenauf, streute eine Handvoll Berberitzen darüber. »Osh bo'lsin«, sagte der Koch und zwinkerte Caro zu. Sie nickte kurz und vermied Augenkontakt.

Während sie die Teller zum Tisch trugen, stupfte Nadja sie an. »Du gefällst ihm.«

»Kann sein«, murmelte Caro.

»Du bist eine hübsche Frau. Feine Haut, helle Augen und diese Haare. Wie die Morgenröte in den Bergen. Beneidenswert. Ich habe einmal versucht eine Blondine zu werden, aber es ist nur Eigelb herausgekommen. Gruselig.«

Erstaunt schaute Caro sie an. Nie hätte sie gedacht, dass eine Frau wie Nadja mit ihrem Aussehen unzufrieden sein könnte.

Die junge Usbekin seufzte. »Du hast etwas an dir, das Männer anlockt«, sagte sie, »du magst sie aber nicht besonders. Gut für mich.« Später plauderte und lachte Nadja unbefangen, unterhielt sie mit Anekdoten aus dem Verwaltungsalltag, trank einige Becher Vodka, ohne betrunken zu wirken.

Gegen sechs Uhr gähnte Frau Nuraliev herzhaft und sie brachen auf. Nadja hakte sich bei der Matrone unter, redete auf sie ein. Es klang schmeichelnd. Plötzlich stolperte die dicke Frau, hielt sich an Nadja fest und stöhnte laut auf.

»Ist Ihnen unwohl?«, fragte Caro. »Wollen Sie sich setzen?«

Frau Nuraliev griff auch nach ihrem Arm, sie führten die Matrone zu einer Bank. Sie schloss die Augen, presste ihre Hand gegen die Seite und stöhnte. Ihre Hautfarbe wirkte käsig.

Ratlos schaute Caro zu Nadja hin. »Sollen wir mit ihr ins Spital?«

Die junge Usbekin beugte sich vor, legte Frau Nuraliev die Hand auf die Wange. »Kasalchona?«

Frau Nuraliev schüttelte heftig den Kopf: »Yok. Yok. Kimmat.« Sie umklammerte Nadjas Hand. »Doktor Baksi. Merhammat.«

»Was möchte sie?«, fragte Caro.

»Das Spital ist ihr zu teuer. Sie will zu einem Sufi-Heiler. Warte bei ihr. Ich frage in der nächsten Apotheke nach einer Adresse.« Nadja eilte davon.

Licht tupfte Muster an die Wände. Ein Lüster, der an eine Petroleumlampe erinnerte, baumelte von der geschnitzten Holzdecke, beleuchtete ein umlaufendes Band aus Majolika-Mosaik. In der Nische gegenüber hing ein Suzani: eine Bordüre aus roten Medaillons in Blütenform und Granatäpfeln, in der Mitte ein Lebensbaum, der sich aus einem grünen Hügel rankte. Caro rückte das Seidenkissen auf der Holzbank zurecht, nahm eine der Broschüren vom niederen Tisch, konnte aber die Schrift nicht lesen.

Eine schlanke Frau mit einem langen grauen Zopf kam fast lautlos herein, stellte Tee und getrocknete Marillen vor sie hin, nickte lächelnd und verschwand. Hinter einem Vorhang, der den Wartebereich von der Behandlungsliege trennte, hörte sie den Arzt murmeln. Ab und zu ein Stöhnen.

Aus der englischsprachigen Broschüre erfuhr sie, dass sie in der Praxis von Tabib Cem war. Einem Sufi-Heiler, der Praxen in Taschkent, Samarkand und Buchara betrieb, eine weitere in Termez sollte bald geöffnet werden. Gemäß seiner Eigenbeschreibung heilte der Arzt in der Tradition von Avicenna, betrieb eine Kräuterapotheke, bot zusätzlich Mediation, Bewegungsübungen und Beratung zur maßvollen Lebensführung an. Laut seinem Lebenslauf wurde Tabib Cem 1970 in Teheran geboren, übersiedelte 1979 mit der Familie nach Paris, studierte Medizin, Philosophie und Orientalistik, danach war er zur Ausbildung bei Meister Azmayesh, 1992 heiratete er eine Usbekin und übersiedelte nach Samarkand.

Sie legte die Broschüre zurück, stand auf und betrachtete ein Buch, das aufgeschlagen an einer geschnitzten Buchstütze ruhte. Eine Handschrift in Arabisch, in fein geschwungenen Arabesken, die Seiten mit goldverziertem Rand, mittig eine exquisite Miniaturmalerei, die eine sanfte Landschaft darstellte, mild und träumerisch, bevölkert von Paradiesvögeln.

»Gefällt es Ihnen?«, sagte eine sonore Stimme.

Caro schaute hoch. Tabib Cem stand aufmerksam neben ihr. Ein kräftiger Mann in einem Kaftan, darüber einen bodenlagen Mantel und ein weißer Turban auf dem Kopf.

»Wie geht es Frau Nuraliev?«

»Das wird schon wieder. Die Galle. Ich habe ihren Energiefluss bereinigt. Meine Frau bereitet ihr einen Tee, danach soll ihre Begleiterin eine halbe Stunde ruhen.«

Caro hielt nichts von Handauflegen, aber sie nickte, deutete auf das Buch. »Das ist große Kunst.«

»Was bedeutet das für Sie?«

»Wirklich große Kunst ist wahrer als die Welt«, sagte Caro, deutete auf den Papierrand. »Sie sollten es aber nicht so nahe der Heizung aufstellen.«

»Verstehen Sie etwas von Papier?«

»Ich bin Restauratorin. Spezialisiert auf Inkunabeln.«

»Eine Frau der Bücher. Welche Freude!« Er bat sie weiter, führte sie durch eine hohe verzierte Flügeltür in einen Nebenraum, eine Bibliothek. »Ich tausche die Bücher manchmal aus. Momentan liegt draußen das Werk mit Saadis Versen. Zwischen den Konsultationen lese ich darin. Zur Erbauung und zur Sammlung.« Er deutete auf einen prachtvoll verzierten Einband. »Das ist der *Golestān*, der Rosengarten. Dieses Buch wurde vor dreihundert Jahren niedergeschrieben. Würden Sie seinen Zustand für mich beurteilen?«

»Gerne. Leihen Sie mir bitte Latexhandschuhe?«

»Natürlich, ja, natürlich.« Er eilte hinaus und kam kurz darauf mit einem Paar zurück, legte ihr das Buch auf ein Lesepult.

Caro knipste die Leselampe an, griff nach einer Stiellupe, die neben dem Pult lag, prüfte den Buchrücken, den Einband, die Vorsatzblätter, den Buchschnitt. Während sie Seite für Seite vorsichtig umblätterte, fragte sie: »Tabib Cem – Sie eröffnen doch bald eine Praxis in Termez? Wie kann ich unauffällig dorthin reisen?«

Der Heiler runzelte die Stirn, sagte aber nichts, sondern blieb abwartend neben dem Pult stehen. Nachdem sie die letzte Seite erreicht hatte, meinte Caro: »Die Handschrift ist in gutem Zustand. Das Papier ist aus Maulbeerrinde gefertigt, nicht wahr?« Tabib Cem nickte anerkennend. Caro fuhr fort: »Der Ledereinband gehört konserviert und die Seitenränder gereinigt. Bei den Miniaturen könnte man die Oberfläche vorsichtig benetzen und abtupfen, dadurch werden die Farben wieder brillant. Den Goldabrieb würde ich nicht ausbessern. Ein altes Buch darf ohne weiteres alt aussehen.«

Er nickte betrübt. »Das verstehen die Restauratoren in unserem Land leider nicht immer. Sie restaurieren unsere alten Kunstwerke so lange, bis sie neu aussehen.«

Behutsam nahm er das Buch und stellte es auf seinen Platz zurück. »Warum wollen Sie nach Termez?« Er betrachtete sie aufmerksam.

Caro schaute ihm direkt in die Augen. »Mein Mann ist verschwunden. Er war beruflich im Grenzgebiet unterwegs. Die Behörden helfen mir nicht wirklich weiter. Jetzt ist sein Mitarbeiter gefunden worden, er liegt im Krankenhaus in Termez, aber der zuständige Beamte hat mir das verschwiegen. Man will mich unter Kontrolle halten, so kommt es mir zumindest vor. Ich muss den verletzten Mann unbedingt sprechen, aber ich weiß nicht wie.«

Tabib Cem strich über seinen grauen Vollbart. »Es kann zu Unannehmlichkeiten führen, ohne Genehmigung die Reiseroute zu ändern. Man könnte Sie des Landes verweisen.«

»Das muss ich in Kauf nehmen.«

Er verschränkte die Hände hinter dem Rücken, ging langsam auf und ab. »Ihre ältere Reisebegleiterin sollte sich noch zwei Tage schonen. Ich werde ihr Bettruhe verordnen. Wird die Edscheke bei ihr bleiben?«

Caro wiegte den Kopf. »Vielleicht. Wenn Nadja nicht interessiert, was ich vorhabe. Sie findet nichts an Moscheen und Festungsanlagen.«

»Gut. Sagen Sie ihr, Sie würden gern das Heiligtum des Baha-du-Din Naqschband in Buchara sehen. Ich würde mit Ihnen hinfahren, um den Gründer meines Ordens zu ehren und antike Schriften zu studieren. Das Mausoleum ist ein usbekisches Nationalheiligtum. Die Regierung fördert den Sufismus als Gegengewicht zu den Islamisten. Aber wenn ihre Freundin säkular ist, wird sie sich dafür wahrscheinlich nicht begeistern.«

»Und dann?«

»Mein Neffe fährt uns morgen zu meinen Schwiegereltern nach Termez. Sie können als mein Gast mit uns reisen.«

»Und die Registrierung?«

»Sie bleiben eine Nacht bei uns. Wir haben ein Gästehaus. Offiziell wohnen Sie weiter im Hotel Marmiz. Sie sind übermorgen wieder zurück, das sollte also kein Problem verursachen.«

»Vielen, vielen Dank. Sie wissen gar nicht, was mir das bedeutet.« Sie folgte Tabib Cem in die Praxis zurück, setzte sich an den Tisch. Nadja blätterte in einer Zeitschrift. Wie erwartet, fand der Tagesausflug ins Mausoleum bei Nadja keine Gnade. Aber sie war sofort davon begeistert für eine Nacht Caros Zimmer zu benützen.

»Das eröffnet mir gewisse Möglichkeiten«, flüsterte sie Caro zu.

»Du wirst doch nicht …«

»Und ob.«

»Er ist verheiratet.«

»Umso besser. Keine Probleme. Noch dazu hat er einen einflussreichen Schwiegervater und eine anspruchsvolle Ehefrau, hat er mir erzählt. Er wird sich hüten sich mit etwas zu brüsten.« Nadja kicherte. »Was in Samarkand passiert, bleibt in Samarkand.«

»Was sagst du Frau Nuraliev?«

»Das wir beide in ihrer Nähe bleiben und du mir beim Verständnis deines Buches hilfst. Dem Beowulf. Ich gehe gleich zu ihr und halte ihr noch ein wenig die Hand.« Sie verschwand hinter dem Vorhang.

»Was ist der Beowulf?«, fragte Tabib Cem, schenkte Caro schwarzen Tee nach.

»Ein langes Gedicht in Stabreimen aus dem siebenten Jahrhundert«, erklärte sie. »Ein angelsächsischer Mönch hat es aufgeschrieben. Es ist eine Parabel auf die Eroberung der Wildnis, eine Kampfansage gegen die wilde Natur. Beowulf und seine gautischen Krieger landen an einer Küste, *wildeor* leben dort, monströse Wesen, und die Gauten kämpfen gegen diese Wesen. Die Gauten befreien die bedrängten Einheimischen von den Meerestrollen. Dann feiern die Krieger in der königlichen Met-Halle ein Fest und werden für ihren Heldenmut mit Reichtümern und Titeln belohnt.«

»Ach ja. Wir haben die *Schāhnāme*, das Buch der Könige. Auch voll mit kämpferischen Männern: Zal und Rostam, Iskander, der Eroberer. Idole für die Jungen. Ein Unterschied besteht aber.« Er zwinkerte ihr zu. »In unseren Legenden gibt es auch selbstbewusste Prinzessinnen als Lohn.« Tabib Cem schritt zu dem Buchständer, blätterte eine Seite um, strich mit den Fingern sachte über das Papier. »Mir gefallen humorvolle Verse. Mein Vater hat mir schon als Kind Gedichte von Iradsch Mirza vorgelesen. Mein Vater war ein friedfertiger Mann.«

Unerwartet fühlte Caro ein bitteres Sehnen. Sie sagte: »Mein Vater war ein schwacher Mann. Er war froh, wenn er auf zwei Beinen stehen konnte und lebte in einer Welt der Verwahrlosung. Nie habe ich ihn als Held erlebt, dabei hatte ich mir das sehnlichst gewünscht.«

»Machen Sie sich nichts mehr daraus. Wenn man älter wird begreift man, dass Heldentum eine Welt ist, in der Männer sterben und Frauen mit ihren Kindern einsam zurückbleiben.«

Mein Vater war ein Feigling, dachte Caro, und meine Mutter ist auch allein zurückgeblieben. Ein Gedanke, den sie nicht weiterverfolgen wollte. »*Cersið* haben die Nordländer ihre Kriegszüge genannt – Kummerfahrt«, sagte sie stattdessen.

Tabib Cem nickte. »Das trifft es gut.«

In diesem Moment fiel Caro die Skizze ein, die seltsamen Ausdrücke, die sich einer Übersetzung entzogen hatten. »Darf ich Sie etwas fragen?«

»Natürlich.«

»Hadigarba, was heißt das?« Sie schrieb es ihm auf. »Könnte das ein Ort sein?«

Tabib Cem hielt sich den Zettel vor die Brille, schürzte die Lippen. Nach einer Weile sagte er: »Ich denke, das soll hadiqa-arba heißen. Das ist kein Ort. Das hier bedeutet etwas anderes. Tschahār Bāgh, der viergeteilte Garten.«

»Was ist das?«

»Die vier Gärten ist die traditionelle Art einen persischen Garten anzulegen. In der Mitte ein Wasserbecken oder ein Brunnen und davon gehen vier Kanäle ab. Der Sehnsuchtsort jedes Steppenbewohners – pairi daēza – jenseits der Mauer. Das Paradies. Wie der Garten des Babur in Kabul. Eine ferne Erinnerung an die prächtige Oasenkultur entlang des Oxus.«

Ein Garten, dachte Caro irritiert, der Russe hat einen Garten gefunden?

Bevor sie ihm auch *tagkasra* aufschreiben konnte, begann ihr Herz zu pochen, ihr Puls dröhnte in ihren Ohren und dunkle Flecken fragmentierten ihren Blick. Sie griff sich ans Brustbein und taumelte zur Seite, stützte sich auf die Kissen.

Eine leise Frauenstimme schalt: »Du mit deinen Büchern. Der Dame wird ganz schwindelig davon. Jetzt kümmere dich um sie. Kostenlos.«

Tabib Cem half Caro auf, führte sie zu einer weiteren Liege, zog den Vorhang vor. Sie öffnete die Jeans, um besser atmen zu können, streckte sich aus. Er legte seine Hand auf ihren Oberbauch, zählte mit ihr die Atemzüge. Der Saum ihrer Hemdbluse rutschte ein Stück auseinander und er zog die Brauen hoch. Anscheinend hatte Tabib Cem die dunkle Linie unter ihrem Bauchnabel bemerkt. »Wie weit?«, fragte er lächelnd.

»Zwölfte Woche«, antwortete Caro.

Er nahm ihr Handgelenk, legte die Finger auf. »Sie haben ein starkes Herz. Alles bestens.« Er hielt den Kopf schief, als würde er lauschen, schließlich sagte er: »Es wird ein Junge.«

Caro fühlte Tränen über ihre Wange rinnen und schniefte. Der Heiler tätschelte ihr die Hand. »Es geht Ihnen bald besser«, sagte Tabib Cem. »Am Anfang einer

Schwangerschaft macht das Gemüt viele Umstände. Das ist bald vorbei.«

»Mir macht gerade so vieles Angst.«

»Das beste Mittel gegen Angst ist Milde – gegen andere, aber vor allem gegenüber sich selbst.« Er drückte sachte ihre Finger. »Bleiben Sie noch etwas liegen. Ich bereite Ihnen eine stärkende Kräutermischung.«

Caro schloss die Augen, hörte in sich hinein. Fühlte tiefer und tiefer. Wie soll ich dich nennen?, dachte sie. Was würde Gabriel gefallen? Nach einem der Großväter? Robert oder Heinrich? Keinesfalls. Kevin – nach seinem besten Freund? Vielleicht. Falls Gabriel das auch wollte.

Caro stöhnte auf, presste die Hände gegen ihre Schläfen. Plötzlich brannte ein schrecklicher Gedanke in ihr: Muss ich mein Kind auch allein aufziehen?

Das Akkusymbol erstarrte, das Smartphone war aufgeladen. Keine neuen Nachrichten. Was sollte sie alles einpacken? Caro verschränkte die Arme, betrachtete ihre Utensilien, die sie auf der Bettdecke aufgelegt hatte. Für zwei Tage würde sie nur wenig benötigen. Nadja wollte auf ihr restliches Gepäck achten. Gestern hatte die Usbekin Tabib Cem noch eindringlich gebeten, immer an Caros Seite zu bleiben und sie persönlich wieder ins Hotel zu bringen. Der Heiler hatte lächelnd zugestimmt.

Caro nahm einen Rucksack aus der Reisetasche, schüttelte ihn auf, steckte einen Pullover, eine Windjacke, Wollsocken und Unterwäsche hinein, packte ihre Kosmetiktasche und das Smartphone dazu. Zuerst wollte sie wieder die Hemdbluse anziehen, schlüpfte stattdessen in Strumpfhose, T-Shirt, Leggins und zog den Kaftan über, den sie am Vortag gekauft hatte; band sich ihr Haar mit dem gemusterten Tuch aus der Karawanserei zusammen; genau in der Art, wie sie es bei den Frauen auf der Straße gesehen hatte. Zuletzt setzte sie eine Sonnenbrille auf und schlüpfte in die Trailschuhe.

Während sie ihren Schlüssel an der Rezeption abgab, erklärte Caro der Empfangsdame, dass Frau Nadja Yemelianova ihr Zimmer mitbenützen würde, da Frau Zohra Nuraliev unpässlich sei.

»No problem«, sagte die Rezeptionistin.

Caro war eine halbe Stunde zu früh und blieb in der Lobby stehen, beobachtete durch die Türfenster die Zufahrt, das Kommen und Gehen in der Lobby. Im Augenwinkel bemerkte sie am Gang zum Waschraum eine Gruppe Männer. Überrascht erkannte sie Dimash und Herrn Yuang in Begleitung seiner Bodyguards. Sie unterhielten sich lebhaft, dann überreichte der Chinese ihm ein gelbes Kuvert und Dimash verbeugte sich. Caro runzelte die Stirn. Warum hat er in der Karawanserei so getan, als würde er ihn nur flüchtig kennen?, dachte sie. Ärgerlich auf sich selber schob sie den Gedanken weg. Was wusste sie schon von asiatischen Gepflogenheiten? Vielleicht durfte Dimash den Manager ohne dessen Einladung nicht ansprechen. Vielleicht nahm er auch einfach nur Bestechungsgeld in Verwahrung, um den Warenfluss in Gang zu halten.

Sie schaute weg, stieß die Eingangstür auf und ging ins Freie. Jetzt würde sie weiter in den Süden kommen und mit Matthäus sprechen können. Caro stieg von einem Fuß auf den anderen, betrachtete jedes zufahrende Auto. Jetzt würde sie endlich erfahren, was Gabriel zugestoßen war.

6

Das Auto rumpelte durch ein Schlagloch. Scharaf fluchte ungeniert. Caro umklammerte den Griff der Autotür. »Seidenstraße ist Leidensstraße«, sagte er in Englisch.

Zuerst war Caro verunsichert gewesen, als der blaue Toyota Corolla hielt, der bärtige Fahrer ihr zuwinkte und sie beim Einsteigen sah, dass sonst niemand im Auto saß. Der schwarzhaarige Mann am Steuer, den sie auf Anfang dreißig schätzte, hatte sich mit Scharaf Alimov vorgestellt und ihr erklärt, dass sein Onkel verhindert sei. Ein besonderer Patient, ein Politiker, würde eine Behandlung benötigen, und die Ablehnung so einer Anfrage sei nicht ratsam.

»Ist Englisch okay? Ich kann auch Russisch und ein wenig Deutsch. Aber Englisch möchte ich besser lernen«, sagte Scharaf, wich einem Riss in der Straße aus. Schweigend nickte Caro, sie wusste nicht, wie sie mit dem ihr unbekannten Mann umgehen sollte. Seine Miene verdüstert sich. Er fummelte am Radio und Popmusik dudelte los.

»Ich spreche gerne mit Ihnen Englisch, Agai«, sagte Caro freundlich und benutzte bewusst den Titel für einen Ehrenmann. »Warum reisen Sie in den Süden?«

Er lächelte, seine weißen Zähne blitzten. »Die Mutter feiert ihren Fünfziger. Kein großes Fest. Aber eine Gelegenheit, die Verwandten wieder einmal zu sprechen. Früher haben alle in einem Dorf zusammengewohnt, aber heute sind die Familien zerstreut.«

»Störe ich da nicht?«

»Das Fest ist erst nächsten Freitag. Wir bereiten noch alles vor«, beschwichtigte er.

Über viele Kilometer fuhren sie durch eine flache Landschaft mit niedrigem baumartigen Strauchbewuchs, gelegentlich zupften einige struppige Ziegen an krautigen Gewächsen, die Scharaf mit Alhagi bezeichnete. Ihre Fragen nach der natürlichen Fauna konnte er nicht beantworten. »Die meisten Usbeken interessieren sich nicht für die Wüste zwischen den Dörfern und Städten. Nur fruchtbares Land zählt. Das hier bedeutet nur eine Unannehmlichkeit«, versuchte er zu erklären.

Caro zog das Smartphone aus der Seitentasche des Kaftans, prüfte die Nachrichten, endlich fiel ihr das Datum auf: 26. Oktober. Nationalfeiertag in Österreich. Britta hatte frei, Oberst Lichal war sicher mit den Paraden beschäftigt, Magda musste ihren Mann beschäftigen.

»Sind Sie in Termez geboren?«, fragte sie Scharaf.

»Ja. Aber ich bin gleich nach der Pflichtschule fort. Nach Russland. Ich war an der Ingenieurschule in Sankt Petersburg, habe später Brücken und Straßen in Sibirien gebaut, danach auf den Gasfeldern gearbeitet. Dort habe ich schreckliches Heimweh bekommen.« Er wich einem Mopedfahrer aus. »Und ich hatte genug von Maschinen. Also habe ich bei Onkel Cem zu lernen begonnen. Er hat keine Söhne und war sehr erfreut über mein Interesse. Jetzt gehe ich wieder zur Schule und bin bald selber ein Tabib.«

In ihrer Eintönigkeit wirkte die Landschaft geradezu mediativ. Trotz Rumpeln und Schaukeln döste Caro ein.

Ein heftiger Schlag schreckte sie auf. Scharaf lächelte entschuldigend. Sie rieb sich die Augen. »Fahren wir noch heute ins Hospital?«

»Nein. Mein Cousin arbeitet heute nicht. Freitag ist für Muslime wie Sonntag für Christen. Wir gehen morgen hin.«

»Oh, ja, natürlich. Entschuldigung. Das war gedankenlos von mir.«

Scharaf langte hinter sich, kramte in einer Tasche, reichte ihr eine Dose schwarzen Kaffee. Caro bedankte sich, riss die Lasche auf. Ein wenig Flüssigkeit spritzte auf den Kaftan. Sofort holte sie ein Papiertuch aus ihrer Umhängetasche, tupfte den Stoff ab. Als sie die Packung zurücksteckte, blieb der Klebeverschluss an ihrem Notizbuch hängen. Sie holte es hervor, zog den Streifen ab.

Ingenieur in Russland, das bedeutet Militärschule, fiel ihr plötzlich ein. »Darf ich Ihnen etwas zeigen?«

Scharaf warf ihr einen Seitenblick zu und nickte. Nachdem sie ein Blatt herausgerissen hatte, schrieb Caro die Kürzel auf, die sie auf dem russischen Lieferschein gelesen hatte, reichte ihm das Papier. Er klemmte es unter seine Hand am Lenkrad, schaute aber weiter auf die Straße vor sich. Nachdem er wegen eines Fuhrwerkes gebremst und überholt hatte, überflog Scharaf die Notiz. Er presste die Lippen zu einem schmalen Strich. »Wo haben Sie das her?«

»Von einem Dokument. Auf dem Schreibtisch des Beamten in Taschkent«, flunkerte sie. »Er hat es vor mir versteckt. Kann das etwas mit meinem Mann zu tun haben?«

»Unwahrscheinlich. Oder ist er ein Mikrobiologe?«

Caro schüttelte den Kopf.

»Diese Codes stehen für diverse Erreger: Pocken, Milzbrand, Pest. Die Sowjets haben auf einer Insel im Aralsee ein biologisches Labor betrieben. Damals geheim und gefährlich, Sie verstehen?«

»Ist das heute noch wichtig?«

»Und wie! Der See ist größtenteils ausgetrocknet. Die Bewässerung der Baumwollfelder verschlingt Wasser wie eine durstige Kamelherde. Die Insel ist keine mehr.« Kurz hielt er inne, benetzte mit der Zunge seine Lippen, fuhr fort: »Die Behörden wollen nicht, dass man davon erfährt. 1989 sind binnen einer Stunde eine halbe Million Saiga-Antilopen verendet. 1992 wurde das Labor aufgelöst, aber vieles ist zurückgeblieben, auch Behälter für biologische Proben, die langsam verrosten. Es ist zwar eine eingezäunte Sperrzone und niemand geht hin, aber Reptilien und Vögel können keine Schilder lesen. Immer wieder gibt es in der Umgebung von Moynak akute Fälle von Pest.«

»Und keiner macht das öffentlich?«

Er zuckte mit den Schultern. »Wir sind nicht so ein Land. Die meisten nehmen das System hin wie es ist. Ich weiß von der Insel auch nur durch Hörensagen. Aus der Praxis meines Onkels.«

Caro schaute beim Autofenster hinaus. Biologische Kampfstoffe, dachte sie, das würde einiges erklären. Die Geheimhaltung des Auftrages, die verzögernde Haltung der Behörden. Auch wenn Gabriel uninteressiert getan hatte: vielleicht ging es um den Lieferschein, um die Codes, vielleicht war die Skizze auf der Rückseite unwichtig. Nur die Kritzelei eines gelangweilten Soldaten.

Kinderlachen schallte durch den Innenhof. Trappeln und Rattern. Caro setzte sich auf, schob den Vorhang ein Stück zur Seite. In der Morgendämmerung sah sie drei Kinder in Schuluniformen und mit geschultertem Ranzen, die sich zur Hoftür trollten. Caro legte die Hand auf ihren Bauch. Schulpflicht. Auch damit würde sie sich einmal auseinandersetzen müssen. Gabriel hatte ihr durch sein Verschwinden die Entscheidung abgenommen. Ab morgen war keine legale Abtreibung mehr möglich. Sie stöhnte und rollte sich vom Matratzenlager hoch, tappte mit bloßen Füßen über die Teppiche zur Sanitärnische.

Zum Frühstück stellte ihr Frau Hayitow, eine gebeugte weißhaarige Frau, eine Schüssel mit einer cremigen Suppe hin, in der gebackene Bällchen staken. Caro kostete die orangefarbene Brühe, schmeckte Gemüse und Käse. Kurz nach ihr kam Scharaf, hockte sich an den niederen Tisch, griff nach einem Fladenbrot und goss sich Tee ein. »Gut geschlafen?«

»Ja. Danke.«

»Das wird meine Großeltern freuen. Sie wollen ein Homestay einrichten. Im Frühjahr hat ein Schweizer in der Nähe vom Busbahnhof ein Vermittlungsbüro aufgemacht. Nomade Nature Travel. Meine Cousine lernt deswegen gerade Deutsch.«

»Kommen viele deutschsprachige Touristen hierher?«

»Einige. Seit der Stationierung der ISAF. Auch wenn die Bundeswehr vor drei Jahren abgezogen ist, haben sie wohl indirekt Werbung für unsere Region gemacht.«

»Fahren wir jetzt ins Hospital?«

»Wenn ich das Fadschr verrichtet habe.«

Zuerst wollte Caro fragen, aber da erinnerte sie sich: Fadschr war eine der fünf täglichen Gebetszeiten der Muslime. Schafar lernte an einer Sufismus-Schule, musste also sorgfältig seine religiösen Pflichten beachten.

Das Krankenhaus wirkte äußerst funktionell, beinahe schon abweisend. Stimmen hallten von den Wänden. Scharaf bat Caro bei der Anmeldung zu warten und verschwand hinter einer Milchglastür. Zu unruhig, um im Sitzen auszuharren, ging Caro auf und ab, ließ die

Tür nicht aus den Augen. Ein kleines Kind krabbelte ihr über den Weg, fasste nach dem Saum des Kaftans und steckte den Stoff in den Mund. Die Mutter, eine sehr junge Frau mit herzförmigen Ohrringen, eilte heran, hob das Kind hoch, sagte etwas auf Usbekisch. Caro lächelte und streichelte dem Kind die Wange. Es kreischte fröhlich. Die junge Usbekin lächelte gleichfalls und trug das Kind zu ihrer Familie zurück. Wer von der großen Gruppe zur Behandlung kam, konnte Caro nicht erkennen. Alle plauderten, aßen Gebäck und tranken Tee. Caro wanderte weiter.

Endlich kehrte Scharaf mit einem großen Mann in einem weißen Kittel zurück. Der Arzt schüttelte ihr die Hand und bat sie in einen Behandlungsraum. Caro hatte erwartet, dass man sie sofort zu Matthäus bringen würde und schaute verwirrt zwischen den beiden Männern hin und her.

»Setzen Sie sich bitte, Frau Winter«, sagte der Arzt in Russisch und schob seine Stahlbrille zurecht.

Caro setzte sich auf die Stuhlkante, streckte ihren Rücken und fixierte den Arzt. Er räusperte sich und erklärte sorgfältig artikuliert: »Ich gebe Ihnen diese Auskünfte inoffiziell, weil mich mein Verwandter darum gebeten hat. Sollte mich jemand anders auf Herrn Borge ansprechen, weiß ich von nichts. In Ordnung?«

Angespannt nickte Caro.

»Gut. Vorab – ich bin nicht der behandelnde Arzt, also kann ich Ihnen nur generelle Auskünfte geben. Herr Borge wurde bewusstlos eingeliefert. Schwere Kopfverletzungen, Frakturen, ein Lungenriss, Schussverletzungen. Ein Wunder, dass er noch lebt. Herr Borge wurde erstversorgt und heute früh operiert. Jetzt liegt er im künstlichen Koma und wird stabilisiert. Er muss noch einmal operiert werden. Es hat also keinen Sinn, wenn

Sie ihn besuchen. Außerdem wird er von zwei Soldaten bewacht.«

Caro unterdrückte Tränen und fragte: »Wer hat ihn hergebracht? Wo wurde er gefunden?«

Der Arzt warf Scharaf einen Blick zu, dann sagte er: »Hergebracht haben ihn Soldaten. Aber gefunden hat ihn ein Bauer aus Khatynrabat. Malik Mamatow. In einem Schlauchboot am Ufer des Amudarja. Wegen Herrn Borges Aussehen hat Malik die Militärbasis informiert.« Er lehnte sich zurück und verschränkte die Arme. »Ich werde anrufen, wenn die zweite Operation beendet ist. Mehr kann ich im Moment nicht tun.«

Unschlüssig rutschte Caro am Stuhl herum, blickte schließlich zu Scharaf hoch. Er beugte sich vor und raunte: »Wir finden Mamatow. Gehen wir.«

»Soll ich ihm Geld geben?«, flüsterte Caro auf Englisch.

Scharaf schüttelte den Kopf. »Er schuldet unserem Onkel ein paar Gefälligkeiten.«

Caro rülpste und hielt sich die Hand vor den Mund. In ihrem Magen rumorte das ungewohnte Frühstück. Das Innere des Autos war stickig, aufgeheizt von sieben Körpern. Scharaf chauffierte. Seine Cousine, mit ihrer Tochter am Schoss, saß am Beifahrersitz. Auf der Rückbank neben Caro drängten sich die Großmutter, die Mutter und die Tante. Alle redeten rasch und durcheinander. Caro kurbelte das Fenster ein Stück herunter. Scharaf bog auf einen Parkplatz ein, Caro atmete auf. Die Frauen marschierten plaudernd auf ein flaches Gebäude zu. *Yubileyniy* stand in großen orangen Buchstaben über dem Eingang.

Caro holte ihr Smartphone heraus, folgte der Familie in die Betonhalle, schaute erst hinter den Glastüren auf:

Vor lauter Staunen stolperte sie fast über eine Pyramide aus Reisigbesen. Unter einer gelb lackierten Dachkonstruktion aus Stahlträgern, mit Dutzenden Lichtluken dazwischen, türmten sich Pyramiden aus Tomaten und Granatäpfeln, dazu Kisten mit Kraut, Feldgurken, rote und grüne Paprika, Äpfel, Melonen, Kürbisse, Zwiebel. Die Frauen missachteten das frische Gemüse, steuerten einen Stand mit Nudeln in Großpackungen an. Danach wanderten mehrere Zwei-Liter-Limoflaschen, Säcke mit trockenen Bohnen, Linsen und Reis, mehrere Großpackungen Margarine, Sulamain Green und Dilmah Tee, sowie ein riesiges Glas Essiggurken in ihren Einkaufswagen. Schließlich wandten sie sich einem Stand mit bunten Sandalen zu. »Das wird jetzt dauern«, raunte Scharaf nachsichtig.

Caro prüfte ihr Smartphone. »Wo finde ich W-LAN?«, fragte sie Scharaf.

Er zupfte an seinem Vollbart und antwortete: »Am besten gehen Sie die Hauptstraße zurück bis zum Uhrturm. Sie können ihn nicht verfehlen: höher als die Gebäude rundum, viereckig und weiß. Einen Block weiter sind mehrere Hotels. Die sollten eine Verbindung haben. Lassen Sie sich ruhig Zeit, wir holen Sie später dort ab.«

Caro spazierte eine Allee entlang. Wie in jeder anderen Stadt, die sie bisher in Usbekistan gesehen hatte, waren die Stämme der Laubbäume bis zur Hälfte weiß gekalkt. Daneben führte eine der Hauptstraßen von Termez nach Süden. Vierstöckige Häuser säumten die Straße. Läden, Büros und Wohnungen, Straßencafés. Sonnenlicht musterte den gepflasterten, sauber gekehrten Gehweg. Um jedes Gebäude waren Bäume oder Büsche gepflanzt. Termez glich fast einer Gartenstadt.

Schon von weitem konnte sie den Würfel mit den Balkonen sehen. Auf dem Vordach stand *Surxon Hotel*, aber im Foyer zeigte ihr Smartphone kein Empfangssignal. Der Rezeptionist schickte Caro in ein Gebäude gegenüber. »Café Güneş«, sagte er. »Im Obergeschoß.«

Als sie die Eingangstür öffnete, stoppte sie erstaunt. Barbie-Land, schoss es Caro durch den Kopf. Sie stand vor einer wilden Mischung aus Sowjetchic und runden Sputnik-Formen, alles in Schattierung von Purpur bis Hellrosa. Nur die Vorhänge und ein paar Wandflächen waren Weiß. Eine mollige Kellnerin mit hüftlangen schwarzen Zöpfen begrüßte sie freundlich, führte sie zu einem Tisch und empfahl ihr Red-Velvet-Cake als Tagestorte. Caro bestellte Milchreis und die Kellnerin servierte ihr eine Schale mit einer vielblättrigen rosa Zuckerblume obenauf.

Endlich fand Caros Smartphone ein ausreichendes Signal und sie schickte einen Skype-Anruf an Britta. Prompt erschien der braune Bubikopf, strubbelig wie immer. Ohne eine Begrüßung sagte Caro: »Ich werde noch närrisch. Jede Fährte entpuppt sich als Sackgasse. Matthäus kann nichts sagen.«

»Ich weiß. Das usbekische Militär hat die internationale Unterstützungstruppe in Masar-e Sharif kontaktiert. Major Borge hat sich inzwischen um alle zwischenstaatlichen Formalitäten gekümmert. Ein Einsatzteam der Bundeswehr vom Resolute Support aus Camp Marmal ist nach Termez unterwegs. Ein Militärarzt wird Matthäus Zustand einschätzen und er wird nach Ramstein überstellt, wenn er stabil genug ist.«

Frustriert rief Caro aus: »Und weiter? Wie hilft mir das dabei Gabriel zu finden? Matthäus ist somit fort und sollte er aufwachen, wird mir das niemand sagen.«

»Sie werden sicher gründlich nachforschen. Ich habe mit Major Borge vereinbart, dass du mit dem deutschen Leutnant sprechen kannst. Sie treffen in zwei Stunden ein. Du wirst im Spital erwartet.«

»Danke, Britta. Hier gibt es nur streckenweise Empfang und ich muss Akku sparen. Ich melde mich, wenn ich kann.« Sie trennte die Verbindung. Gedankenverloren stocherte Caro in den Resten des Milchbreis, malte mit der Gabel verschnörkelte Muster. Würde man ihr erlauben, nach Afghanistan mitzukommen, um auf die Suchmannschaft zu warten? Vielleicht konnte sie den Leutnant überreden. Sie verbot sich jeden Gedanken an Matthäus Zustand und warum er allein am Fluss war; er hätte Gabriel niemals verletzt zurückgelassen.

Der Sonnenschirm flappte auf. Scharaf rollte den Betonsockel zurecht. Wieder ein warmer Tag. Die Familie saß im Innenhof, die Kinder schrieben in Hefte, die Tante strickte. Caro trank Tee und fragte: »Ist es in Termez Ende Oktober immer so warm?«

Scharaf lächelte: »Im Sommer haben wir hier oft fünfzig Grad Celsius. Um diese Jahreszeit ist es meistens mild, aber tageweise kann es schon recht kalt werden. Da kommt Schneewind vom Hindukusch.«

»Winterkälte haben wir nur ein bis zwei Monate«, ergänzte die Tante. »Und selten liegt Schnee auf den Feldern.«

Kinderstimmen klangen über die Mauer. Das Nebenhaus glich dem Haus der Familie Hayitow, das Haus dahinter auch. Eine Einfamilienhaus-Siedlung am südlichen Stadtrand von Termez, die genauso im Vorort einer westlichen Stadt hätte sein können, vielleicht ein wenig schlichter, ein wenig uniformer. Der einzige markante Unterschied war der nahe Fluss, der Amudarja, die Grenze zu Afghanistan. Am Morgen hatte Frau Hayitow die Kinder wiederholt ermahnt, nicht zum Flussufer zu gehen.

Scharaf rückte seinen Stuhl heran. »Ich habe Malik Mamatow erreicht. Nicht er hat Ihren Freund gefunden, sondern ein Bekannter, den er manchmal als Tourenführer beschäftigt. Wenn Gäste ins Tigroyava wollen, das ist ein Naturreservat östlich von hier. Über der Grenze. Er hat Malik angerufen.«

»Wen meint er?«, fragte die Tante. »Im März haben wir die ersten Gäste im Haus. Können wir ihn auch buchen?«

»Weiß ich nicht genau. Ein Tadschike. Shafi.«

Angewidert verzog die Großmutter das Gesicht. »Von dem habe ich schon was gehört. Den beschäftigen wir sicher nicht.« Sie spuckte aus. »Halten Sie sich bloß von so einem fern, Madam.«

Fragend schaute Caro in die Runde. Scharaf schüttelte den Kopf. Die Tante sagte: »Der kommt aus Badachschan. Ein Bacha Posh. Lebt noch immer so. Der soll sogar eine Frau geheiratet haben. Widerlich.«

»Eine Unperson«, ergänzte die Schwiegertochter.

Caro beugte sich zu Scharaf hin und flüsterte: »Was ist ein Bacha Posh?«

»Ein falscher Sohn«, murmelte Scharaf, erklärte aber nichts weiter.

Seine Hautfarbe war mehr grau denn braun. Ein Beatmungsschlauch stak aus seinem Mund. Der Kopfverband ließ kaum etwas von Matthäus Gesicht erkennen, ein Bein war geschient. Caro konnte sich kaum vorstellen, welche Strapazen er hinter sich haben musste. Neben seinem Bett wachte ein Soldat.

»Er ist stabil«, sagte Leutnant Bergmann, der hinter ihr stand, »wir warten noch auf den Befund vom Arzt, dann bringen wir ihn zum Flughafen. Dort wartet eine Militärmaschine mit einem Notfallteam und fliegt ihn direkt nach Ramstein.«

Caro streichelte noch einmal die kühle Hand von Matthäus. »Was wissen Sie vom Rest des Teams? Hat die NATO sie beauftragt?«, wollte sie wissen.

»Beauftragt?«

»Sie waren im militärischen Auftrag unterwegs.«

Leutnant Berger verschränkte die Arme. »Davon weiß ich nichts.«

»Aber sie waren im Camp Marmal?«, beharrte Caro.

»Der Hubschrauber wurde am Flughafen von Masar-e Sharif registriert. Ihr Team hat das Taxi für einen Wissenschaftler gemacht, der aus Syrien eingeflogen wurde.«

»Wohin?«

»Darüber habe ich keine Information.«

»Aber sie müssen doch etwas wissen«, rief Caro erregt. »Oder zumindest suchen. Angeblich sind in Chorugh Maschinenteile des Hubschraubers aufgetaucht.«

»Scht«, sagte eine Krankenschwester und scheuchte sie aus dem Zimmer.

Am Gang wartete ein weiterer Soldat. Das Abzeichen am Jackenärmel wies ihn gleichfalls als Angehörigen des Resolute Support aus. Er salutierte und überreichte Caro ein Paket. »Das ist mit der Feldpost für Sie gekommen, Ma'am.«

Caro nahm ihm den Karton ab und schaute sich um: Der Leutnant unterhielt sich leise mit dem Stationsarzt. Sie stellte das Paket auf einen Stuhl, brach das Siegel, klippte die Stahlbänder auf, hob die Laschen an. Weiter musste sie nicht auspacken: durch die Verpackungsfolie glänzten stahlschwarze Federn. Britta hatte ihr einen Crow geschickt.

Blubbernd tröpfelte der Kaffee in den Becher. Caro trat einen Schritt zur Seite, schaute beim Fenster hinaus. Ein weißer Pick-Up parkte genau davor. Auf der Fahrertür stand unter einem schwarzen Kreuz: *Bundeswehr – Wir. Dienen. Deutschland.* Schwere Schritte näherten sich. Caro wollte nicht reden und drückte sich in die Ecke.

»Wie vorbestellt«, sagte eine Männerstimme in Deutsch. Ein Schleifen und Knistern.

»Drück mir einen Schwarzen«, verlangte eine zweite tiefe Stimme. Es klickte. Stiefel scharrten. Ein Piepsen. »Besser wie im Camp.«

»Wann rücken wir ab?«

»In dreißig Minuten.«

»Was sagen wir der Frau?«

»Das übliche.«

»Wir sie es schlucken?«

»Was bleibt ihr anderes übrig? Über die Grenze kann sie ohne Visum nicht.«

»Und nach der Übergabe?«

»Bericht schreiben. Noch heute abend. Morgen geht's ins Feldlager nach Maimana. Das afghanische Militär hat den Brigadier um Hilfe gebeten. Neuer Vorstoß der Taliban.«

»Kein Suchtrupp?«

Caro bohrte ihre Nägel in die Handfläche und lauschte angespannt.

»Wenn Lösegeld verlangt wird, kümmern sich die Unterhändler. Wenn nicht, können wir sowieso nicht mehr helfen.«

»Scheißkrieg.«

»Scheißland.«

Nachdem die Schritte der Soldaten verklungen waren, trottete Caro zum Krankenzimmer zurück. Leutnant Bergmann unterschrieb dem Arzt diverse Papiere. Caro wartete.

»So, Frau Winter«, sagte er schließlich. »Wir brechen in ein paar Minuten auf.«

Caro atmete tief durch. »Was passiert weiter?«

»Der Brigadier wird sich mit den afghanischen Behörden abstimmen. Alle nötigen Maßnahmen werden eingeleitet.« Er log ungeniert.

Eine heiße Welle stieg in Caro hoch. Sie schnappte nach Luft, ballte die Fäuste.

»Kehren Sie nach Hause zurück«, sagte der Leutnant ausdruckslos. »Wir schicken Ihnen regelmäßig einen Statusbericht.«

Sie wollte ihn anschreien, gegen seine Arme boxen, ihn schütteln, bis er die Wahrheit sagte, aber es hätte nichts geändert. Behandelt mich nur alle wie ein Armutschkerl, schrie sie innerlich, drehte sich am Absatz um und lief auf die Toilette. Dort ließ sie alle Gedanken an Gabriel zu, bis sie sich krümmte und stöhnte.

Sorgfältig faltete sie den Pullover und die Windjacke zusammen. Danach zählte sie die Dollarscheine, behielt nur ein Bündel zurück, schlichtete alles am Grund des Rucksackes neben den Krugerrand und ihren Ausweisen. Sie drückte den Einlageboden darauf und klemmte ihn an, legte die zusammengefaltete Kleidung darüber. Das Bündel Dollarscheine stopfte sie zu Unmengen Som-Scheinen in eine Plastiktüte, rollte alles zusammen und schob das Geld in ihre Umhängetasche. In einer Stunde wollte Scharaf sie zum Busbahnhof bringen. Caro stellte Rucksack und Handtasche neben das Matratzenlager, holte Crow aus dem Karton, wickelte die

Drohne aus. Sie tippte am Smartphone das Befehlsfeld an und legte den Daumen auf die Identifikationsfläche. Der Kopf der Krähe drehte sich leicht. Crow initialisierte und führte einen Selbsttest durch.

»Was sollst du mir nur nützen?«, murmelte Caro.

»Speichere Nachrichten. Bilder. Schicke automatisch in Wolke bei Kontakt«, krächzte die Krähe. »Bin auch dein Auge.«

»Jetzt redest du schon selbstständig?«

»Basisdatenbank verfügbar.«

»Zugriff?«

»Nur Caro kann nützen Crow.«

»Und bei anderen?«

»Skulptur.«

Soll wohl heißen: funktionslos, dachte Caro. Anscheinend suchte die KI die passendsten Begriffe in der Datenbank.

»Akkulaufzeit?«

»Acht Stunden volle Last. Sonne versorgt direkt.«

»Photovoltaik? Wie?«

Crow spreizte einen Flügel. »Folie in Federn.«

»Ach du meine Güte. Wie hat Britta denn das hinbekommen?«

»Keine Daten.«

»Schon okay. War nur rhetorisch gemeint.«

Mit glänzenden Augen betrachtete Crow sie. »Absturz dokumentiert. Caro üben muss Steuerung.«

»Sprache aus«, befahl Caro.

Sie klemmte sich den Vogel unter den Arm, ging durch den Hof auf die Straße hinaus, bis zum Rand der Siedlung. Ein paar Frauen und Kinder wuschen Teppiche, die sie am Asphalt der Fahrstraße ausgebreitet hatten. Zuerst gossen sie Waschlauge aus Eimern darüber, dann schrubbten sie die Knüpfware mit Schabern an langen Stielen, bürsteten die Ränder. Gemeinsam trugen sie Teppich nach Teppich in die Innenhöfe zurück. Alle Nachbarinnen schienen einander zu helfen. Zwei ältere Frauen sangen bei der Arbeit.

Caro setzte Crow am Feldrain ab und tippte. Der Vogel düste hoch, schraubte sich hinauf und segelte über die Siedlung. In jeder Straße putzten Frauen ihre Teppiche, andere kehrten die lehmgestampften Höfe.

Nur einmal geriet Crow in die Nähe einer Stromleitung, Caro konnte einen Zusammenstoß gerade noch verhindern. Der Ornithopter passte sich den Luftströmungen automatisch an, bei manueller Richtungsvorgabe musste sie aber selber auf Hindernisse achten.

Zufrieden wählte sie autonome Rückkehr. Crow landete wie befohlen. Als sie den Vogel hochhob und sich umdrehte, stand eine Gruppe Kinder hinter ihr, betrachteten die künstliche Krähe mit großen Augen.

Eine rotwangige Frau aus dem Putztrupp stemmte sich aus ihrer knienden Position hoch, scheuchte die Kinder fort, lächelte freundlich.

»Sie stören mich nicht«, versicherte Caro.

»Es gibt noch viel Arbeit zu tun«, sagte die Frau.

»Eine schwere Arbeit.«

»Wir sind es gewohnt. Wie sagt man bei uns: Willst du Schweres meistern, musst du rechtzeitig aufstehen.« Sie winkte Caro zu und bückte sich nach einem Schaber.

Nachdenklich spazierte Caro zum Gästehaus zurück. Während sie Crow obenauf in den Rucksack packte, stand ihr Entschluss fest: Sie würde ihre Suche fortsetzen, sie würde Shafi ausfindig machen.

Rauch biss in ihre Augen. Caro blinzelte. Alhagi wurde in Räuchergefäßen verbrannt, Menschen wünschten einander eine gute Reise. Caro versprach Scharaf umgehend nach Samarkand zu Zohra und Nadja zurückzukehren. Er verhandelte den Fahrpreis mit dem Chauffeur, wartete bis sie im Marschrutka saß und das Sammeltaxi anfuhr. Er winkte ihr nach.

In zwanzig Minuten erreichten sie den Stadtrand. Nach einer kurzen Strecke über freies Gelände durchquerten sie ein Industriegebiet. Eine einsame Gestalt winkte dem Taxi und der Fahrer scherte zur Seite. Als der Mann einstieg, sprang Caro auf und stieg aus. Das Taxi fuhr davon. Kein weiteres Auto war in Sicht. Sie stand zwischen flachen Hallen auf einer menschenleeren Straße. Aus einer Einfahrt bog ein LKW, dieselte in ihre Richtung. Der Fahrer bemerkte sie und lud sie mit obszönen Gesten ein. Stur starrte Caro auf den Asphalt. Der Truck wurde immer langsamer und Furcht kroch ihre Beine hoch. Niemand würde ihr zu Hilfe kommen, wenn er anhielt.

Der Fahrer gab Gas. Mit weichen Knien lief Caro die Straße in die Richtung, in der sie die Innenstadt vermutete. An einer Kreuzung erkannte sie das Schild einer Tankstelle und eilte darauf zu. Nur ein Auto stand neben einer Zapfsäule: ein rostfleckiger Lada Taiga mit staubgetrübten Scheiben. Daneben zwei Männer in Cargohose, Lederjacke und mit Strickmütze am Kopf. Im Kofferraum erkannte sie Gestelle mit verpackten Keramiktellern. Caro ging langsam näher, hielt sich an den Riemen des Rucksacks fest. Der Mann mit dem weißen Bart schaute sie flüchtig an, sog an einer Zigarette, sein Blick wanderte weiter. Der andere Mann beobachtete die Anzeige der Zapfsäule. Caro grüßte und sagte: »Vuj gavaritje pa-russki, Aksakal?«

»Ja, Frau«, antwortete der Weißbärtige auf Russisch. »Ganz allein? Schlecht Gegend.«

»Ich bin Touristin. Ich habe das falsche Taxi erwischt. Können Sie mich in die Stadt zurückbringen? Bitte.«

»Ja, Frau. Wohin?«

»Ich wohne bei Malik Mamatow. Ein Homestay.«

»Bin nicht von hier, Frau.«

»Zum Busbahnhof? Dort ist das Tourismus-Büro. Nomade Nature Travel.«

»Gut, Frau. Das wir finden. Steig ein.« Er öffnete ihr die hintere Autotür. Einen Moment zögerte Caro, dann rutschte sie auf die Rückbank, presste den Rucksack an sich. Der jüngere Mann setzte sich ans Steuer und startete den Motor. Sie diskutierten kurz auf Usbekisch.

»Preis, Frau«, sagte der Weißbärtige. »Für Fahrt.«

Unsicher schlug Caro vor: »Zehntausend Som?«

Er lächelte breit, Goldzähne blitzten. »Nix Geld, Frau. Bin Ehrenmann. Sing was.«

»Singen?«

»Lied von Daheim. Für uns.« Er klatschte.

Was könnte passen?, überlegte Caro hektisch. Ein Volkslied? So etwas hörte sie sich nie an. Endlich fiel ihr eine Operette ein, die sie als Kind auf der Seebühne in Mörbisch gesehen hatte. Tagelang hatte sie den Gassenhauer mit ihrer Mutter geträllert. Die ersten Töne glitten zaghaft aus ihrer Kehle, doch bald sang sie mit Inbrunst.

Es steht ein Soldat am Wolgastrand,
Hält Wache für sein Vaterland.
In dunkler Nacht allein und fern
Es leuchtet ihm kein Mond, kein Stern!
Regungslos die Steppe schweigt,
Eine Träne ihm ins Auge steigt:
Und er fühlt, wie's im Herzen frisst und nagt,
Wenn ein Mensch verlassen ist, und er klagt,
Und er fragt:

Hast du dort oben vergessen auf mich?
Es sehnt doch mein Herz auch nach Liebe sich.
Du hast im Himmel viel Engel bei dir!
Schick doch einen davon auch zu mir

Der Weißbärtige schien das Operettenlied zu kennen, er sang ab der Hälfte grölend mit. Der jüngere Mann lachte. Wohin sie fuhren, konnte Caro nicht genau sagen, aber die Häuser wurden höher und die Straßen belebter.

»Allein Frau nix gut. Hab Cousin. Metzger. Gut Geld. Sucht schön Frau. Ich anrufen?« Der Weißbärtige grinste und bot ihr Vodka an. Caro dankte, zeigte ihm ihren Ehering und sagte: »Njet, ich bin schwanger.« Sie streichelte ihren Bauch.

»Oh, oh, Winzling. Gut Sache. Mann sich freuen?«

»Ja, er freut sich. Aber er muss viel arbeiten.«

»Ah. Gut Mann.« Der Weißbärtige trank einen kräftigen Schluck aus der Flasche.

Der Verkehr wurde dichter, stockte, langsam folgten sie einem Sammeltaxi und bogen zum Busbahnhof ein. Der Weißbärtige betrachtete die Häuserzeilen und deutete auf einen Laden. Der Fahrer hielt. »Nomad Tours. Bitte schön.«

Leonard Althoff war jung, blond und sportlich, das Klischee eines Outdoor-Boys. Freimütig erzählte er von seinem touristischen Start-up: er vorfinanzierte und vermittelte Homestays, beriet die Besitzer zu organisatorischen Belangen, brachte Reisegruppen aus der Schweiz nach Usbekistan. »Eine Nächtigung kostet 24 Dollar, ich nehme einen Dollar Provision. Dazu die Kreditzinsen. Moderat. In der Schweiz wäre ich arm dran, aber in diesem Land kann man damit gut leben.«

Dann wollte er ihr ein Arrangement verkaufen, aber Caro winkte ab. »Ich möchte nur mit Malik Mamatow sprechen.«

Er schaukelte in seinem Bürostuhl. »Malik? Was willst du von ihm?«

»Den Kontakt zu einem Tourenführer, einem Tadschiken namens Shafi. Oder kennst du ihn?«

»Nie gehört. Malik wohnt östlich von Termez, in Khatynrabat. Ich versuche ihn zu erreichen. Sag übrigens Leo zu mir.« Er wählte und Caro setzte sich in einen orangen Plastikstuhl, die einzige Sitzmöglichkeit für Kunden in dem winzigen Laden. Eine Weile probierte Leo verschiedene Nummern, sprach ab und zu Usbekisch. Schließlich sagte er: »Malik ist noch bei der Feldarbeit. Nahe der Grenze ist kein Mobilempfang. Er kommt erst abends heim.«

»Können wir zu ihm fahren?«

»Hm. Ich habe auch andere Tour-Guides an der Hand. Zwanzig Euro am Tag. Warum bestehst du auf diesem Shafi?«

»Ich habe meine Gründe.«

»Wenn ich dir schon aus reiner Großzügigkeit helfen soll, möchte ich zumindest deine Motive wissen.«

Caro verstand, worauf er hinauswollte, hatte aber nicht vor ihm etwas abzukaufen. »Hör mal, Leo. Mein Mann hat eine Sicherheitsfirma und war im Auftrag eines internationalen Touristikers unterwegs, um die Sicherheitslage in der Region zu checken. Momentan ist die Seidenstraße angesagt, die Marketing-Leute sehen Potential. Aber die großen Reiseanbieter wollen erst einsteigen, wenn sie sicher sein können, dass sie nicht hohe Versicherungen abschließen müssen. Gecheckt?«

Leo nickte.

»Nun ist aber der Hubschrauber beim Rundflug abgestürzt, irgendwo am Amudarja. Nur ein Mitarbeiter wurde verletzt gefunden, die anderen sind verschollen. Die Behörden sind unkooperativ und verweigern eine großflächige Suche. Bevor ich jetzt einen medialen Aufstand mache – und den werde ich machen – will ich den Mann persönlich sprechen, der unseren Mitarbeiter gefunden hat. Vielleicht weiß er mehr und wenn ich meinen Mann wiederfinde, ist alles paletti.« Sie verschränkte die Arme. »Keine negativen Postings, gut für dein Geschäft.«

Leo steckte sein Smartphone ein, griff nach seiner Jacke: »Fahren wir.«

Nach ein paar vergeblichen Versuchen und Umwegen fanden sie Malik Mamatow am Hof seiner Schwiegereltern beim Teetrinken. Die Töchter des Hauses probierten gerade verschiedene Kleider für eine Schulfeier an, Caro und Leo mussten ihre Meinung kundtun. Mitten in der Anprobe ging der Strom aus, alle buhten. Das sei normal, erklärte Leo und bat Malik um ein Gespräch. Zuerst war der Usbeke zurückhaltend, wollte nichts mit der Angelegenheit zu tun haben. Womit auch immer Leo ihn überredete, zuletzt wählte Malik eine Nummer auf seinem Mobiltelefon, redete abseitsstehend, sagte endlich zu Caro: »Shafi ist bereit, sich mit euch zu treffen. Aber ihr müsst zur Grenze fahren. Er braucht knapp eine Stunde.«

Leo hielt den Daumen hoch.

Die Sonne stand bereits tief über den Feldern, als sie in einer staubigen Parkbucht hielten. Hundert Meter weiter erhob sich ein Kubus mit Wellblechdach, davor ein Schlagbalken und eine Stange, an der leblos eine gestreifte Fahne baumelte. Leo stellte den Motor seines

Geländewagens ab, holte einen Energydrink aus einer Box am Rücksitz, bot Caro auch eine Dose an. Sie schüttelte den Kopf.

»Du musst viel trinken«, sagte er, »hier herrscht ein trockenes Klima. Man dehydriert schnell, besonders wenn's in die Höhe geht.«

»Hast du Wasser?«

Er holte eine Plastikflasche aus der Box. Caro trank, sah sich um. Kein Auto weit und breit. Eine bleierne Stille erfüllte den Wagen.

»Willst du wieder in die Schweiz zurück?«, fragte sie.

»Wenn ich genug von der Welt gesehen habe.«

»Du bleibst also nicht in Termez?«

»Nö. Nur bis alles ordentlich läuft. Dann suche ich einen, der mir den Betrieb abkauft und mach mit dem Erlös was anderes.« Sein Blick schweifte durch die Windschutzscheibe in die Ferne.

Plötzlich stand Caro der Name *Alain Vuitel* vor Augen. Warum hatte sie vergessen, danach zu recherchieren? Sie tippte Leo an. »Sagt dir Labor Spiez etwas?«

Misstrauisch schaute Leo zur Seite. »Kommst du von einer Behörde?«

»Nein, nein«, erwiderte Caro hastig. »Ich bin selbstständige Restauratorin. Im Hotel Surxon habe ich am Kastenboden eine vergilbte Visitenkarte gefunden. Ich bin nur neugierig.«

»Ah ja. Vielleicht von einem Berater der ISAF. Bis 2015 war der Luftwaffenstützpunkt für den Afghanistan-Einsatz in Termez. Die Bundeswehr hat immer wieder mal ihre Leute im Surxon einquartiert.« Er drückte die Dose zusammen, warf sie nach hinten. »Labor Spiez ist ein Institut für ABC-Schutz und Umweltanalytik. Sie arbeiten unter anderem für die Vereinten Nationen und die NATO. Wundert mich, dass du die

146

nicht kennst. Die sind immer wieder in den Nachrichten. Zuletzt wegen dem Giftgas in Syrien.«

»Die letzten Monate hatte ich nicht viel Zeit zum Fernsehen«, murmelte Caro.

Leo nahm sich noch eine Dose, riss die Lasche ab. »Ist eh besser nicht zu viel vom Weltgeschehen mitzubekommen. Da wird man nur depressiv.«

Caro drückte die Wasserflasche an den Mund. Ein Labor für Kampfstoffe. Kürzel für Krankheitserreger. Der Wissenschaftler. Alles passte zusammen. Aber wo waren Gabriel und Matthäus mit dem Mann hingeflogen? Und warum? Hatte Gabriel in der Skizze einen Hinweis gefunden? Und warum hat das nicht das Militär übernommen? Fragen über Fragen.

Leo musterte sie. »Du bist ganz blass. Denkst du über den Bürgerkrieg nach?«

»Nicht ganz. Weißt du was ein falscher Sohn ist? Ein paar Leute in Termez haben das wie ein Schimpfwort gebraucht.«

»Auf was für Themen du kommst.« Er trommelte gegen das Lenkrad. »Ja – ich weiß, was das bedeutet. Falscher Sohn nennt man in Afghanistan die Töchter, die gezwungen werden, wie Söhne verkleidet zu arbeiten.«

»Warum?«

»Es ist in den Dörfern noch immer üblich, dass die Kinder im Geschäft des Vaters die grobe Arbeit machen müssen. Wenn eine Familie nur Töchter hat, muss eine von denen als Sohn verkleidet diesen Dienst erledigen. Bis man sie verheiratet.«

»Gibt es keine Schulpflicht?«

»Doch. Aber keiner prüft das nach.«

»Und warum das Schimpfwort?«

»Eine Frau, die wie ein Mann gekleidet geht, ist verpönt. Es gibt in keinem Land in Zentralasien offiziell so etwas wie Transsexuelle, Transvestiten oder Homosexuelle. Im besten Fall ist so eine Abart nur verrufen wie in Tadschikistan. In Afghanistan und auch in Usbekistan ist das strafbar. Die Leute landen im Gefängnis.«

Caro schwieg. Die Sonnenscheibe glühte orange, berührte fast den Horizont. »Kommt Shafi noch?«

»Wahrscheinlich.« Leo lehnte sich zurück, schloss die Augen und sagte: »Zeitangaben sind hier unverbindlich.«

Jemand klopfte gegen das Beifahrerfenster. Caro schreckte zusammen. Ein Mann stand neben dem Wagen. Sie schaute hinter das Auto, sie hatte kein Motorengeräusch gehört. Kein Fahrzeug. Er war anscheinend zu Fuß gekommen. Leo ließ das Autofenster herunter. »Shafi?«

Der Mann nickte. Caro musterte sein Gesicht: hohe Wangenknochen, eine gerade Nase, dunkle Augen, dichtes schwarzes Haar, volle Lippen. Sie suchte Weibliches in seinen Zügen, aber sein Antlitz entzog sich einer Zuordnung. Androgyn, dachte Caro, man sieht, was man meint zu sehen. Leo wollte aussteigen, aber Caro bat ihn zu warten. Als sie im Freien stand, überragte Shafi sie kaum. Abwartend schaute er Caro an.

»Mein Name ist Caro«, sagte sie auf Russisch, »der Mann, den Sie gefunden haben, ist ein Mitarbeiter meines Ehemannes, ein Freund. Sie waren gemeinsam unterwegs und ich muss wissen, was ihnen zugestoßen ist.«

Überraschend verständlich antwortete Shafi: »Nicht ich habe den schwarzen Mann gefunden. Ein paar Jugendliche haben sich am Flussufer herumgetrieben. Das ist gefährlich. Manchmal schießen sie an der afghanischen Grenze und Kugeln fliegen weit. Ich bin hin und habe das Boot gesehen. Sie hatten es verankert und wussten nicht, was sie tun sollen. Der Mann war blutig und bewusstlos. Wir haben gemeinsam das Boot ein Stück stromabwärts gezogen, auf die usbekische Seite, und ich habe Malik angerufen.«

»Warum nach Usbekistan?«

Shafi musterte sie, sagte schließlich: »Tadschikistan ist ein Polizeistaat. Hier hat er mehr Chance auf faire Behandlung.«

»Ist er noch einmal aufgewacht?«

»Ein paar Minuten. Er hat nur *Crash* gesagt.«

»Wo?«, flehte Caro.

Shafi zuckte mit den Achseln. »Flussaufwärts. In den Bergen.«

»Sie waren zu fünft unterwegs. Wo könnten die anderen sein?«

»Die Berge sind hoch«, sagte Shafi, stützte sich am Wagendach ab.

Hektisch überlegte Caro. Sie hatte noch einen Kontakt übrig. Der russische Informant. Vielleicht hatte er inzwischen mehr erfahren. »Ich muss nach Chorugh.«

»Von dort ist er nicht gekommen. Der Pandsch hat zwar Niederwasser, aber für so ein Boot ist das zu weit.«

»Aber dort ist jemand, der etwas weiß.«

»Verlässliche Quelle?«

»Ja«, antwortete Caro, obwohl sie es nicht wusste.

»Es ist nicht ganz einfach nach Berg-Badachschan zu kommen. Das ist eine autonome Region. Man benötigt zur Einreise eine Genehmigung. Auch Tadschiken aus anderen Regionen. Warum schaltest du nicht die deutsche Botschaft ein?«

Caro zögerte. Würde er eine Lüge schlucken? Shafis dunkle Augen fixierten sie. Caro hielt seinem Blick stand. Alles oder nichts.

»Sie waren in verdeckter Mission unterwegs. Von Masar-e Sharif aus. Aber sowohl die lokalen Behörden als auch die vom Resolute Support sagen, sie wüssten von nichts.«

»Ein Militäreinsatz?«

»Das glaube ich nicht. Ich denke, sie haben verbotene Biowaffen gesucht. Die dürften noch aus der Zeit der Sowjetinvasion irgendwo gelagert sein.« Shafi zog die Brauen hoch, neigte den Kopf. Caro beeilte sich zu sagen: »Das hört sich abwegig an. Ich weiß. Aber das ist die einzige Erklärung, die zu dem passt, was ich bisher erfahren habe.«

Shafi verschränkte die Arme. »Ich weiß nicht, wie ich dir da helfen soll.«

»Was verdienst du als Tour-Guide? Im Jahr?«

Er überlegte. »Rund achthundert Dollar.«

»Ich gebe dir tausend, wenn du mich nach Chorugh bringst und mit mir den Kontaktmann ausfindig machst. Die Hälfte sofort, die andere Hälfte, wenn alles erledigt ist. In Ordnung?«

Shafi grinste breit. »Deal. Und du trägst die Kosten.«

Caro überschlug im Kopf ihre Barschaft. »Gut.«

»Wir fahren zuerst Richtung Duschanbe. Ich muss einen LKW-Fahrer auftreiben, der uns am Pamir-Highway über die Regionalgrenze schmuggelt.«

Caro öffnete die hintere Autotür und griff sich ihren Rucksack, holte die Plastiktüte aus ihrer Umhängetasche, überreichte Shafi fünfhundert Dollar. »Die zweite Hälfte gebe ich Leo. Er wird das Geld für dich aufbewahren. Bis unsere Abmachung erledigt ist. In Ordnung?«

»Damit kann ich leben«, sagte Shafi.

Leo stieg aus. Caro drückte ihm die Tüte mit den Som-Scheinen in die Hand. »Bitte bezahl mir online das Zimmer im Hotel Malika Prime in Samarkand. Dort bin ich offiziell noch registriert. Der Rest ist für dich.«

Leo zählte das Geld. »Du weißt, dass du mit einem Passierschein nur einen Tag in Tadschikistan bleiben darfst? Eigentlich müsstest du nach Taschkent zurück und ein Visum beantragen.«

Caro packte die Umhängetasche in den Rucksack. »Ich nehme es zur Kenntnis.«

»Die Tadschiken kennen da keinen Spaß.« Leo klang besorgt.

»Damit beschäftige ich mich, wenn es so weit ist.«

»Wie du meinst.« Leo legte Shafi die Hand auf die Schulter. »Du passt auf, Alter? Schaffst sie heil zurück? Wir alle wollen keine vermissten Touristen.«

»Ja, Mann, ich pass auf. Ich kenne genug Schleichwege.«

»Gut. Also dann, man sieht sich.« Leo stieg ein, startete und fuhr davon, ohne sich umzublicken.

Caro holte Crow aus dem Rucksack, setzte den Ornithopter auf die Straße, tippte das Vogelsymbol auf ihrem Smartphone.

Shafi umrundete Crow. »Was ist das?«

»Ein Ornithopter.

»Ein Spielzeug?«

»Ein Kundschafter.«

»Wie viel wiegt es?«

»Warum?«

»Wir gehen zu Fuß über die Grenze. Du musst es tragen.«

»Crow fliegt. Ich muss ihn nicht tragen.«

Shafi starrte die künstliche Krähe an, streckte den Finger aus, zog ihn aber zurück, bevor er die Federn berührte.

Crow öffnete die Flügel und sagte: »Bereit.«

Shafi zuckte zusammen.

»Voice-Mail an Nadja: Treffe meinen Mann. Danke für die Begleitung. Nature Nomad Tours aus Termez bezahlt Zimmer. Alles Liebe. Caro.«

»Bestätige.«

»Überwachung eine Stunde. Auto-Modus. Video-Datei an Cloudordner Britta bei Netzzugang.«

»Bestätige.« Crow flog auf und schraubte sich hoch. Shafi starrte dem Vogel mit offenem Mund nach.

Caro schulterte den Rucksack, zog den Stoff des Kaftans unter den Trägern zurecht. »Fertig.«

Shafi starrte noch immer nach oben, stapfte mit dem Blick in den dunkelnden Himmel los.

Ein Esel, auf dem ein schmaler Junge ritt, zog einen Karren mit einer riesigen Fuhre belaubter Zweige. In großem Bogen überholte Shafi das Fuhrwerk, bremste aber kurz darauf, um eine gescheckte Katze über die Straße laufen zu lassen. Caro bezweifelte, dass ein echter tadschikischer Mann für das Tier angehalten hätte.

Ihre Mutter hatte jahrzehntelang immer wieder Katzen aus dem Tierheim geholt und bei sich aufgenommen; erst nachdem ihre Krankheit weit fortgeschritten war, hatte Andrea darauf verzichtet und das jeden Abend bedauert.

»Katzen sind die Schutzengel der Alleingelassenen«, murmelte Caro. Shafi warf ihr einen Seitenblick zu und zog an einem Lederband, das er um den Hals trug. Ein Block und ein Stift kamen zum Vorschein. Er notierte. Als er Caros Blick bemerkte, sagte er: »Tablet für Arme.«

»Was schreibst du auf?«

»Dinge, die ich sehe. Worte, die Menschen sagen. Gedanken, die ich festhalten muss.« Er gab Gas, trieb den beigen Lada Taiga vorwärts.

Den Geländewagen hatte Shafi hinter der Grenze geparkt gehabt. Der Grenzoffizier hatte Caro ohne viel Diskussion ein Kurzvisum ausgestellt. Shafi hatte fünfzig Dollar zusammengefaltet ihn ihrem Pass verstaut, bevor er ihn am Schalter durchgeschoben hatte. Spätnachts waren sie in eine Kleinstadt gekommen, deren Namen Caro nicht mitbekam. Übernachtet hatte sie in ihrer Straßenkleidung auf einem Sofa in Shafis Haus. Im Morgengrauen waren sie weiter nach Norden gefahren.

Shafi kurvte über das Gelände einer Großtankstelle, hielt neben einer Straßenmeisterei und bat Caro zu warten. Mächtige Trucks rollten über den Highway: Muldenfahrzeuge mit Mineralien, Tanker mit Petro-Produkte in Fahrtrichtung China; auf der Gegenfahrbahn Laster mit billigen Massenwaren für die großen Städte in Zentralasien. Der Schwerverkehr war so dicht, dass sie das Vibrieren des Asphalts spürte, wenn sie die Hand auf das Armaturenbrett legte.

Nach knapp einer halben Stunde kam Shafi zurück: »Ich habe einen Fahrer ausfindig gemacht, der uns nach Chorugh schmuggelt. Herr Jinshi will aber noch über den Preis verhandeln.«

Caro packte ihren Rucksack und stieg aus. »Was wird er verlangen?«

»Zu viel«, sagte Shafi lakonisch, führte sie zu einem Truck mit knallrotem Führerhaus und weißen chinesischen Schriftzeichen an den Türen.

Ein Chinese unbestimmbaren Alters in einem fleckigen Overall hockte am Trittbrett des Fahrzeuges und schlürfte eine Instantsuppe. Sein Englisch war holprig. »Good wife. Need taxi. Hä.«

Caro nickte und rieb die Finger in der universellen Geste des Zahlens aneinander. Er musterte sie von oben bis unten. Seine Augen fixierten ihren Hals. »Chain. Real gold? Looky, looky.«

Caro drehte sich um, griff nach dem Verschluss der Kordelkette im Nacken, öffnete ihn und ließ die Vacheron-Taschenuhr daran in ihre Hand gleiten, bevor sie dem Chinesen die Goldkette reichte. Herr Jinshi wog das Schmuckstück auf der Handfläche, linste auf den Verschluss. »Good, good.«

»Deal?«, fragte Caro.

»Deal«, nuschelte er und hielt ihr die Hand hin.

Sie schüttelte seine schwieligen Finger und steckte die Uhr in die Tasche ihres Kaftans. Seine schmalen Augen folgten ihre Geste. Er deutete. »Other gold thing?«

»Not our deal«, antwortete Caro bestimmt. Sie hatte nicht vor Gabriels Morgengabe so einfach herzugeben.

Der Chinese kicherte. »Sly fox«, sagte er, »you sly fox.«

Nach ein paar Stunden wusste sie: Herr Jinshi kicherte viel. Das mochte auch an den Tabletten liegen, die er im Zweistundentakt einwarf. Dafür hielt er nur an, um zu tanken. Er erzählte von seiner vorherigen Route, einer Strecke nahe der turkmenischen Grenze, von den Sprengfallen und wie einmal direkt neben seinem Truck ein Kamel explodiert war.

Rumpelnd näherten sie sich in einem Konvoi aus Lastkraftwagen und Tankern der Regionalgrenze. Eine lange Schlange reihte sich in der rechten Spur. Herr Jinshi ordnete sich ein, stoppte. Er stemmte sich aus dem Sitz, zog an einer Schnur. Die Rückwand der Schlafkabine klappte auf, gab einen geräumigen Hohlraum frei. »Go behind. Some hours.«

Kurz zögerte Caro, der enge dunkle Raum erinnerte sie an ihre Entführung vor zwei Jahren. Sie befürchtete eine Panikattacke. Shafi fasste ihr Handgelenk. »Du bist nicht allein.«

Caro kroch in die Koje, rollte sich zur Wand, legte ihren Kopf auf den Arm. Ein Luftzug strich über ihre Haut. Das stille Dunkel drückte auf ihre Lider. Keine Angst stieg hoch. Shafis Nähe beruhigte sie. Caro gähnte und stürzte unaufhaltsam.

Er kommt aus der Steppe auf sie zu. Sie will ihm nicht begegnen, ihn nicht sprechen. Etwas wird dann anders sein. Doch ihre Beine sind im Schutt verwurzelt. Wie eine der vertrocknenden Wermutpflanzen. Die Sonne sticht in ihren Kopf. Ein Schatten gleitet über die vergilbten Gräser. Sie hebt den Kopf. Die Silhouette eines Adlers in einem stählernen Himmel. Sie senkt den Blick und der Mann steht vor ihr. Er streckt den Arm mit der Faust in ihre Richtung. Sie will, was er hält. Unbedingt. Deswegen wartet sie in der Mittagsglut. Genau das will sie. Das Werkzeug der Vernichtung.

7

Jadefarbenes Wasser strömte unter ihren Füßen. Die Brückenbohlen knarrten bei jedem Schritt. Ein Fußgängersteig, der von verrottenden Industrieruinen zum belebteren Teil der Stadt führte. Herr Jinshi hatte sie zwischen den Gebäuden eines aufgelassenen Kombinats aussteigen lassen; Altlasten der Sowjetunion, von Wasser und Wind angefressen. Zeugen einer misslungenen Planwirtschaft – und menschenleer.

Am anderen Flussufer hielt Shafi ein Taxi auf, verhandelte in rauen Sätzen mit dem Fahrer, der sie schließlich zu einem niederen Plattenbau chauffierte. Ein Hotel, eingerahmt von hohen, schmalen Koniferen. Wieder verhandelte Shafi, mit schmeichelnden Worten und Geldscheinen, bis die Rezeptionistin sie ohne Ausweiskontrolle einchecken ließ.

Der Aufzug war außer Betrieb. Am zweiten Treppenabsatz schwankte Caro, schnappte nach Luft, heftiger Schwindel trübte ihre Sinne. Shafi stützte sie bis zum Hotelzimmer. »Leg dich hin. Das wird bald besser. Das ist nur die Höhe.«

»Wir sind in einem Tal«, ächzte Caro und ließ sich auf das Bett fallen.

»Chorugh liegt auf zweitausend Meter. Die Berge rundum sind über viertausend Meter hoch.« Shafi nahm eine Wasserflasche und hielt sie Caro hin. »Du musst viel trinken. Die Luft ist sehr trocken.«

Caro nickte, griff nach der Flasche und trank in langen Zügen. Dann streckte sie sich aus und schloss die Augen. Nach einer Weile hörte sie die Dusche laufen. Caro seufzte, richtete sich auf und streifte die Sneakers ab, zog den Kaftan über den Kopf. Ihre Haare juckten. »Gute Idee«, murmelte sie, kramte in ihrem Rucksack nach einem Duschgel.

Sie kippte das Fenster, hängte den Kaftan in den Luftzug. Knarrend bewegte sich die Badezimmertür. Caro drehte den Kopf: Im Spiegel sah sie Shafis nackte Brüste. Ihre Blicke trafen sich. Er drückte sachte die Tür zu.

»Du bleibst hier«, sagte Shafi und streckte die Hand aus. Caro wollte widersprechen, aber er unterbrach sie: »Bitte. Es ist zu gefährlich. Es gibt überall Denunzianten und du bist eine Ausländerin. Ich werde ihn schon finden.«

Mit zusammengepressten Lippen drückte sie Shafi den Zettel mit der Adresse in die Hand. Der letzte Schnipsel aus Lichals Mappe.

»Gibt es ein Erkennungszeichen?«

Caro verschränkte die Arme und schob das Kinn vor. »Nein.«

»Kennt er deinen Freund persönlich?«

»Weiß ich nicht.«

Shafi runzelte die Stirn, starrte die Adresse an.

Seufzend sagte Caro: »Sag ihm *numquam perimus*, ich denke, damit kann er etwas anfangen.«

Shafi wiederholte: »N*umquam perimus*.«

»Genau.«

»Du bleibst hier? Versprich es.« Shafi packte seine Schultertasche und band ein Halstuch um.

Caro nickte und ging ins Bad.

Eine Sirene heulte. Caro sprang auf, stellte sich ans Fenster, knetete ihre kalten Finger. Nichts passierte. Ihr Blick glitt über das Tal. Auf der anderen Seite reckten sich die Berge direkt aus dem Schutt, keine milden Matten begrünten ihre Flanken. Die Vegetation drängte sich am Flussufer, wie ein letztes Bollwerk gegen die anrückenden Felsen. Sie legte ihre Hand auf den Bauch. »In so ein abgelegenes Land wollte ich dich eigentlich nicht bringen«, murmelte sie. Ein Hupen. Ihre Augen schnellten zum Parkplatz hinunter.

Ein Lieferwagen behinderte ein rücksetzendes Auto. Der Fahrer stieg aus, schaute in die Fahrerkabine, blickte sich um, eilte in Richtung Hoteleingang. Etwas an seinem Gang erschien ihr vertraut. Caro war diesem Mann schon einmal begegnet. Nur wo? Sie dachte angestrengt nach, beobachtete ihn genau, als er mit dem Lieferanten zurückkam. In Samarkand? War das der Mann, der ihr Lichals Handy entrissen hatte?

Ein Klopfen an der Tür. Caro fuhr herum. Ein Klicken, die Schnalle bewegte sich – Shafis Kopf erschien im Türspalt. Als er sah, dass sie am Fenster stand, öffnete er die Tür ganz und kam herein. Hinter ihm betrat ein vierschrötiger Mann das Zimmer. Seine untere Gesichtshälfte war von einem gemusterten Tuch verdeckt, sein Haar unter einem Basecap verborgen. Wachsam schaute er sich um, kontrollierte das Bad, blieb im Eingangsbereich stehen. Shafi verschwand am Gang. Der Mann schob die Hände in die Außentaschen seiner Funktionshose, fixierte Caro aus schmalen Augen. »Er hat nicht gesagt, dass Sie herkommen«, sagte er in kehligem Deutsch.

»Er weiß nicht, dass ich hier bin. Man hat mir sein Handy entwendet.«

»Absichtlich?«

»Dachte ich zuerst nicht, aber jetzt bin ich mir nicht mehr sicher.« Sie warf einen Blick aus dem Fenster, der verdächtige Mann war fort.

»Hm.« Der Russe musterte sie.

Caro stemmte die Hände auf die Hüften. »Wissen Sie inzwischen mehr?«

»Nicht viel. Die Händler sind bereits abgezogen. Solche Sachen werden nicht offiziell angeboten. Es gibt einen Wanderbazar, der zieht von Stadt zu Stadt. Schwarzmarkt. Sie verstehen?«

»Ein Händler könnte also etwas zur Absturzstelle wissen?«

»Zumindest ungefähr.«

»Können Sie sich vorstellen, wie einer der Männer in einem Schlauchboot bis zur usbekischen Grenze gekommen ist? Mein Führer meint, das ist zu weit.«

»Nicht unbedingt. Der Pandsch macht eine große Schlaufe bevor er in den Amudarja mündet. Genauso verläuft die Grenze.« Er malte mit dem Finger die Umrisse in die Luft. »Wenn sie in den Bergen niedergegangen sind, hat der Mann vielleicht einen Weg gewählt, der ihn in ebeneres Gelände führt. Ich hätte das zumindest gemacht. Vielleicht ist er auf Drogenschmuggler gestoßen und hat ihnen ein Boot abgenommen. Der Fluss ist gut befahrbar.«

»Sie meinen also, dass sie in Badachschan niedergegangen sind?« Caro vermied absichtlich das Wort *abgestürzt*.

Der Mann nickte. »Müsste ich suchen, wäre das meine erste Idee. Aber ich überquere die Grenze sicher nicht.«

»Wo öffnet der Bazar das nächste Mal?«

»In Harbq. Am Dienstag. Zwei Tage später in Faizābād.«

»Harbq. Ist das weit?«

»Nein. Über die Tem-Demogan-Brücke nach Afghanistan. Ein paar Kilometer ins anschließende Tal.«

»Kommen wir so einfach hinüber?«

»Einmal die Woche ist Markttag. Da können die Leute aus den afghanischen Grenzdörfern ohne Visum nach Tem herüber und wieder zurück. Die Soldaten winken die meisten durch.«

»Die meisten?«

»Ausländer werden natürlich kontrolliert.« Ein nervöses Zucken erschien unter seinem linken Auge, er verlagerte sein Gewicht von einem Bein aufs andere.

»Danke für die Informationen«, sagte Caro. »Was bin ich Ihnen schuldig?«

»Erwähnen Sie mich vor niemanden. Kontaktieren Sie mich nicht mehr.« Er riss die Zimmertür auf und hastete davon.

Caro berichtete Shafi in kurzem Worten. Er ballte die Hände zu Fäusten. »Afghanistan? Keinesfalls. Bis hierher war ausgemacht.«

»Es ist nur ein Tag mehr. Ein kurzer Abstecher. Ohne Visum«, sagte sie bittend.

»So einfach ist das auch wieder nicht.«

»Wo ist das Problem?«

»Du musst dich verhüllen …«

»Mache ich.«

»Du musst alles tun, was ich dir sage …«

»Mache ich.«

Er zog eine Grimasse. »Wenn wir den Absturzort wissen, ist es genug – versprichst du das?«

»Ja, ich schwöre. Und ich verspreche, dass wir dir bei der Vermarktung deiner Touren helfen. Dir Kunden verschaffen. Gabriel hat gute Kontakte. Auch in die

Touristik.« Das nahm Caro zumindest an. Einige der Leute, die Kurse bei Sec4B besuchten, waren auch begeisterte Individualreisende mit eigenen Blogs. »Du kennst dich doch drüben aus? Du bist in Afghanistan geboren, oder?«

Shafi legte den Kopf schief, musterte sie. Caro versuchte ehrliche Gedanken. Schließlich seufzte Shafi und sagte: »Ja, bin ich. In Rostaq.«

»Wirklich? Wir gehen also über die Grenze?«

Shafi nickte. »Auch wenn ich nie wieder in meine Heimat zurückgehen wollte. Aber Badachschan ist nicht Takhar.«

»Wegen der Taliban?«, wollte Caro wissen, doch Shafi schwieg. Erst als Caro sich neben ihn setzte, so nahe, dass sich ihre Schultern berührten, sagte er leise: »Über einen Krieg, der einem das Blut in den Adern erstarren lässt, kann ich nicht sprechen.«

Caro nickte. »Wie kommen wir zur Brücke?«

»Mit dem Bus. Die Flughafenlinie fährt bis Tem.« Shafi fuhr bitter fort: »Auf einer ganz neuen Straße. Finanziert von der Aga-Kahn-Stiftung. Wie fast alles Neue, das du hier siehst. Der tadschikische Staat hat kein Geld für Infrastruktur. Nur die Ausländer.« Er klopfte sich auf die Oberschenkel. »Also. Gehen wir Einkaufen.« Er lächelte und wirkte mit einem Mal sehr fraulich.

Am Bett lagen ausgebreitet die Sachen vom Handwerks-Bazar: bestickte Tragetaschen, ein gestreiftes Gilet, ein weißer Hidschab, eine blaue Burka mit Zickzack-Stickerei am unteren Rand, ein Paar Hosenträger; dazu eine Tüte mit Kosmetika, Limonade und gefüllten Teigtaschen, die inzwischen kalt waren. Sie saßen neben dem Bett und aßen. Im Fernseher plärrte eine Musikshow.

Shafi schluckte hinunter, wischte sich die Finger ab, griff nach einem Nagellackfläschchen. »Lackier dir die Nägel. Den Kajalstrich malen wir später.«

»Das sieht man doch nicht unter dem blauen Bienenkorb«, erwiderte Caro.

»Die Augen schon ein wenig. Und keine afghanische Frau würde ihre Augen ungeschminkt lassen. Das schützt gegen den bösen Blick.«

»Aha.«

»Du musst deinen Rucksack ausräumen und in einer der Taschen verstauen. Niemand hat solches Gepäck.«

»Okay«, sagte Caro, schüttelte den Nagellack und strich ihre Fingernägel in dunklem Rosa. »Tragen alle afghanischen Frauen eine Burka?«, wollte sie wissen.

»Nein. Bei der Feldarbeit wäre das unpraktisch. Und in liberaleren Familien ist das auch nicht üblich. Es kommt darauf an.«

»Worauf?«

»Auf die Schwiegermutter.«

»Die besteht darauf?« Caro wedelte mit den Händen, damit der Lack schneller trocknete.

»Häufig. Und die Faust des Mannes setzt es durch. Mein Vater hat immer gesagt: Frauen werden toll ohne die Peitsche eines Mannes.«

Caro stierte ihn an.

Shafi fuhr fort: »Ich gebe mich als dein Halbbruder aus. Bei Ausweiskontrollen verwenden wir den Pass meiner Frau.«

»Deiner Frau? Den hast du mit?«

»Sie ist vor zwei Jahren gestorben«, murmelte er.

»Tut mir leid.« Caro senkte den Kopf. Eine Ehefrau – war das der Grund, warum Shafi sich für das Leben als Mann entschieden hatte? Eine Weile schwiegen sie.

»Wird man das nicht nachprüfen?«, fragte Caro.

162

Er lachte spöttisch. »So gut ist die Administration nicht. Zentrale Datenbanken gibt es kaum. Die meisten Afghanen wissen nicht einmal ihr Geburtsdatum.«

»Und das Passfoto?«

»Schwarzweiß und ziemlich alt. Außerdem wird keiner unter die Burka sehen, wenn ich es nicht erlaube. Du sprichst auch mit niemanden. Sobald jemand mit *as-salāmu aleikum* grüßt, senkst du den Kopf, murmelst *wa-aleikumu s-salām*. Nicht mehr. Verstanden?«

Caro nickte und wiederholte.

»Pass immer auf. Kein Mann darf dich berühren. Ich müsste die Familienehre verteidigen.« Shafi grinste. »Bin nicht gut mit dem Messer.«

»Ich werde Abstand halten.«

»Gut. Du wirst viele Bewaffnete sehen. Manche sind harmlose Bauern, manche sind Drogenhändler. Viele Gebiete sind wie staatenloser Raum, dort regieren Clans. Nach ihren Gesetzen. Was immer du siehst – unterdrücke jede Reaktion.« Er holte eine Spraydose aus der Einkaufstüte, schüttelte sie. »Schieb die Ärmel hoch.«

Caro gehorchte. Shafi legte ein Handtuch auf ihren Schoß, probierte einen Sprühstoß.

»Du kennst dich mit vielen Dingen aus. Du wirkst gut ausgebildet. Woher kommt das?« Caro musterte sein Gesicht.

»Ich hatte engagierte Lehrer. Als Kind in Afghanistan und nach der Flucht vor den Taliban auch in Tadschikistan. Und ich habe einiges von den Touristen gelernt. Man muss immer sorgfältig zuhören. Sich Zusammenhänge merken.« Er deutete auf seinen Notizblock.

»Das kann nicht jeder.«

Shafi besprühte Caros Hände und Unterarme. »Mag sein.«

»Darf ich dich etwas Persönliches fragen?«

Er schaute interessiert auf, hielt ihren Blick fest, nickte vorsichtig.

Sachte fragte sie: »Wie schaffst du es, in jeder Situation wie ein Mann durchzugehen?«

Abrupt stellte Shafi die Dose fort, schob das Kinn vor, verschränkte die Arme. Eine Weile wiegte er hin und her. Die ganze Zeit hielt Caro die Arme ausgestreckt, damit der Selbstbräuner gleichmäßig einwirkte.

»Übung«, sagte Shafi schließlich. »Ich trage auf der Straße Männerkleidung, seit ich sechs bin, habe mit Cousins Fußball gespielt, war mit meinem Onkel beim Buskashi und bei Hundekämpfen.« Er strich sich die kurzen Locken nach hinten. »Außerdem gebe ich immer acht.«

»Danke für dein Vertrauen«, sagte Caro schlicht.

Er winkte ab, strich ihr Hennapaste auf die Handflächen. »Zwanzig Minuten einwirken«, sagte er, nahm die Hosenträger und befestigte sie an seinem Hosenbund, zog das gestreifte Gilet über das Hemd, darüber ein Sakko. »Du darfst ab sofort niemanden vertrauen. Denk immer daran: Jede zweite Männerhand, die du siehst, ist blutbefleckt.«

Das Gedränge und die vielen Stimmen verunsicherten Caro. Wie fremdartig die Umgebung erschien, wenn man sie nur noch durch gewebte Gitterstäbe wahrnahm. Ständig war sie darauf bedacht, anderen auszuweichen und nicht über Hindernisse zu stolpern, die sie sonst automatisch registriert hätte. Shafi verhandelte gerade mit einem Händler, der Fellmützen anbot. Nach einem Wortgeplänkel einigten sie sich, Shafi streifte eine zottelige Mütze über, ließ sich ein Persianer-Schiffchen in Papier einschlagen. Caro deutete auf eine flache Wollmütze, ein Modell, das einige Männer am Markt trugen.

»Pakul tragen nur Paschtunen«, sagte Shafi abfällig. Er kaufte an einem anderen Stand Äpfel, Nüsse und getrocknete Marillen, drückte Caro die volle Tasche in die Finger.

Auf beiden Seiten der Brücke reihten sich geduldig die Menschen: auf Fahrrädern, Mopeds, Eselkarren und zu Fuß. Die Soldaten ließen die Leute nur grüppchenweise passieren. Ab und zu kontrollierten sie die Tragetaschen und die Fuhrwerke von afghanischen Grenzgängern. Caro flüsterte: »Ich dachte, die Grenze ist heute offen.«

»Ist sie auch. Aber ganz so leicht wollen sie es den Schmugglern auch nicht machen. Sobald das Rohopium auf tadschikischer Seite ist, hat sich sein Wert verdreifacht. Das motiviert.« Shafi scheuchte sie vor sich her.

Als sie an der Reihe waren, winkten die beiden Soldaten Caro und Shafi mit den Läufen der Maschinengewehre durch, ohne sie anzusehen. Erleichtert atmete Caro auf, konzentrierte sich auf ihre Schritte, vermied einen Blick in das schnellströmende Wasser des Pandsch. Zu ihrer Überraschung warteten auf der anderen Seite Sammeltaxis, obwohl außer dem Grenzhäuschen keine Gebäude zu sehen waren; keine Straßenschilder wiesen den Weg, aber ein dunkles Asphaltband zog sich ins Nirgendwo.

Auch die kleine Stadt, die sie nach einer halben Stunde Autofahrt erreichten, hatte keine Schilder. Das Asphaltband endete am Stadtrand. Ein paar rostende Panzer ragten gleich einer modernistischen Skulptur aus dem Straßengraben. Viele Häuser waren aus Stahlcontainern zusammengeschachtelt. Der Minibus rumpelte über Schotter, hielt bei einem flachen Lehmgebäude, an dessen Eingang Männer jeglichen Alters anstanden. Shafi bedeutete Caro auszusteigen, lotste sie zu ein paar Bänken, die mit Baugittern abgegrenzt waren. »Warte hier.

Ich muss zum Geldmarkt.« Er stellte sich zu den Wartenden, wurde sofort in eine lebhafte Diskussion gezogen. So sanft und weich er mit Caro Russisch sprach, so hart und rau blaffte er die Männer in Dari an, senkte auch die Tonlage seiner Stimme.

Caro linste durch das Gitter, nun doppelte Stäbe vor den Augen: verdreckte Kinder spielten am Straßenrand mit Spielzeugautos, von denen keines heil war; ein ausgezehrter Mann humpelte auf einer grob zusammengebundenen Krücke vorbei, die Augen starr auf den Boden gerichtet; ein paar Arbeiter hoben einen Graben aus, hielten ihre Schaufeln wie Waffen. Sie erschrak vor einer Silhouette am Gitter. »Gehen wir«, sagte Shafi. »Der Wanderbazar ist im nächsten Dorf.«

»Wir laufen?«

»Es sind nur drei Kilometer.«

Caro packte die schweren Taschen und vermisste den Rucksack mit den gepolsterten Trageriemen. Shafi ging vor und achtete darauf, dass sie nicht versehentlich in den ungeordneten Verkehr lief.

Grüne Fähnchen flatterten auf vielen Gräbern. Die Farbe der Märtyrer, erklärte Shafi. Hinter dem Friedhof fanden sie auf einem staubigen Platz unzählige Fahrzeugspuren, Müllhaufen, ein paar zerrissene Planen. Und zwei Fußballtore. Aber weit und breit kein Händler.

Caro blickte sich um. »Ein Marktplatz neben einem Friedhof. Oder ist das ein Fußballplatz?« Sie schüttelte den Kopf.

Shafi blätterte in seinem Block, notierte etwas und sagte: »Menschen ringen mit den Lebenden, nicht mit den Verstorbenen.«

Caro dachte an das Tagebuch ihres Vaters und fühlte seine Last: Auf sie traf das nicht zu. Sie drehte sich im Kreis, suchte mit den Augen ein Fahrzeug und sagte: »Also weiter nach Faizābād.«

Shafis Miene versteinerte, seine Kiefer mahlten. »Komm.« Mit langen Schritten eilte er vorwärts, auf eine Bude zu, vor der ein ölverschmierter Junge an einem Moped schraubte. Im Halbdunkel saß ein Mann und knackte Nüsse, gab dem Jungen Anweisungen.

Shafi grüßte den Mann und begann ein Gespräch. Caro beobachtete eine Frau, die den gestampften Boden vor einem Hoftor fegte. Ein räudiger Hund trabte über die Straße.

Plötzlich knallten Schüsse. Caro duckte sich. Der Junge kroch auf allen Vieren in die Bude. Die Frau ließ den Reisigbesen fallen und hetzte in den Hof, schlug die Eisentür zu. Ein Trupp Reiter galoppierte über die Dorfstraße. Steinstaub spritzte in alle Richtungen. Jemand packte Caros Arm und riss sie zur Seite. Die Burka verrutschte und sie konnte nur noch mit einem Auge etwas sehen. Hinter der Rückwand der Bude kauerte Caro neben Shafi, versuchte blinzelnd das Geschehen zu beobachten.

Einige der Männer trugen Panzerfahrermützen, andere Pakuls, fast alle hatten Peitschen und Messer im Gürtel, einige schwangen Gewehre. War das eine Buskashi-Mannschaft? Nadja hatte Caro von den Reiterspielen erzählt, bei denen eine kopflose Ziege über ein Spielfeld gezerrt wurde. Aber mitten im Dorf?

Die Männer ritten im Kreis, sammelten sich vor einem Hof. Ein Paar sprangen aus dem Sattel, brachen das Eingangstor auf, stürmten das Wohnhaus. Ein hohes Wehgeschrei erfüllte die Luft.

Die Männer zerrten eine Frau auf die Straße. Eine weitere Frau klammerte sich an die Beine des Hintersten, er trat sie mit dem Stiefelabsatz fort.

Einer schlang der Frau ein Seil um den Oberkörper, stieg auf sein Pferd, packte die Zügel und schleifte die Schreiende davon. Caro biss sich unter der Burka in die Faust, um nicht zu brüllen. Gegenüber ihrem Versteck sammelten sich die Reiter auf dem Fußballplatz. Zwei Männer fesselten die Handgelenke der Frau an die Querstange eines der Fußballtore, andere schossen in die Luft. Ein bulliger Mann in einem wattierten Mantel riss der Frau das Gewand vom Rücken, rollte seine Peitsche auf und prügelte los. Nach ein paar Minuten verebbten ihre Schreie zu Wimmern. Der Mann hielt inne, schüttelte seinen Arm aus, trat einen Schritt zurück. Einige Reiter galoppierten vorbei, warfen Steine auf die blutige Frau. Noch einmal ließ der Mann die Peitsche sausen.

Ein paar Köpfe ragten über Mauerkronen, entsetzte Augen verfolgten das Ereignis. Die Reiter mit den Gewehren schossen gezielt auf die Zuseher, die Köpfe verschwanden. Einige Männer trieben ihre Pferde an, begannen die Büsche und Buden zu durchsuchen. Shafi zerrte Caro hoch, drückte sich mit ihr an einer Hofmauer entlang. Sie stolperte über den Reisigbesen. Das Eisentor öffnete sich einen Spalt und die Frau, die zuerst gefegt hatte, winkte sie herein. Bevor das Tor sich schloss, erhaschte Caro einen Blick auf das Fußballfeld: Die gepeinigte Frau hing schlaff an den Torstangen.

Dünne Sonnenstrahlen stachen durch Wolkenlücken. Ein Dutzend Menschen drängten sich still im Innenhof. Selbst die Kinder schwiegen. Getrappel und Schreien drang über die Mauer. Etwas schlug gegen das Eisentor.

Ein kleines Mädchen drückte eine Lumpenpuppe an sich. Ein hagerer Mann bat sie alle in das Wohnhaus, verriegelte die Eingangstür. Die Männer gruppierten sich um einen niederen Tisch, bedeckt von einem Tuch mit fetten Rosen darauf. Die Frauen und Kinder drängten sich in die Küche. Die Frau, die sie hereingeholt hatte, brühte Tee auf, servierte den Männern dazu kleine Gebäckstücke. Im Dunst der Küche fiel Caro das Atmen unter dem blauen Stoff schwer. Sie saß direkt neben dem Durchgang, beobachtete unauffällig die Männer. In ihrem karierten Blickfeld tauchte ein europäisch wirkendes Gesicht auf.

Eines der Kinder weinte. Caro fasste in die Tragetasche, zog eine der Packungen heraus, die sie am Markt in Tem gekauft hatten. Kokosbonbons. Sie riss die Ecke ab und schüttete die Bonbons in eine leere Schüssel. Die Hausfrau lächelte ihr zu, bei den anderen Frauen konnte sie Wohlwollen in den Augen erkennen. Das Kind hörte zu weinen auf, steckte sich drei Bonbons in den Mund und lutschte mit großen Augen.

Ein leises Gespräch hatte im Nebenraum eingesetzt. Caro lauschte. Der Ausländer sprach Englisch mit Akzent. Er stellte sich mit Jean-Louis vor und schien Journalist zu sein. Shafi übersetzte ihm die Sätze der anderen Männer. Der hagere Mann erzählte, er sei der Schwager der Hausfrau. Sein Bruder, der Dorfvorsteher, war gerade auswärts unterwegs, um einen Ulema, einen islamischen Gelehrten, zu konsultieren. Ein Schlichtungsfall zu Grundbesitz. Er erzählte weiter, dass die Reiter aus der fruchtbarsten Stelle des Tales kamen, ihr Gehöft lag auf dem halben Weg nach Faizābād. Die Männer waren Abkömmling eines Paschtu-Stammes, zugewandert aus dem Süden. Sie lebten an einem Ort mit guten Weiden, an dem sie Pferde züchteten. Ein Ort, den sich der Clan vor zehn Jahren mit Gewalt angeeignet hatte. Nur die jungen Frauen hatten sie am Leben gelassen. Eine von ihnen war die arme Seele am Fußballfeld. Sie wollte ihre Verwandten besuchen, ihren kranken Bruder noch einmal sehen, aber ihr Mann hatte es nicht erlaubt. So hatte sie einen seiner Hengste freigelassen und war davongelaufen.

Der Franzose sagte betroffen: »Aber sie hätten sie doch einfach nur zurückholen können.«

»Ein gutes Buskashi-Pferd ist viel mehr wert als eine Frau. Dafür war die Strafe«, antwortete der Hagere und zupfte an seinem langen Bart.

»Das ist archaisch. So etwas Grausames steht in euren Gesetzbüchern?«

Shafi stockte, übersetzte nicht, sondern sagte zu ihm: »Gewalt gegen Frauen wird von solchen Männern als gottgegeben akzeptiert.«

Der Franzose deutete auf ein geschmücktes Plakat, das an der Wand hing und sagte: »Hätte *er* das gutgeheißen?«

Caro hatte das Konterfei schon ein paar Mal gesehen, jeder zweite Raum schien mit dem Mann geschmückt zu sein. Manchmal sinnierend auf ein Gewehr gestützt, manchmal im Schneidersitz mit einem Buch, manchmal auf einem galoppierenden Pferd.

»Schaik Massoud war ein guter Mann«, sagte Shafi. »Gebildet und mit Weitblick. Er wollte Demokratie, Frieden und Rechte für Frauen. Er wollte die Stämme einigen, eine starke Stimme für Afghanistan sein. Aber die meisten sehen in ihm nur noch den Kriegshelden, den Militärtaktiker, der die Nordprovinz verteidigt hat. Den heiligen Märtyrer. Er kann sich nicht mehr gegen die Vereinnahmung wehren.«

»Was für ein armes Land«, meinte der Franzose. »Generationen kennen nur noch Gewalt. Kinder werden schon verstört geboren. Wohin geht es jetzt? Paschtunen und Tadschiken streiten weiter. Kriminelle Banden beherrschen die abgelegenen Gegenden. Die Taliban halten noch immer Dörfer besetzt. Kriegsgewinnler sichern sich Pfründe. Und hinter Kabul beginnen die Mohnfelder. Schön und tödlich.«

»Nicht mehr meine Politik«, gab Shafi ausweichend zurück, »nicht mehr mein Land.«

Dämmerung kroch die Berge herab, die kleinen Rechtecke der Fenster verdunkelten. Der Hagere entzündete Petroleumlampen, die kaum Licht verbreiteten; bot mit einer leutseligen Geste dem Franzosen eine Zigarette an.

Shafi winkte Caro zu sich, die bisher kein einziges Wort gesprochen hatte. Er deutete ihr hinauszugehen, zeigte auf eine schmale Treppe, die auf das flache Dach eines Nebengebäudes führte. Fast lief Caro in den Brunnen, erkannte den Pumpenschwengel erst im letzten Moment. Leise fluchend zog sie die Burka zurecht, schaffte es nur mit Mühe die steilen Stufen hinauf. Sie hockte sich auf die Fläche aus Lehm und Stroh. Shafi hielt ihr eine Wasserflasche hin. Caro schob den Stoff hoch und trank durstig.

»Hier können wir ungestört reden«, sagte er. »Wir dürfen über Nacht am Hof bleiben. Man richtet uns eine Koje.«

Stimmengemurmel drang von der Dorfstraße herauf, Lichtpunkte huschten herum. Anscheinend schnitten ein paar Mitleidige die geschundene Frau ab. Caro schaute angestrengt über die Mauer, konnte nur undeutlich die Gestalten erkennen. »Lebt sie noch?«

Shafi murmelte: »Besser wäre sie ist tot.«

»Wie kannst du das sagen?« Caro bemühte sich, nicht laut zu werden.

»Wenn sie überlebt hat, wird sie zurück zu ihrem Ehemann müssen. Sobald sie wieder laufen kann.« Shafi goss Wasser in eine Schale, die er von unten mitgenommen hatte. Caro starrte ihn an. Von Frauen zu hören, die unter diesen Umständen leben mussten, war eine Sache, es mitzuerleben eine ganz andere.

»Du kannst dich hier waschen. Ich gebe acht«, sagte Shafi fürsorglich, hielt ihr ein sauberes Tuch hin. Nachdem sie fertig war, schüttete er die Schüssel auf der Rückseite aus, goss frisches Wasser hinein.

»Was sind das nur für Männer?«, sagte Caro leise, ohne eine Antwort zu erwarten.

Shafi tauchte die Hände in die Wasserschüssel, spritzte sich Wasser ins Gesicht, so als wolle er Erinnerungen abspülen. Er prustete, wischte sich die Haut mit dem Tuch trocken, schaute in die Ferne. »Der Krieg frisst die Menschen auf, es bleiben nur Monster übrig.«

»Die Leute hier haben uns Unterschlupf gewährt. Und auch Jean-Louis. Dem Ausländer. Sie haben sich nicht auffressen lassen.«

»Sie sind Ismailiten«, antwortete Shafi, als würde das alles erklären. »Sie verstecken den Franzosen, bis der Dorfvorsteher zurück ist. Der wird ihn dann zur Grenze bringen. Für sie ist es Sünde mit Menschen zu handeln. Für den Kharoti-Stamm gilt das nicht. Für die sind Andersgläubige einfach nur Nicht-Menschen, die der wahrhaft Gläubige bedenkenlos töten und foltern darf.« Shafi wischte sich wieder über das Gesicht, beugte sich zu Caro hin und flüsterte: »Im nächsten Dorf residiert Khalid Sadiqs Clan, der hält sich einen Arbeitssklaven. Hat zumindest Jawed erzählt.«

Caro stockte der Atem. Tonlos fragte sie: »Könnte das mein Mann sein?«

»Vielleicht.«

»Wir müssen nachsehen. Bitte.« Caro schaute ihn flehend an.

»Die Reiter, die du heute gesehen hast, sind von dort«, sagte Shafi zögerlich.

Caro straffte den Rücken. »Das schreckt mich nicht. Bitte. Um alles was dir heilig ist.«

»Ich bin kommunistisch erzogen, nicht religiös«, gab Shafi zurück.

Verzweifelt stieß Caro hervor: »Ich muss dorthin. Versteh das doch. Er ist meine Familie. Würdest du das nicht auch für eines deiner Kinder auf dich nehmen?«

Mit gefurchter Stirn betrachtete Shafi den mondhellen Innenhof. Caro wartete, kaute an ihren Fingerknöcheln. Schließlich drehte er sich um und sagte: »Du darfst nichts Unüberlegtes tun – kann ich mich darauf verlassen?«

Rasch nickte Caro und meinte es nicht so. Wenn Gabriel bei den Pferdemännern gefangen war, hatte sie nicht vor untätig zu bleiben.

8

Die Krähe stürzte vom Himmel. Im letzten Moment spreizte sie die Schwingen, segelte knapp über eine Felsspitze, landete neben Caro. Zufrieden begutachtete sie das Luftbild am Display ihres Smartphones: Ein tiefgrüner Flecken im graubeigen Einerlei. Shafi betrachtete den künstlichen Vogel aufmerksam. »Das Ding ist erschreckend echt. Nur wenn man genau hinsieht, erkennt man die Drohne.«

»Crow ist ein Meisterwerk. Aber meine Freundin baut sie nur für sich. Ein Hobby.« Caro zeigte Shafi die Bilder, die Crow aufgenommen hatte. »Das dürfte der Hof sein.«

Shafi beugte sich zu ihr, zog das Bild größer, deutete auf Einzelheiten. Mehrere lehmfarbene Gebäude schachtelten sich am Hang. Etwas abgerückt ein auffällig weißes Haus mit Ziegeldach und Satellitenschüssel. Es schien neu zu sein, wirkte wie ein moderner Fremdkörper.

»Noch immer kein Empfang«, bemerkte Caro, deutete auf die Balken in der Anzeige.

»Das ist in den Bergen normal.« Shafi fuhr mit dem Finger eine Linie nach. »Dort geht ein Pfad zu einer Brücke, über dem Fluss ist ein Fahrweg zur Landstraße. Immer bergab. Wenn wir abkürzen müssen.«

Caro stopfte Crow in die Packtasche des Mopeds. Nach langem Feilschen hatte ihnen der Mechaniker im Dorf ein zerkratztes Gefährt mit breiter Sitzbank verkauft. Shafi war ein geschickter Fahrer, auf dem rumpeligen Weg hierher war ihm das Zweirad kein einziges Mal weggerutscht. »Dafür kann ich nicht reiten«, sagte er bescheiden, als Caro ihn lobte.

Ein milchiger Bach strömte den Hang herab, ermöglichte ein paar Bäumen und Büschen das Überleben. Die Burka schwang wie eine blaue Fahne im kalten Wind. Caro riss ein Fladenbrot auseinander, gab Shafi eine Hälfte, strich sich gelbe Butter auf ihren Teil. Es schmeckte leicht ranzig.

»Der Geschmack meiner Kindheit«, sagte Shafi. »Kein Strom, kein Kühlschrank. Jetzt besitzen wir wenigstens einen Generator.«

»Wissen deine Kinder wo du bist?«

»Auf Tour. Das genügt ihnen. Sie sind schon alle selbstständig. Der Älteste heiratet bald.«

»Wie schön.«

»Und schöner noch, wenn er nicht mehr monatelang nach Russland muss.«

»Nach Russland?«

»Bei uns gibt es kaum Arbeit. Um eine Familie zu ernähren, müssen fast alle Männer weit weg. Aber mit einem eigenen Geschäft wird das anders.« Er langte in die Innenseite seines Mantels, holte seine Geldbörse heraus, zog ein Foto aus einem Seitenfach. »Hier – das sind Hussein, Bachodur und Sitora.« Er deutete der Reihe nach auf zwei Jungen und ein Mädchen. Alle mit schwarzen Haaren, braunen Augen und einem breiten Lächeln. »Das meiste Geld benötigt man für Genehmigungen. Jeder Beamte will beteiligt sein. Korruption ist in unserem Land so weit verbreitet, dass man sie in die Verfassung aufnehmen könnte.«

»Nicht nur in Tadschikistan«, murmelte Caro, fragte laut: »Woher kommen die Touristen?«

»Die meisten aus Russland und China. Ein paar Deutsche und Schweizer. Gelegentlich Franzosen.« Noch immer hielt er ihr das Foto hin. Hinter den Jugendlichen konnte Caro eine zierliche Person erkennen. Sie vermutete Shafis verstorbene Frau.

»Warum hat sie … ähm … dich geheiratet?«

»Sie hatte das Schicksal vieler afghanischer Frauen vom Land. Mit dreizehn verheiratet, mit vierzehn Mutter, mit sechszehn versklavt. Ihr Mann hat sie jeden Tag verprügelt. Nach einem Bombenangriff hat sie die Chance genutzt und ist mit ihren Kindern untergetaucht. Mitarbeiter des roten Halbmondes haben sie über die Grenze gebracht. Sie wollte von keinem Mann mehr angefasst werden, hat aber jemanden gebraucht, der sich kümmert. Eine Krankenschwester hat uns vermittelt. Wir haben uns sofort gut verstanden.«

»Und die Kinder?«

»Der Älteste war erst vier.«

»Fragen sie nicht nach ihrem richtigen Vater?«

Gekränkt schaute Shafi auf. »Ich bin ein richtiger Vater.«

»Du weißt, was ich meine.«

»Nein, tun sie nicht. Meine Frau hatte ihnen das verboten und sie ehren ihre Mutter.« Er schüttelte Brotreste von Hemd und Hose. »Komm. Steig auf. Finden wir heraus, wie gastfreundlich Khalid Sadiq ist.«

Seufzend schlüpfte Caro unter die Burka. Shafi trat das Moped an. Im Damensitz hockte sich Caro hinter ihn, hielt sich am Gepäckträger fest. Ob sie auch zu dritt darauf fahren konnten?

Der Motor des Pick-Ups heulte auf. Das braune Pferd stieg, rollte panisch die Augen. Der Reiter zerrte an den Zügeln, riss den Kopf des Tieres zur Seite. Das Pferd rotierte in einem kleinen Kreis, seine Hinterbeine knickten fast ein. Der Motor verstummte. Wimmernde Musik hallte aus dem Autoradio. Der Reiter peitschte das Pferd vorwärts, verschwand im gestreckten Galopp. Die fünf Männer neben dem Pick-Up grölten und sogen an ihren Zigaretten. Als sie das Moped hörten, schnellten ihre Hände zu den Gewehren. Caro klammerte sich fest, ihr Arm zitterte vor Anstrengung. Shafi ließ das Moped ausrollen, grüßte freundlich, stieg ab. Die Gesichter der Männer blickten finster.

Caro blieb hinter dem Zweirad stehen. Durch die Stofflücken erkannte sie die schlichten Lehmgebäude von dem Luftbild. Die Regenrinnen waren mit halbierten Mörsergranaten verstärkt. Der vorderste Mann scheuchte Shafi mit dem Gewehrlauf zum protzigen Neubau. Die ganze Männergruppe folgte.

Auf der Veranda thronte ein bulliger Mann in einem geschnitzten Stuhl. Mit durchdringenden Augen musterte er Shafi, spielte mit seiner Gebetskette. Klack, klack, klack. Eine goldene Armbanduhr schimmerte an seinem Handgelenk. Den Gruß in Dari verstand Caro nicht, aber sie wusste, was Shafi zu ihm sagte, eine afghanische Segensphrase: »Möge sich dein gesegneter Schatten nie von deinem Haupt wegheben, oh Khalid Sadiq.«

Große gelbe Zähne erschienen in Khalid Sadiqs Gesicht, seine wulstigen Lippen verzogen sich. Während er sprach, schwiegen alle anderen. Langsam zog Shafi die in Tem gekaufte Kullah aus einer Innentasche seines wattierten Mantels, verbeugte sich leicht und überreichte sie dem Clanführer. Khalid nahm sein besticktes Käppi ab und stülpte die silbergraue Persianermütze über die weißen Haare. Zustimmendes Murmeln ertönte. Er klatschte in die Hände. Die Gewehre wurden geschultert. Der Patriarch erhob sich, nahm Shafis Hand zwischen seine Hände, drückte sie leicht, führte die rechte Hand an die linke Brust. Damit schien die Gastfreundschaft gewährt.

Die Jüngeren verliefen sich, ein bärtiger Mann mit eingegrabener Zornesfalte packte Shafi an den Schultern, küsste ihn auf die Wangen. Dann tippte er gegen Shafis Kinn und feixte. Offenbar bedauerte er das bartlose Antlitz.

Shafi hatte Caro erzählt, dass in Tadschikistan Männer mit Bart oft verhaftet wurden. Die Regierung fürchtete Islamisten. Für seine Maskerade ein Vorteil.

Eine verschleierte Frau schleppte ein Bündel Brennholz vorbei, streifte den Mann. Er schlug ihr den Gewehrkolben in den Rücken, sie stolperte vorwärts. Trotz der Kälte und des steinigen Bodens trug sie keine Schuhe. Auch die nächste Frau, dieses Mal mit zwei Wasserkanistern, lief barfuß. Zwei andere blaue Frauen richteten einen Essplatz auf der Veranda.

Shafi kam zum Moped, schnallte die Packtaschen ab, drückte sie Caro in die Arme. »Man hat mich zum Mittagessen eingeladen«, raunte er. »Du musst in eine Kammer. Sorge dich nicht, wenn es länger dauert. Ich komme, sobald ich kann.«

»Wann können wir schauen, ob …«

Shafi schnauzte sie an. Der Mann mit Zornesfalte lachte kehlig. Ein zerzaustes Huhn trippelte vorbei. Er zog seine Pistole und erschoss den Vogel. Federn stoben auf. Ein zotteliger Hund trabte näher, schnappte sich den Kadaver.

Doppelt eingesperrt. Caro schnaufte, zerrte sich die Burka über den Kopf, schob den Stoff im Nacken wie einen Schalkragen zusammen. Shafi hatte das Moped gegen die Tür der Vorratskammer gelehnt. Staub tanzte in den Lichtstrahlen, die schräg durch das Lüftungsgitter fielen. Caro schraubte eine Wasserflasche auf und trank, schälte eine Orange, aß langsam die süßsaure Frucht. Ihr war mulmig zumute. Hatten sie sich zu viel zugemutet? Würde Shafi auffliegen? Sie lugte in den Hof hinaus, versuchte herauszufinden, wo der Gefangene untergebracht war. Sicher nicht im Wohnhaus. Sie lauschte: Stimmen, Lachen, Gackern, Hundegebell, ein Pferd wieherte, wieder die wimmernde Musik. Der Geruch von gebratenem Fleisch und Zwiebeln wehte herüber. Caro hockte sich auf eine Kiste, zog die Beine an und bettete ihren Kopf auf den Armen. Ließ ihre Gedanken strömen, ohne sie fortzuspinnen. Bis sich ein Wort festkrallte: Witwe, Witwe, weiße Witwe.

Endlich scharrte Metall auf Holz und der Türriegel bewegte sich. Caro zog den blauen Stoff über, blinzelte ins Licht. Schon wollte sie aufstehen, aber Shafi schlüpfte herein, ließ die Tür offenstehen. »Wir müssen noch ein wenig warten. Die Männer treiben bald die Pferde auf eine andere Weide und die Frauen werden sich zurückziehen. Khaled will nach dem Essen ruhen. Da können wir uns umsehen.«

»Was hast du ihnen erzählt, warum wir hier sind?«, wollte Caro wissen.

Shafi lehnte sich gegen die Lehmwand. »Weil ich Sprit für das Moped brauche. Du bist in Chorugh verheiratet und ich begleite dich zum Begräbnis unseres Vaters in Faizābād. Gerade erkläre ich dir die Verwandtschaften, damit du dich nicht blamierst. Du bist ein bisschen einfältig.«

»Danke auch.« Caro schaute hinaus.

Eine alte Frau in Schuhen schlurfte vorbei, warf einen missbilligenden Blick auf Caro. Sie stieg mühsam auf die Veranda, trieb die jüngeren Frauen zur Arbeit an. Ein

Kind unbestimmbaren Geschlechts hielt einen aus gebogenen Zweigen geformten Käfig in die Höhe, schüttelte ihn, stocherte mit einem Stab darin herum. Helles Kreischen und Flattern ertönte. Eine kleine blaue Feder trudelte zu Boden. Niemand nahm Notiz von der Quälerei und Caro fühlte Tränen aufsteigen. Zuletzt warf das Kind den Käfig einfach fort.

Der Pick-Up röhrte auf, fuhr mit durchdrehenden Reifen davon. Die alte Frau nahm das Kind an der Hand und zog es ins Wohnhaus. Stille breitete sich aus. Shafi streckte sich, ging ins Freie, zündete sich eine Zigarette an. Rauchend schlenderte er herum, betrachtete die Gegend. Schließlich winkte er Caro zu sich, deutete auf einen Verschlag.

Sie huschte über den Hof, öffnete den Riegel, blinzelte ins Düstere. Strenger Ziegengeruch schlug ihr entgegen, sie hielt die Luft an, lauschte. Alle Tiere schienen fort zu sein. Vorsichtig schlich sie tiefer hinein. Metall scheppterte. Sie erstarrte, versuchte etwas zu erkennen. Nur langsam gewöhnten sich ihre Augen an das Halbdunkel. Schritt für Schritt tastete sie sich vorwärts, musste sich zusammennehmen, um nicht laut zu rufen. Auf einem Strohsack kauerte eine reglose Gestalt. Ihr Herz begann heftig zu schlagen. Sie räusperte sich, flüsterte atemlos: »Gabriel?«

Schlagartig kam Leben in die Gestalt. Ein verwahrloster Mann. Er kroch vorwärts, stemmte sich hoch, streckte die Arme aus – und wurde gestoppt: Er war mit einem Halsreif angekettet. »Help«, hauchte er. »Help me.«

Caro wich einen Schritt zurück. Fast gaben ihre Beine nach. Sie verschluckte ein Schluchzen. Schon an der Statur hatte sie erkannt: Das war nicht Gabriel.

Wahrscheinlich hatte der Gefangene einmal gut ausgesehen. Aber jetzt waren seine Augen eingefallen, die Haut wirkte vergilbt, eine schorfige Wunde zog sich über die Stirn. »Please. My name is Jacob Andersen. From Norway.« Seine Stimme wurde höher und schriller. »Please. In Gods name. Tell someone.« Seine flehenden Hände wirkten wie Klauen. Er jammerte.

Der Mann würde sie noch verraten. Caro schaute sich nach einem Werkzeug um, das sie ihm hinwerfen konnte. Schritte eilten näher. Sie fuhr herum. Shafi trieb sie hinaus. Die Stimme des Norwegers heulte ihnen nach: »No. No. Help.«

»Das ist nicht dein Mann«, stellte Shafi fest.

Caro nickte. Noch immer fühlte sie sich schlaff vor Enttäuschung. »Trotzdem können wir ihn nicht hierlassen«, stieß sie hervor.

»Sei leise«, gab Shafi zurück. »Wir fahren. Sofort.«

Caro kaute auf ihrer Unterlippe. »Sie werden ihn langsam umbringen.«

»Den Tod vermag kein Pfad aufzuhalten, wie eng, wie felsig er auch sei.« Er schaute sich im Hof um. Alles blieb ruhig. »Vielleicht verkaufen sie ihn auch nur weiter.«

»Wie können wir ihm helfen?«

»Gar nicht«, sagte Shafi scharf. »Sein Schicksal wird anderswo entschieden. Inschallah.« Er schob die Hände in die Hosentaschen und stapfte in Richtung des Mopeds.

Caro raffte den Stoff der Burka und hetzte den Weg zum Fluss hinunter, zu den Feldern und Obstbäumen. Im Rennen schrie sie so laut sie konnte, schrie ihre Hilflosigkeit gegen den kalten Himmel, schrie bis sie vor Anstrengung hustete. Sie blieb stehen, legte die Hand auf die Brust. Über sich hörte sie das Moped starten.

Langsam wanderte sie weiter. Shafi würde sie schon einholen. Sie konzentrierte sich auf den Trampelpfad. Der Weg führte zu einer Brücke. Fünf junge Männer lungerten am Steg, versperrten ihr grinsend den Durchgang. Zwei hielten sich an der Hand. Die anderen rauchten Joints. Caro stoppte, drehte den Kopf, suchte einen Umweg. Durch das karierte Gesichtsfeld bemerkte sie am Rand zwei weitere Männer, die ihr den Rückweg abschnitten. Schlagartig wurde ihr die Gefahr bewusst. Ihr Blick suchte einen Ausweg. Sie sprintete zum Flussufer, stolperte über Kiesel. Wellness, dachte Caro, einfach an Wellness denken. Sie sprang ins grünliche Wasser.

Die Kälte durchfuhr sie als wäre ihr Körper ein Schwamm. Sie schnappte nach Luft. Das blaue Gefängnis wickelte sich um ihre Beine, zerrte an ihr. Sie schluckte Wasser. Caro schlug panisch um sich, blieb hängen. Hände fassten sie, schleiften sie ans Ufer. Zwei blauverhangene Frauen mit bloßen Füßen. Caro bibberte so heftig, dass sie nicht sprechen konnte. Sie wollten ihr die Burka abziehen. Caro begann zu schreien, rollte sich zusammen.

Bremsen quietschten. Shafis Stimme, laut und knapp. Die nackten Füße verschwanden. Shafis Stimme sagte dicht hinter dem Stoff. »Ich drücke dir einen Stock in die Hand. Lass dich führen.«

Sie wand ihre Hand unter dem nassen Stoff heraus, tastete nach dem Holz, stemmte sich hoch. Nach ein paar Schritten stoppte Shafi. »Du kannst die Burka abnehmen. Leg gleich das Tuch um.«

Die Kälte saß tief in Knien und Knöcheln. Caros Beine zitterten. Der Kaftan klebte an ihrer Haut. Mit fahrigen Fingern wickelte sie sich das weiße Baumwolltuch um Kopf und Schultern, Shafi legte ihr sein Sakko um.

Ein kleines Feuer brannte in einem Steinkreis. Shafi wrang die Burka aus, schüttelte den Stoff, hängte das Teil über einen Ast. Dichtes Gebüsch schützte sie vor den Blicken der jungen Männer. Einer war ein Stück zur Seite gegangen, stierte mit offenem Mund in ihre Richtung.

Shafi schimpfte in Dari. Der junge Mann trollte sich. Caro senkte den Kopf, unterdrückte aufsteigende Tränen, streichelte ihren Bauch, entsetzt über ihre Unachtsamkeit. Warum hatte sie sich so aufgeregt? Sie musste jetzt für zwei denken. Grübelnd beobachtete Shafi ihre Geste. Caro nahm die Hand weg. Er runzelte die Stirn, stieß einen Schrei aus. Caro schreckte zusammen. Er brüllte Sätze in Dari. Die Männer an der Brücke johlten. Shafi wickelte ihr die feuchte Burka um, schob Caro zum Moped, trat mit kräftigen Tritten den Starter durch. Als sie aufsaß, drehte er heftig am Gasgriff. Das Moped schlitterte vorwärts, Caro klammerte sich an das Gestänge. Shafi steuerte über die Brücke. Die Männer klatschten und pfiffen hinter ihnen her. Die Frauen waren verschwunden.

Zwischen Grabhügeln und Kriegsschrott hatten Nomaden ihr Zeltlager aufgeschlagen. Magere Kamele und Rinder rupften an dürren Büschen. Zwei Kinder spielten mit Plastikgewehren. Eine monochrome Landschaft rumpelte vorbei, jede Farbe leuchtet wie ein Blumenstrauß: ein gemustertes Kopftuch, ein Kinderkleidchen, eine bestickte Satteldecke.

Ein alter Lastwagen mit Holzaufbau kam bedrohlich auf ihre Straßenseite. Shafi hupte. Caro spürte kaum noch ihre Finger und Zehen. Die feuchte Kälte hatte sich tief in ihr eingenistet. Sie biss die Zähne aufeinander. Staub knirschte in ihrem Mund. Der Verkehr wurde dichter. Kurz vor Faizābād kamen sie nur mehr im Schritttempo vorwärts. Das Moped schlingerte.

Elektronisch verzerrt tönte der Singsang eines Muezzins über die Häuser. Läden mit schmutzig-weißen Markisen reihten sich an der Hauptstraße. Buden mit Handys, bunten Plastikschuhen, Tüchern, Limonaden. Dazwischen ein Stand, an dem ein frisch geschlachtetes Schaf hing. Blut rann in einen Kübel. Gleich daneben ein glänzendes Plakat eines deutschen Mobilfunkanbieters. Shafi wich einem fahrenden Händler mit einem Karren aus, an dessen Aufbau an einer Schnur aufgefädelt trübe Fische baumelten.

Shafi bog ab. Statt auf Asphalt fuhren sie auf einer Straße weiter, die einem Abwassergraben glich. Wechselnde Schwaden von Gestank und Gewürzen reizten Caros Nase. Abfälle trieben in einem Rinnsal. Ein beinloser Bettler rollte auf einer Art Skateboard vorbei. Die Häuser wurden schlichter und fleckiger. Nur die bunten Tore zu den Innenhöfen wirkten gepflegt. Shafi bremste und hielt vor einem blauen Eisentor. Ein schmales Kind, in Staub paniert, mit einer stachelartigen Frisur, starrte sie an: ein Daumen im Mund, in der anderen Hand ein Benzinkanister, den es kaum tragen konnte.

»Wer wohnt hier?«, fragte Caro tonlos.

»Selay«, antwortete Shafi und pochte. Das Metall schepperte. Nach ein paar Minuten scharrte ein Riegel, das Tor öffnete sich einen Spalt. Shafi sagte zwei Sätze. Die Tür flog auf und eine hochgewachsene Frau, deren weißer Hidschab kaum die graumelierten Haare bedeckte, breitete die Arme aus. Ihre ausdrucksvollen, dunkel umrahmten Augen glänzten freudig. Ein Redefluss überströmte Caro, während sie hineingingen. Shafi antwortete einsilbig und stellte das Moped im Hof ab. Die Frau legte Caro sachte die Hand auf den Rücken und zuckte zurück. Stellte ihr eine sorgenvolle Frage. Caro zog die Schultern hoch, war sich aber nicht sicher, ob man die Geste unter der Burka sah.

Die Frau sagte in Russisch: »Kommen Sie schnell herein, der Ofen ist warm. Ich trockne Ihre Kleidung.«

Caro folgte ihr in die Küche. Selay hielt ihr eine Wolldecke hin. Rasch zog sich Caro den blauen Stoff herunter, schlüpfte aus dem Kaftan, leerte die Taschen. Dann wickelte sie sich in die Decke und hockte sich neben den Ofen. Selay holte eine Plastikwanne, legte die Kleidung hinein, verschwand mit einem Eisenkübel im Hof. Durch das Fenster sah Caro sie einen Pumpenschwengel drücken. Zurück in der Küche stellte Selay den Eimer direkt auf den Herd. »So, jetzt bekommen Sie einen Tee und ein Brot.«

Shafi lehnte im Türrahmen. »Warum hast du mir das verschwiegen?«

Caro schüttelte den Kopf und schaute zu Boden. Ihr war noch immer kalt. »Du hättest mich nicht hierhergebracht.«

»Ganz richtig«, stieß er hervor. »Wie kannst du mir das aufbürden? Eine schwangere Frau durch die Gegend schleppen!«

»Siehst du!« Caro funkelte ihn an. »Ich weiß schon, was ich mir zumuten kann. Ich bin doch nicht blöd.«

»Aber unverantwortlich. Ein Kind ist heilig.« Er schnaubte.

»Jetzt bist du also scheinreligiös?«, schimpfte Caro. Erschrocken schaute sie Selay an und entschuldigte sich. Mütterlich strich ihr die ältliche Frau über den Scheitel. »Geh raus, Brummbär. Lass das Püppchen in Frieden. Ich bringe dir gleich Essen.«

Shafi stampfte auf und verschwand im Nebenraum. Kurz darauf drangen Geräusche eines Fernsehers gedämpft herüber.

»Er ist nur neidisch.« Selay drückte ihr eine Teetasse in die Finger. »Er hätte gerne eigene Kinder gehabt.«

Mit großen Augen schaute Caro sie an. »Ich weiß, was er ist.«

»Oh, gut. Ich habe ihn unterrichtet, als er noch die kleine Toheba war.« Selay begann Gemüse zu schneiden. »Eine Schande, diese Väter, die ihre Mädchen in Männerkleidung hüllen und zur Arbeit zwingen, anstelle sie in die Schule gehen zu lassen. Aber Toheba war schon immer schlau. Unsere Familien lebten Mauer an Mauer. Ich habe sie privat unterrichtet.«

»Sie sind Lehrerin?«

»Ich war es zumindest.« Selay seufzte, richtete sich den Hidschab. »Ich komme eigentlich aus Kundus. Ich war an einer Mädchenschule. Von 1970 bis 1979. Eine schöne Zeit. Damals haben wir an eine gute Zukunft geglaubt, alles war im Aufbruch. Bis der König gestürzt wurde und die Sowjets einmarschiert sind.« Sie hielt im Schneiden inne, schaute in die Vergangenheit. Die Falten um ihren Mund vertieften sich. »Später siedelten immer mehr Paschtunen in der Stadt. Besetzten ganze Vierteln. Unterstützt von den Stammesbrüdern aus Kabul. Bald darauf wurden die ersten Frauen auf den Straßen angepöbelt.« Sie schwieg, goss Reis in einen Topf, legte Holz nach.

»Und Sie sind nach Rostaq gegangen? Shafi kommt doch von dort.«

»Erst als die Taliban die Herrschaft übernommen hatten. Die Schulen wurden geschlossen. Frauen hatten Hausarrest. Nur mehr Koranschulen waren zugelassen. Zuerst haben wir die Mädchen noch heimlich unterrichtet. Aber eines Tages haben die Mullahs alle Lehrerinnen zusammentreiben lassen. Einige wurden öffentlich ausgepeitscht. Andere wurden auf Trucks verfrachtet und versklavt. Die Hübschen für pakistanische Bordelle, die anderen als Hauspersonal.« Tränen schwammen in Selays Augen. »Mein Mann hat mich versteckt und aus der Stadt geschafft. Wir sind bei Verwandten untergekommen. Später hat er sich freiwillig gemeldet und für die Nordallianz gegen die Taliban gekämpft. Allah hab ihn selig.«

Caro senkte betroffen den Kopf, trank von ihrem Tee. Das Holz im Ofen knisterte. Selay goss warmes Wasser in die Plastikwanne. Caro kniete sich hin und drückte den Stoff durch. »Sie haben in Rostaq eine Schule geführt?«

Selay nickte, röstete das Gemüse in einem flachen Topf. Ein harter Zug erschien um ihren Mund. »Bis 2012. Da haben sie das Wasser der Schule vergiftet. Die Eltern wollten die Kinder nicht mehr hingehen lassen. Eine Weile haben wir noch in den Wohnhäusern unterrichtet. Aber 2015 hat das Erdbeben viel zerstört. Meine Familie ist nach Faizābād übersiedelt. Hier hat es Arbeit gegeben.«

Was für ein Schicksal, dachte Caro, was diese Menschen hier aushalten müssen. Ihre eigenen Sorgen kamen ihr in diesem Moment wie Luxusprobleme vor. »Ist es jetzt besser geworden?«

Selay warf ihr einen Seitenblick zu. »Teilweise. In den Städten gibt es viele Initiativen. Haben Sie schon von Roya Mahboob gehört?«

Caro schüttelte den Kopf.

»Sie hat die Universität absolviert, im Ausland weiter studiert und eine IT-Firma gegründet. In Herat. Sie sponsort eine Technikschule für Mädchen. Eine Gruppe von dort hat vor zwei Jahren an einem Roboter-Wettbewerb in Washington teilgenommen. Sie haben die Silbermedaille gewonnen. Das war bei uns in allen Medien. Jeder im Land war stolz auf die Mädchen. Und Roya ermöglicht Frauen mittels Bitcoins erstmals über eigenes Geld zu verfügen. Eine digitale Währung können sie vor ihren Familien verbergen.«

Die Lehrerin mischte den Reis unter das Gemüse, fuhr fort: »Andererseits gibt es auch in Herat noch immer Fälle wie jenen von Frau Anjuman. Sie war Journalistin und Dichterin. Ihr erster Lyrikband *Gul-e-dodi*, Dunkle Rote Blüte, ist in Afghanistan und im Iran sehr populär. Sie ist von ihrem Ehemann erschlagen worden. Gerade einmal 25 Jahre alt. Nach einem häuslichen Streit. Ein Ordnungsvergehen. Er hat nur eine Geldstrafe bekommen.« Selay schnaubte zornig. »Selbst der armseligste Mann kann noch immer über Frauen und Kinder herrschen, wenn er will. Sie für sich arbeiten lassen. Ob Mudschaheb oder Talib, da sind sie alle gleich. Mit dieser Art Männer hat eine Frau kein Leben.«

»Und Sie? Haben Sie ein Leben?«

Traurig lächelnd antwortete Selay: »Ich habe Glück gehabt. Mein zweiter Mann ist nachsichtig. Der Krieg hat ihn müde gemacht. Und nachdenklich. Er ist froh, einen geregelten Tagesablauf zu haben. Und eine wichtige Aufgabe. Er ist beim Minenräumdienst.«

Eine Frage brannte in Caro. Vielleicht unpassend, aber sie musste sie stellen: »Lieben Sie ihn?«

Noch immer lächelnd streute Selay eine Handvoll Rosinen und Pistazien über den Gemüsereis. »Es kann keine Liebe entstehen, wenn einer in der Beziehung unfrei ist. Aber ich bin ihm sehr dankbar. Ohne diesen Mann wäre ich jetzt eine lebende Leiche in einem blauen Leichentuch. Eine Bettlerin, so wie tausende andere

188

afghanische Frauen.« Sie trug den flachen Topf in den Nebenraum.

Fünf nach sechs gab es keinen Strom mehr. Selay stellte zwei Petroleumlampen auf. Caros Taschenuhr war stehengeblieben. Sie hatte vergessen das mechanische Werk aufzuziehen. Wenigstens hatte die Uhr den Sprung in den Fluss unbeschadet überstanden. Caro las am Smartphone die Zeit ab, startete Crow. Nach zehn Minuten bestätigte der künstliche Vogel den Datenübertrag. Eine Nachricht von Britta traf ein: Matthäus wurde im amerikanischen Militärspital noch einmal operiert. Keine Nachricht von Lichal.

Shafi schwieg sie weiter an und Caro verzog sich in eine schmale Kammer, in der ihr Selay ein Schlaflager gerichtet hatte. Mit einem nassen Tuch säuberte sie sich oberflächlich, plumpste auf die Matratze und starrte in die Dunkelheit. Ab und zu strich ein Scheinwerfer vorbei. Erschienen schon zu Hause vertraute Dinge in der Nacht fremd, so empfand sie dieses Haus wie in einer Anderswelt gelegen. Kein Kunstlicht verdrängte die Gespenster. Das Dunkel war fast greifbar.

Ihre Gedanken umkreisten Gabriel, ohne sich auf ihn einzulassen. Sie legte die Hand auf ihren Bauch. »Diese Nacht ist Samhain«, erzählte sie dem Ungeborenen. »Heute sind die Schleier dünn. Wie willst du heißen mein Kleiner?«

Sie horchte in sich hinein. Der Schmerz überfiel sie jäh. Die Befremdung in diesem Land. »Gabriel«, stöhnte sie. Tränen quollen aus ihren Augenwinkeln. Wie lange konnte man durchhalten, wenn man hoffnungslos der Willkür anderer ausgeliefert war? Wünschte man sich irgendwann zu sterben? Würde er danach ein anderer sein?

Caro dachte an ihre Mutter. Trotz ihrer verzehrenden Krankheit, hatte sie bis zuletzt am Leben festgehalten. Wäre ich auch so stark?, fragte sich Caro.

Ein knackendes Geräusch ließ sie zusammenfahren. Lange fand sie keinen Schlaf. Die letzte Nacht im Oktober. Die Nacht der ruhelosen Seelen.

9

»Nein«, sagte Caro heftig. »Ich halte mein Versprechen und schreibe dir die Anweisung für Leo. Aber ich gehe weiter.«

»Das schaffst du nicht.«

»Wetten?«, gab sie zurück und funkelte Shafi an. »Meinst du, nur du kommst als Mann durch? Und wenn nicht. Kannst du damit leben?«

Selay kicherte verschämt und goss ihnen Tee ein.

»Du bist anstrengend«, sagte Shafi.

Caro streckte die Finger aus. Zuerst meinte sie, Shafi würde zurückweichen, aber er hielt still. Sie streichelte seinen Handrücken. Ein weicher Zug erschien um seinen Mund. Er seufzte. »Warum nimmst du das auf dich?« Shafi schaute sie mit großen Augen an. »Gib mir einen Grund weiterzusuchen.«

Konnte Shafi das verstehen? Vielleicht – auch er hatte einen schweren Weg gewählt. Aber wie sollte sie etwas erklären, das ihr selber unklar war? Caro erinnerte sich an Gabriels besten Freund, den Mann, der für sie gestorben war, und antwortete: »Böse Männer haben mich zerbrochen und mein Ehemann hat mir geduldig geholfen, mich wieder zusammenzusetzen. Unsere Leben sind verknüpft. Niemanden vertraue ich mehr.«

»Dein Mann. Wo immer er ist. Wird er durchhalten?«

»Ja, das wird er«, antwortete Caro fest. Aber innerlich war sie nicht so sicher. Es war mehr als ein Jahrzehnt her, dass Gabriel ein Kommandosoldat war. Die Einsätze in der Sicherheitsfirma beschränkten sich auf Herumstehen bei Konferenzen, ab und zu der Personenschutz eines Geschäftsmannes. Auch wenn er trainiert war – Gabriel verbrachte die meiste Zeit am Schreibtisch. Ob seine Überlebensinstinkte inzwischen eingerostet waren? Sie verbarg ihre Verunsicherung hinter der Teetasse, stopfte eine großes Stück Fladenbrot in den Mund und kaute.

Entschieden lehnte Selay ab, dass Caro bei der Hausarbeit half. Sie schenkte ihrer Gastgeberin eine Packung Datteln und ein Säckchen losen Ceylon-Tee, bemerkte die wenigen Vorräte, die Selay sorgsam geschlichtet in einem niederen Regal aufbewahrte. Caro legte ihren weißen Hidschab um, trat in den Innenhof, schlüpfte in die Sneakers. Sie beobachtete, wie Shafi sich mit Crow in gebrochenem Deutsch unterhielt. Anscheinend hatte die Drohne wieder ein Empfangsfenster. Caro räusperte sich, Shafi drehte sich um und lächelte. »Dein Kundschafter ist äußerst unterhaltsam«, sagte er.

»Ja, manchmal erfindet er interessante Wortgebilde.«

»Deine Freundin hat das nicht zum Spielen entwickelt, nicht wahr?«

Caro nickte. »Sie hat mehrere Versionen. Diese hier spricht, sie kann Nachrichten und Videos speichern. Wenn sie Internetanschluss findet, auch verschicken. Sie kann navigieren und die Gegend auskundschaften.«

»Kann sie kämpfen?«

»Dieses Modell nicht. Damit könnte ich auch nicht umgehen.«

»Schade. Das wäre vielleicht hilfreich.« Shafi streichelte der künstlichen Krähe die Brustfedern.

»Hacken geht und krallen«, krächzte Crow. »Akku sprengen auch. Ladekapsel. Geschützt Technik muss bleiben.«

Caro lächelte. Das sah Britta ähnlich, die ihre Geschöpfe keinesfalls dem Militär überlassen wollte. »Shafi, ich möchte für Selay einige Lebensmittel kaufen. Könnte sie das als Beleidigung empfinden?«

»Wir geben es ihr für ihren Mann und Sohn. Als Anerkennung für deren gefährliche Arbeit. Das wird sie akzeptieren.«

»Gut. Gehen wir gleich?«

»Nach dem Vormittagsgebet. Selay hat mir jemanden genannt, der wissen könnte, wo der Wanderbazar anhält.« Shafi schlüpfte in seinen Mantel, setzte die Schaffellmütze auf. »Hol die Burka und etwas von deinen Goldmünzen.«

Alarmiert schaute Caro ihn an. »Woher …«

»Ich habe nachgesehen. Damit ich weiß, wie weit ich eine Bestechung treiben kann. Zähl ruhig nach.«

Caro verzichtete darauf.

Metall hallte. Ein Blechfass. Jemand schlug darauf. Im letzten Moment wich Caro aus. Durch die Sichtluke hatte sie den hockenden Mann übersehen, dem ein Fuß fehlte. Der Bettler ignorierte Caros Manöver. Er hielt die schwielige Hand auf. Shafi ließ ihm zwei Afghani auf den Handteller fallen. Der Bettler murmelte einen Segensspruch. Shafi stopfte getrocknete Linsen und Kichererbsen in die bestickte Tragetasche, die Caro ihm aufhielt. Er ging weiter zum Gewürzstand. Caro mühte sich ab, auf dem holprigen Weg das Gleichgewicht zu halten und niemanden anzustoßen. Shafi hob die Hand und bedeutete ihr zu warten. Zwischen einer Bude mit Handys und einem Laden mit Teppichen drückte sie sich in eine Nische. Shafi schritt zu einem fliegenden Händler, der Limonaden anbot, redete auf ihn ein.

Zwei blonde Männer fielen Caro auf, die fast alle Menschen auf der Straße überragten. Beim Teppichladen hielten sie inne. Einer hob die Ecken der Teppiche an. Ein sehniger Mann mit einem dünnen Zottelbart eilte heran. Buschige Augenbrauen und ein riesiger Turban aus einem schwarzen Nadelstreiftuch zierten sein hohlwangiges Gesicht. Als er sich zu seiner Kundschaft hin beugte, erwartete Caro, dass sein Kopf voran überkippte. In einem seltsamen Singsang stimmte er in Russisch an: »Komm. Komm. Feine Dinge. Gut Ware. Gabbeh, Herati. Fünfhundert Afghani. Gut Ware. Handmacht.« Die beiden blonden Männer betrachteten die Teppiche, strichen über die Knoten, schienen nicht überzeugt. »Tschahār Bāgh«, beschwor der Händler und wiederholte flehend: »Tschahār Bāgh. Super Ware. Selten.« Er stemmte den hinteren Stapel hoch, zerrte und zerrte. Caro horchte auf, versuchte zu erkennen, was der bärtige Mann den beiden Russen im Halbdunkel anbot. Sie stellte sich auf die Zehenspitzen, konnte aber nichts erkennen. Kurz war sie versucht, die Burka zu heben.

»Komm mit.«

Caro erschrak, sie hatte Shafi nicht kommen sehen. »Verfluchte Burka«, murmelte sie. »Ich werde noch gegen eine Wand prallen.«

»Aziz nimmt mich mit in eine Ghalyun-Stube. Nur für Männer. Dort treffe ich einen der Wanderhändler.«

»Ghalyun?«

»Wasserpfeife«, erklärte Shafi. »Du bleibst einstweilen in einem Teeraum.«

»Schon wieder Tee«, maulte Caro. »Na gut. Du musst aber etwas nachfragen.«

»Was denn?«

»Frag den Teppichhändler nach Tschahār Bāgh und sag mir bitte, was das ist.«

»Dazu muss ich nicht fragen. Das ist ein Gartenteppich.« Er marschierte die Straße entlang, wich einem Kesselflicker aus. Caro folgte trippelnd. »Was ist das?«

»Ein Teppich, der einen traditionellen Garten darstellt. Rahmen im Rahmen, sagt man auch, weil es wie ein Schachbrett aussieht, jedes Feld hat ein eigenes Pflanzenmuster.« Shafi deutete auf eine verblichene Tür ohne Beschriftung. »Setz dich an einen Einzeltisch. Sag nur *jek estekān čaj, befarmā'id*. Und wenn man dir serviert hat *mamnunam*. Mehr redest du nicht. Verstanden?« Er ließ Caro die Aussprache mehrfach wiederholen. »Ich bin in einer halben Stunde zurück.«

Mit Mühe trank Caro den Tee unter der Burka. Manche Frauen hatten die blaue Haut abgelegt und plauderten. Trotzdem fiel Caro nicht auf. Auch andere verschleierte Frauen saßen nur in Begleitung ihrer Einkaufstüten an einem Tisch, nippten schweigsam an ihrem Tee. Sie überlegte: ein gewebter Garten – wie passte das zu der Liste und der Skizze? Waren die Biokampfstoffe in einem Gebäude versteckt? Hinter einem Wandbehang?

Wind fiel von den Bergen, wirbelte Dreck durch die Gassen. Shafi hatte sich ein Tuch vor Mund und Nase gezogen. Durch den Dunst erkannte Caro noch weniger in dem Ausschnitt, den ihr die Burka ließ. Wenigstens milderte der Wind den Gestank der Rinnsale. Shafi lenkte das Moped durch ein Viertel mit neu errichteten Häusern. Vor fast jedem Tor wachte ein Mann mit Gewehr. Manche Mauern zierten Überwachungskameras. Die befestigte Straße verlor sich in einem Viehpfad, getreten von unzähligen Hufen. Das Moped hüpfte über Spurril-

len. Sie querten einen Schrottplatz, erreichten eine stäh-
lerne Halle, graubraun wie die Felsen der umliegenden
Berge. Neue SUV und alte Sowjetlaster parkten ein-
trächtig im harten Schlamm. Verhüllte Männer eilten hin
und her, musterten alle Leute, die dem Eingang zustreb-
ten. Ein breitschultriger Mann mit Bürstenhaarschnitt
bewachte das Tor.

»Muss ich schon wieder Tee trinken?«, fragte Caro.

Shafi schüttelte den Kopf, schulterte die Packtaschen
vom Moped. »Halt dich am Riemen fest. Bleib dicht bei
mir.«

Vor dem Einlass zog er den Mundschutz herunter,
murmelte ein paar Worte. Anscheinend eine Parole.
Ihnen wurde geöffnet. Hinter dem Eisentor musste
Shafi Eintritt zahlen und bekam einen Handzettel, der
die angebotenen Warengruppen mit Symbolen listete.
Langsam schritt Shafi von Stand zu Stand. Caro lugte
durch das Stoffgitter: Pop-CDs und MP3-Player, Jeans
und Badehosen, elektronische Bauteile, Gewehre, Ma-
cheten und Pistolen. Durch einen Vorhangspalt erhaschte sie einen Blick auf Magazine mit nackten Körpern. Kaffeeduft kitzelte ihre Nase. Sie rüttelte den
Riemen, Shafi nickte. Er kaufte zwei Espresso. Caro
trank ihren durch einen Strohhalm. Sie genoss das bit-
ter-süße Gebräu. Kinder liefen vorbei, beschossen sich
mit Spielzeugpistolen, die knatterten und blinkten.

»Ich habe keine Ahnung, wonach wir suchen«, gestand
Shafi leise.

»Ausrüstungsgegenstände«, flüsterte Caro. »Falls du
ein Sec4B-Logo siehst …«

»Hier gibt es einiges, das von westlichen Truppen
stammt.«

»Kannst du nicht nach Hubschrauberteilen fragen?«

»Mit welcher Begründung? Ich kenne mich mit solchen Bauteilen nicht aus.« Er schnaubte und schaute sich um. Schließlich zog er Caro in eine Ecke, in der ein einarmiger Invalide mit einer Grille wahrsagte, indem er eine Schachtel schüttelte und das Zirpen darin wortreich interpretierte. Ab und zu blieb ein Kind stehen. Shafi begann ein Gespräch mit dem gebeugten Mann, stopfte ihm ein paar Dollarscheine in die Außentasche seiner schuppigen Lederjacke. Der Mann grinste zahnlos, deutete mit einem Spinnenfinger durch die Halle.

»Volltreffer«, raunte Shafi, hastete vorwärts, drängte sich an einer rauchenden Männergruppe vorbei, stoppte bei einem Stand, der vor Eisenwaren überquoll.

Hektisch prüfte Caro die angebotenen Dinge, erkannte bei den meisten kaum den Einsatzzweck. Zweimal ging sie das Sortiment durch. Sie schüttelte den Kopf, unterdrückte ein Stöhnen, wandte sich um – und prallte fast gegen einen Hünen mit einer Warze auf der Stirn. Er zog die buschigen Brauen zusammen. Sie erstarrte, versuchte sich klein zu machen. Der Hüne nickte Shafi zu und umrundete einen Tisch mit Handfeuerwaffen.

Wieder kein Erfolg. Caro ächzte verhalten. Jetzt würde Shafi zu Recht darauf bestehen nach Chorugh zurückzukehren. Enttäuscht senkte sie den Kopf. Ihre Augen wanderten über die polierten Waffen, blieben an einem Logo hängen: ein schwarzer Bulle auf Stahl, darüber der Schriftzug TAURUS. Sie stierte den kurzläufigen Revolver an. Der geriffelte Griff war ihr vertraut. Die Kerben. Sie wusste genau, wie er sich anfühlte.

Unter der Burka bohrte sie sich die Nägel in die Handflächen, presste die Lippen zusammen. Shafi schien ihre Gestik zu bemerken. Seine Finger glitten über die Waffen, bis sie leicht nickte. Kurz darauf handelte er mit dem Mann, der sich immer wieder seine

Warze rieb. Caro stieg von einem Fuß auf den anderen, klammerte sich an den Riemen, kaute an ihren Lippen. Nach langem Feilschen packte der Händler den Revolver in eine braune Papiertüte, kippte aus einer Schachtel Patronen dazu und schrieb eine Zeile an den oberen Rand der Tüte, bevor er das Papier einrollte. Shafi drückte ihm zwei ¼-Unze-Krugerrand in die kräftigen Finger. Der Mann grinste breit. Ein Handschlag besiegelte das Geschäft. Shafi bugsierte Caro in eine Ecke, an einen Stehtisch, kaufte zwei Schalen mit Bolani und Wasserflaschen. Während er die Teigtaschen in die scharfe Soße tunkte und kaute, erzählte er leise: »Ein Mann aus Keshem hat ihm die Waffe verkauft. Ein Apotheker. Er hat mir die Adresse aufgeschrieben. Handynummer wusste er nicht.«

Atemlos fragte Caro: »Wir fahren hin?«

»Ja. Jetzt gleich. Es ist nicht weit.« Er steckte sich den letzten Bissen in den Mund, wischte sich die Hände ab. »Das ist die letzte Fährte, der wir folgen. Wenn wir wissen, wo der Revolver herkommt, dann sind wir fertig. Endgültig.«

Caro nickte heftig. Ihre Schale Bolani stand unberührt am Tisch. Shafi schenkte die Teigtaschen dem versehrten Wahrsager.

Frisch gestrichen strahlte die Moschee. Zwischen den eingestürzten Häusern und dem aufgebrochenen Asphalt der Straße wirkte das weiße Gebäude fast außerirdisch. Eine Gruppe Buben spielte Fußball auf einer rissigen Fläche, begrenzt von Behausungen aus Spanplatten und Wellblech. Auf einem Dach stand eine magere Ziege. Shafi knatterte durch schmale Gassen, blieb nur einmal stehen, um einen Weißbärtigen nach dem Weg zu fragen. Ein stahlblauer Himmel leuchtete kalt über Keshem. Kein Schild markierte die Apotheke. Im Schaufenster verstaubte eine Messingwaage. Shafi stellte das Moped ab, Caro glitt von der Sitzbank. Sofort waren sie von dutzenden Kindern umringt. Bettelnde Hände und schmutzige Gesichter reckten sich ihnen entgegen. Shafi kramte in seiner Jacke, teilte Bonbons aus, die er auf dem Bazar anstelle von Wechselgeld bekommen hatte. Die Kinder bettelten weiter und Shafi schnallte die Packtaschen ab, drückte sie Caro in die Arme. Vorsichtig schob er die Glastür auf, ein paar Schellen schnarrten. Die Kinder verzogen sich unter ein Vordach. Sie schienen auf ihre Rückkehr zu lauern.

Die Apotheke wirkte mehr wie ein Gemischtwarenladen denn wie eine medizinische Einrichtung: Waschmittel, Trockenfutter, Zigaretten, Wollsocken reihten sich zwischen Tablettenboxen, Verbandmaterial und Gläsern mit getrockneten Kräutern. Ein kleiner Mann mit Hakennase und nervösen Augen begrüßte sie, die Hände im weißen Kittel versenkt. Shafi holte die Papiertüte heraus, zeigte ihm den Revolver. Der Apotheker wich zurück, sein Vogelgesicht suchte panisch einen Ausweg.

»Du machst ihm Angst«, entfuhr es Caro.

Shafi warf ihr einen warnenden Blick zu, steckte den Revolver zurück, sprach auf den Mann ein. Der Apotheker entspannte sich ein wenig. Er blickte zwischen ihnen hin und her, sagte zu Caro gewandt in Russisch: »Ein alter Mann hat mir den gebracht.«

Mit gesenktem Kopf schwieg Caro. Sie hatte sich verraten und wollte ihm keinen weiteren Anhaltspunkt geben.

»Machen Sie sich keine Sorgen«, sagte der Apotheker freundlich. »Ich bin auch ein Fremder hier. Hinter meinen Rücken nennen mich die Nachbarn *Hundewäscher*. Weil ich ins Exil gegangen bin. Nach Italien. Es hat niemanden interessiert, dass ich nach meiner Rückkehr ein Impfprogramm installiert habe.« Er seufzte. »Fünfundzwanzig Prozent Kindersterblichkeit – und sie sind weiterhin stolz und starrsinnig, meine Landsleute.« Er wiegte bedauernd den Kopf und wirkte noch mehr wie ein Vogel.

Caro straffte die Schultern. »Hat er gesagt, woher er ihn hat? Der alte Mann.«

»Nein. Er hat diverse Medikamente, Desinfektionsmittel und zwei Erste-Hilfe-Sets eingetauscht.«

»Kommt er öfters? Kennen Sie ihn?«, fragte Shafi.

Der Apotheker nickte. »Er heißt Salmai. Holt regelmäßig Tabletten für seine Frau. Manchmal auch etwas für seine Tiere. Er war früher Dorflehrer. Irgendwo bei Ambadarreh, das liegt südlich von hier. Im Tal von Sabz Dara.« Im Gegensatz zu vielen anderen Männern, denen sie in diesem Land begegnet war, sprach er Caro unbefangen direkt an. »Ich kann Ihnen aber nicht sagen, ob er die Waffe gefunden oder geschenkt bekommen hat. Viele Fragen zu stellen ist ungesund in unserer Gegend.«

Die Schellen schnarrten. Drei missmutig blickende Männer kamen herein. Caro wich hinter Shafi zurück.

Der Apotheker sagte: »Gegen Höhenkrankheit empfehle ich Vodka und Zwiebel. Und Sie …« Er merkte, dass er Russisch sprach, wurde blass, plapperte in Dari weiter. Der vorderste Mann fixierte ihn, warf Shafi einen scharfen Blick zu, maß die Papiertüte, blaffte ihn an. Unterwürfig antwortete der Apotheker, Shafi ergänzte kurzangebunden. Achselzuckend drehte sich der Mann weg, nahm eine Handvoll Zigarettenpäckchen, orderte Tabletten, zahlte. Die Männer verließen den Laden, blieben aber neben dem Moped stehen, betrachteten das Gefährt. Einer rauchte, gab sich gleichgültig, zwei hielten die rechte Hand unter der Achsel verborgen. Sie schienen auf Shafi zu warten.

»Gehen Sie hinten raus«, flüsterte der Apotheker und zog die Sonnenblende herunter. »Beeilen Sie sich.«

Caro umfasste den Riemen der Packtaschen, ließ sich von Shafi durch einen vollgeräumten Lagerraum leiten. Im Freien begann Shafi zu rennen, hetzte mit ihr durch Gassen. Caro bekam kaum etwas von der Umgebung mit, zu sehr musste sie sich darauf konzentrieren, nicht zu straucheln. Endlich hielt Shafi inne, atmete durch, richtete Mantel, Mütze und Tuch. Fahrzeuge staubten vorbei, sie schienen die Hauptstraße erreicht zu haben. Mit zusammengekniffenen Augen starrte Shafi in die Ferne. »Weiter«, sagte er. »Dort vorn ist eine Tankstelle. Wir verstecken uns neben der Werkstatt.«

»Und warten worauf?«

»Taxi.« Shafi lief los und Caro stolperte hinterher.

Knapp zwei Stunden hockten sie hinter leeren Fässern, bis ein Kleinbus einbog, dessen Felgen mit bunten Mustern bemalt war. Statt des Markenlogos prangte ein Büschel Fahnen am Kühlergrill. Das Fahrzeug hielt neben einer Tanksäule. Shafi stand auf, putzte sich die Hosen ab, schlenderte zum Fahrer, verhandelte. Caro schleppte die Packtaschen hinterher. Schließlich zahlte ihm Shafi fünfzig Afghani in die Hand und vier Dollar in ein Kuvert. Schwankend bahnte sich Caro den Mittelgang entlang zu den Rücksitzen. Keiner der Mitreisenden würdigte sie eines Blickes. Shafi setzte sich neben sie und stieß Luft aus. »Jetzt geht es mir besser. Gleich sind wir raus.«

»Wofür das Kuvert?«, fragte Caro flüsternd.

»Wegzoll«, antwortete Shafi genauso leise. »Falls man uns in den Bergen aufhält. Meistens kann man sich freikaufen.«

»Meistens?«

»Wenn der lokale Stamm kontrolliert. Sollten uns Banditen auflauern, wird es nicht reichen.«

Caro wurde flau im Magen. »Machst du mir absichtlich Angst?«

»Ganz und gar nicht«, sagte Shafi ruhig und lud im Papiersack den Revolver. »Kannst du schießen?«

Caro nickte.

»Gut. Ich nämlich nicht. Schau«, er deutete auf die Heckscheibe. »Wenn es eng wird, ziehst du die beiden Riegel hier, dann klappt die Scheibe auf. Ein Fluchtweg.« Shafi zeigte ihr den Mechanismus, schob Caro den Revolver unter dem Stoff zu. Sie packte den geriffelten Griff, ihre Hände zitterten. Shafi schloss die Augen und lehnte sich zurück. Sobald der Bus anfuhr, döste er ein. Angestrengt starrte Caro nach draußen. Ungeachtet des Gegenverkehrs hielt sich der Fahrer fast immer in der Straßenmitte. Das sei üblich, hatte Shafi ihr gestern erklärt, wegen der Landminen.

Im Radio sang eine fistelnde Männerstimme. Der Kleinbus ruckelte und mit ihm die Landschaft hinter dem zerkratzten Fenster. Eine Landschaft in der Farbe von Schleifpapieren: Lehm, Sand, Stein. Beständiger Wind trieb feinen Staub von den Schuttflächen herunter. Staub, der das Licht brach, ein unmerklicher Schleier, der das Gestein weichzeichnete, als könne er die Härte der Gebirgswüste mildern. Ein eigensinniges Land, das nur karge Menschen hervorbrachte.

Der Gebetsruf weckte sie. Als Caro die Augen aufmachte, saß Shafi im Schneidersitz neben ihr und beobachtete sie. Vor ihm stand ein kleiner Gaskocher, darauf ein Blechhäferl. »Tee?«

»Was auch sonst. Danke«, sagte Caro verschlafen. Sie richtete sich auf, klaubte ein paar trockene Blätter aus ihren Haaren, kratzte ihre Arme. Ihre Haut lechzte nach Pflege.

Shafi reichte ihr das Gefäß. »Wie fühlst du dich?«

»Gut.« Sie langte in eine Tüte mit Trockenfrüchten, erwischte einige Feigen. »Warum fragst du? Habe ich unruhig geschlafen?«

»Nein. Aber du bist ziemlich blass.«

Caro nippte am Tee und sagte: »Das bin ich immer in der Früh. Keine Sorge. Unter dem blauen Ding kann ich auch kaum braun werden.« Sie zupfte an der Burka. »Wenigstens taugt sie als Schlafunterlage.« Die trockenen Äste in der Scheune, in der sie am Vorabend Unterschlupf gefunden hatten, waren unerwartet weich gewesen. Winterfutter für die Ziegen.

»Und dein Kind?«, fragte er sanft.

Caro lächelte. »Dem geht es auch gut. Es ist noch zu klein, um zu strampeln.«

Stimmen murmelten vorbei. Caro lehnte sich vor, lugte durch einen Spalt in den Brettern. Männer und halbwüchsige Jungen strebten vorbei, auf ein Gebäude zu, das ein Halbmond zierte. Freitagsgebet, fiel es ihr ein.

»Fragen wir nach dem Lehrer«, schlug Shafi vor und packte zusammen. Caro fuhr sich mit den Fingern durch die Strähnen, band die wirren Haare zu einem Zopf, stülpte den Hidschab über, danach die Burka. Sie dehnte ihre steifen Muskeln und stöhnte leise. Bedächtig schob Shafi das Scheunentor auf. Sie sahen sich um.

Eine Gruppe Frauen stand unter einem ausladenden Baum. Sie tauschten Lebensmittel. Ein paar andere saßen auf Betonabgrenzungen, tratschten und schauten Kindern zu, die Drachen steigen ließen. Kleine einfarbige Trapeze, die im unruhigen Wind himmelwärts tanzten.

»Fällt es nicht auf, dass du nicht beim Gebet bist?«, gab Caro zu bedenken.

»Den Kindern nicht«, sagte Shafi und deutete auf einen kleinen Jungen, der sich mühte seinen Drachen aus einem Busch zu ziehen. Shafi ging zu ihm, entwirrte die Schnur und unterhielt sich mit dem Kind.

Caro hob die Packtaschen an, stellte sie neben einen Betonklotz, setzte sich zu den anderen Frauen, ohne zu nahe zu rücken. Ein kleines Mädchen lief vorbei. Geschickt fing das Kind ein weißes Huhn und drückte es an sich wie ein Stofftier, sprach in glucksenden Tönen mit dem Vogel.

Die Männer kamen aus der Moschee, bildeten Grüppchen, rauchten. Shafi schlich hinter der Scheune hervor, schaute sich um. Dann wuchtete er die Packtaschen über seine Schulter, schritt auf Caro zu. »Wir müssen zu Fuß weiter.« Er drehte sich um und marschierte los.

Caro eilte ihm hinterher. In einigem Abstand vom Dorfplatz erzählte er: »Im Dorf gibt es keinen Lehrer. Die umliegenden Höfe sind größtenteils verlassen. Sie wurden zu oft geplündert. Am Talende leben noch ein paar alte Leute. Einer von denen soll Salmai heißen.«

»Warum sind sie nicht ins Dorf gezogen?«

»Sie sind Feueranbeter, hat der Junge gesagt. Unerwünscht.«

Caro blieb stehen. Feueranbeter. Konnte es sein? Trafen sich hier die Spuren?

Shafi stoppte, drehte sich um und kam zurück. »Was ist los?«

»Nichts.«

Er blickte skeptisch.

»Wie hast du mich erkannt?«, sagte Caro. »Auf dem Dorfplatz. Mindestens fünf Frauen hatten die gleiche Burka an wie ich.«

Grinsend schüttelte Shafi den Kopf. »Darüber machst du dir gerade Gedanken? An den Schuhen. So machen es die meisten afghanischen Männer.«

»Merkwürdig.«

»Komm jetzt. Wir haben einen weiten Weg vor uns.«

Nach einer Stunde schmerzten Caros Knöchel. Immer wieder rutschte sie am Schutt aus. Entnervt schob sie schließlich die Burka hoch, legte sie wie einen Umhang über die Schultern. Niemand würde sie hier beobachten. Keines der Lehmhäuser, an denen sie vorbeikamen, war unbeschädigt. Hier lebten seit langem keine Menschen mehr.

Sie beschattete die Augen. Crow kreiste die Berghänge hinauf. Trotz des scharfen Windes zog die Krähe sichere Bahnen. Shafi freute sich wie eines der Kinder beim Drachensteigen. Er war deutlich geschickter mit der Steuerung als Caro. Durch die Kameraaugen schauten sie auf Berggrate, steinige Hänge, ein Nebental mit einem schmalen grünen Band. Caro deutete auf ein paar Ziegen und Schafe, die von einem gescheckten Hütehund in der Windung eines kleinen Flusses zusammengehalten wurden; einem fruchtbaren Flecken, angeschwemmt vom Wasser. Im Schatten einiger Obstbäume meinte sie einen Hirten zu erkennen. »Das müssen sie sein, sonst ist hier niemand weit und breit«, sagte Caro.

Shafi nickte, deutete auf eine verwaschene Fahrspur, die sich den Berghang entlangwand. Caro schaltete Crow auf autonomen Flug, um Akkulaufzeit am Smartphone zu sparen. Sie begannen den mühsamen Aufstieg.

Federwolken rippten den Himmel. Der fast unsichtbare Pfad führte sie zu einem schmalen Plateau, auf dem sich lehmfarbene Kuben drängten, ein Bauernhof an einem dem Berg abgetrotzten Ort.

Der Schrei hallte wie eine rostige Wetterfahne im Wind. Ein Zeichen, dass der Ornithopter Menschen entdeckt hatte. Caro streckte die Faust aus. Crow landete. Nachdem sie den Vogel verstaut hatte, kniff Caro die Augen gegen die tiefstehende Sonne zusammen, erkannte drei Gestalten: eine gebückte Frau mit geblümtem Kopftuch, die an einem Erdofen hantierte und zwei Männer in Schaffelljacken, die unter der geöffneten Motorhaube eines Kombis werkten. Einer trug einen Turban und hatte die längere Schalseite vors Gesicht gezogen, der andere eine zottelige Mütze.

»Kündigen wir uns an«, sagte Shafi. »Damit sie nicht erschrecken.« Er steckte die Finger in den Mund und pfiff schrill.

Drei Köpfe fuhren herum. Rasch streifte Caro die Burka über. Shafi winkte. Der Mann mit Turban packte eine Krücke und humpelte zum Wohnhaus, verschwand im Inneren. »Na hoffentlich holt er nicht seine Flinte«, murmelte Caro. Sie näherten sich langsam.

Ihre Gesichter glichen dem verwitterten Gestein der Berge. Tiefe Spalten furchten die Haut des Pärchens. Aufgeregt winkte der alte Mann sie näher. Shafi verbeugte sich und grüßte. Der Hirte bat sie zu Hockern neben dem Erdofen, lächelte einladend: ihm fehlten die oberen Schneidezähne. Die alte Frau musterte sie mit ernsten wachen Augen, reichte ihnen Schalen mit Tee und ein Stück frischgebackenes Brot. Unter der Burka nippte Caro an dem Tee und verschluckte sich fast. Der Sud war mit Salz und Butter gewürzt. Heimlich leerte sie die Brühe hinter dem Hocker aus. Shafi redet und redete, beantwortete die Fragen des alten Hirten. Endlich lächelte auch die alte Frau. Sie hatte ein paar mehr Zähne als ihr Mann. Caro verstand das Palaver der Männer nicht, rutschte ungeduldig auf ihrem Sitz. Ihr Blick suchte die Gebäude ab. Wo war der Turbanträger? Wollten die Leute etwas verbergen?

Die Frau sprach mit ihr. Caro tat, als würde sie nicht hören. Plötzlich wechselte Shafi ins Russische: »Sie versteht dich nicht, Tahera. Du kommst aus Dzhilga hat dein Mann gesagt – kennst du Serge Makuschin? Den Ingenieur?«

Die Hirtin lächelte breit und antwortete in überraschend gutem Russisch. »Er hat die Brücke über den Pandsch mitgebaut. Der Mann, der sich später Jamshed genannt hat, nicht wahr? Man konnte kaum mehr erkennen, dass er Russe ist.«

»Er hat nach Aiwanj geheiratet und wurde mein Pflegevater. Vor fünf Jahren ist er gestorben. Ich lebe jetzt in seinem Haus.«

Dann redeten sie in einer anderen Sprache weiter. Caro knetete ihre Finger. Warum fragte Shafi nicht nach dem Revolver? Er war jetzt lange genug höflich gewesen. Caro wippte auf dem Hocker, kippte fast um. Wollte Shafi sie nicht gleich enttäuschen? Schlagartig fuhr ein Schmerz in ihre Schläfen. Der Buttergeschmack klebte ihr am Gaumen. Ihr Herz klopfte. Wo war der Invalide hin gegangen? Caros Beine zuckten.

Der kalte Wind zerrte an der Burka Sie drehte den Kopf hin und her. Lauschte. Rief da jemand? Oder war das nur das Blöken der Ziegen? Caro schlang die Arme um sich. Warum wurden sie nicht ins Haus gebeten? Ihr

Kopf pochte im Pulsschlag: Gabriel, Gabriel. Kein anderer Gedanke war mehr in ihr. Sie keuchte, hatte das Gefühl zu ersticken. Caro sprang auf, zerrte sich die Burka vom Kopf und schrie lauthals: »Gabriel. Gabriel Winter. Bist du hier?«

Die beiden Alten starrten sie mit offenem Mund an. Shafi griff nach seinem Messer.

Ein Schemen. Caro fixierte das dunkle Rechteck. Im Türrahmen tauchte der verhüllte Mann auf, stützte sich auf die Krücke. Langsam hob er die freie Hand, zog das Tuch vom Gesicht und humpelte ins Licht. Caro sprang auf, lief los und fiel ihm um den Hals. Ihr Herz raste. Sie brachte kein Wort mehr heraus. Er wankte zurück, hielt sich am Türstock fest. »Was …«, murmelte Gabriel und schluckte schwer. »Was …« Er legte ihr den Arm um, drückte sie an sich. Minutenlang hielten sie einander fest. Tonlos sagte er. »Wie?«

Kurzatmig antwortete Caro: »Spur von Lichal. Usbekistan. Niemand wollte suchen. Tourenführer engagiert. Nach Chorugh. Tipp vom Feldschwein. Ins Land geschmuggelt. Dein Taurus. Am Schwarzmarkt. Keshem.«

»Aber wieso?« Er schob sie ein Stück fort, um ihr ins Gesicht sehen zu können.

Caro schnaufte, beruhigte ihren Atem. »Ich muss dir *unbedingt* etwas sagen. Das wollte ich schon in England, aber ich musste mich erst selber damit zurechtfinden.« Sie suchte seinen Blick. »Wir bekommen ein Kind.«

Seine Gesichtszüge lösten sich auf. »Du bist schwanger? Und hergekommen? Meinetwegen?«

»Ja. Deinetwegen«, schluchzte sie. Sie fasste in die Innentasche des Kaftans, zog seinen zerknitterten Brief heraus, wedelte damit vor seiner Nase. Schließlich zerriss sie das gewellte Blatt, warf ihm die Schnipsel vor die

Füße. »Hier – dein Brief. Du Depp. Wie kannst du so etwas glauben?« Sie fiel ihm wieder um den Hals, drückte sich an ihn. Keine Spur von Floris haftete mehr an seiner Haut. Sein struppiger Bart kratzte. Gabriel grub die Finger in ihr Haar. »Du bist verrückt«, murmelte er. »Meine verrückte kleine Füchsin.«

»Verrückt nach dir. Liebesblöde«, gab sie zurück. »Und wenn du je wieder daran zweifelst, dann denk an diesen Moment.«

Mit einem Mal schien die Botschaft richtig bei ihm anzukommen. »Ich werde Vater? Wirklich? Ich dachte …« Seine Augen schwammen. Das hatte Caro noch nie bei ihm gesehen. Gabriel drückte seine Lippen auf ihre. Sie waren rau und köstlich vertraut. Nachdem sie wieder Luft bekam, sagte Caro: »Ich auch. War ein Irrtum. Ich bin im vierten Monat. Ein Heiler meint, es wird ein Junge.«

»Ein Heiler?«

»Lange Geschichte. Nicht wichtig.«

Er fasste sich, warf einen Blick ins Freie. »Dein Begleiter unterhält sich angeregt mit meinen Gastgebern. Wir haben Zeit.«

»Du zuerst – was ist passiert? Was ist mit deinem Bein?«

Nachdem er sich mühevoll auf einem Teppich niedergelassen hatte, erzählte Gabriel: »Der Pilot war am Aufsetzen. Ich hatte gerade die Luke aufgeschoben, um den Ausstieg zu sichern, als uns eine Rakete gestreift hat. Der Hubschrauber hat einen Schlag abbekommen und ich wurde hinausgeschleudert. Der Pilot hat hochgezogen und einen Notaufstieg versucht. Über dem Bergkamm ist eine zweite Rakete eingeschlagen, aber ich habe nicht mehr gesehen, ob sie den Hubschrauber erwischt hat.«

Caro bestätigte: »Sie sind irgendwo niedergegangen. Nur Matthäus hat es geschafft fortzukommen.« Kurz schilderte sie, wie Matthäus gefunden und fortgebracht worden war. »Meinst du, die anderen sind tot?«

Er nickte. »Oder in Gefangenschaft. Ausländer werden von den Banden gern als Geiseln genommen. Um Lösegeld zu erpressen.« Er rieb sein geschientes Bein. »Hätte Salmai mich nicht aufgelesen – fortlaufen hätte ich mit dem gebrochenen Knöchel nicht können.«

»Manche halten sie auch wie Sklaven«, sagte Caro. »War ein Norweger bei euch?«

»Nein.«

»Deshalb hat Salmai den Revolver eingetauscht? Um dich zu verarzten?«

»Ja.«

»Das hier sind gute Menschen«, stellte Caro fest.

»Ja«, sagte Gabriel bedächtig. »Ich habe unwahrscheinliches Glück gehabt.«

Wieder wurde Caro bewusst, dass sie Gabriel hätte verlieren können. Aufgebracht stieß sie hervor: »Warum seid ihr überhaupt hergekommen? Wegen der unseligen Skizze? Ihr wolltet biologische Kampfstoffe suchen, stimmt's? Überreste von der Sowjetinvasion?«

Gabriel schaute sie verblüfft an. Bevor er antworten konnte, wurde der Vorhang zur Seite geschoben und Shafi lugte herein, musterte Gabriel. »Tahera möchte Abendessen richten.«

Caro nickte. »Natürlich. Wir reden später weiter. Kann ich helfen?«

»Nein. Der Hammeleintopf ist schon fertig. Setzt euch einfach ans Sofreh.« Shafi schritt durch den Raum, griff in ein Regal, breitete ein Esstuch mit Paisley-Muster am Teppich aus.

»Gemeinsam?«, fragte Caro artig.

Shafi lächelte. »Ja – gemeinsam. In diesem Haus müssen Frauen nicht separat essen. Du kannst auch die Burka weglassen und das Kopftuch, wenn dir der Wind nicht zu kalt ist.«

Caro atmete erleichtert auf. Sie holte die Packtaschen herein, kramte ihren Rucksack und die anderen Habseligkeiten heraus, schlichtete die Sachen um. Die Wertsachen und ihren Pass barg sie in einer Brusttasche. Dann legte sie trotzdem das Tuch wieder um den Kopf, knotete es im Nacken im Stil der usbekischen Frauen. Sie wollte respektvoll sein. Erst jetzt begriff sie, wie subtil die Burka den Frauen ihr Selbstbewusstsein minderte. Ihnen durch die schlechte Sicht nach und nach Furcht einflößte, außerhalb der Hofmauern sicher gehen zu können. Immer eingegrenzt zu sein, das beengte mit der Zeit auch das Denken. Die Männer und Mütter mussten gar nicht mehr viel tun.

Pfiffe und Bellen trieben die Schafe und Ziegen in einen Pferch. Der gescheckte, zottelige Hund legte sich neben den Zaun zu den Tieren. Salmai wusch sich Hände und Gesicht am Brunnen, rollte einen kleinen Teppich aus, verrichtete sein Abendgebet. Shafi wuchtete einen Kessel vom offenen Feuer und trug ihn ins Haus, Tahera schöpfte Eintopf in tiefe Teller, stellte sie auf das Tischtuch rund um einen Korb mit Fladenbrot. Ein Geruch von Fleisch, Koriander und Zwiebel erfüllte das Haus. Erst jetzt merkte Caro wie hungrig sie war.

Als sie alle saßen, sprach Salmai einen Segensspruch und schenkte frisch gebrühten Schwarztee aus. Zu Caros Erleichterung schmeckte er dieses Mal nur nach Tee. Sie riss Brot ab, tunkte es in den Eintopf und schaufelte Fleisch, Linsen und Gemüse in den Mund. Überrascht bemerkte sie, dass Gabriel, wie alle anderen, ohne zu zögern mit den Fingern aß. Die vier Menschen neben ihr unterhielten sich rasch in Dari, lachten oft. Caro hatte abgewinkt, als Shafi ihr übersetzen wollte. Ihr genügte es, Gabriel neben sich zu spüren.

Einmal kläffte der Hund und Salmai ging hinaus, um nach dem Rechten zu sehen. Der Lichtschein seiner Petroleumlampe glitt beim Fenster vorbei. Gabriel lehnte die schlichte Holzkrücke in die Ecke, rollte sich auf das Schlaflager. Tahera hatte ihnen mit schweren Vorhängen eine Schlafkoje abgegrenzt und Caros Versicherung, dass das nicht nötig sei, zurückgewiesen.

Caro schob ihren Rucksack zur Wand, zog sich den Kaftan über den Kopf und hängte ihn zum Vorhang. Lautes Schnarchen drang herüber.

»Shafi. Wie er dich ansieht – er mag dich«, sagte Gabriel. Im schwachen Licht konnte Caro seinen Gesichtsausdruck nicht sehen. War er eifersüchtig?

»Shafi ist eine verkleidete Frau«, gab sie zurück, plumpste auf die Matratze.

Gabriels Hand tastete nach ihrer. Er streichelte ihre Finger. »Das ändert nichts. Du gefällst ihm oder ihr.«

»Ihm. Shafi geht immer als Mann.«

»Eine schwere Entscheidung. Bewundernswert.«

»Anscheinend notwendig, um in dieser Ecke der Welt selbstbestimmt leben zu können.« Caro legte sich neben ihn, zog eine Wolldecke, die einen intensiven Tiergeruch verströmte, über ihre Körper. »Ohne Shafi hätte ich es nicht geschafft. Ich bezahle ihn gut für die Begleitung, aber er ist viel weiter gegangen, als wir es ausgemacht hatten.«

»Siehst du«, sagte Gabriel sanft. »Du hast diese Wirkung.« Er küsste ihre Fingerspitzen.

»Auch bei dir?«, gurrte sie.

»Gerade bei mir.«

»Deshalb hast du mich hingehalten? Im Frühjahr? Die Suche nach den Hehlern verzögert?«

»Kann schon sein.«

»Und die vorgeschobene Heirat? Das wäre auch anders gegangen?«

»Kann schon sein.«

»Du Schuft«, sagte sie neckend.

Gabriel seufzte. »Wärst du wegen des Ateliers geblieben?«

»Vielleicht.«

»Das war mir zu ungewiss.« Er klang ernst.

Caro lächelte still. Sie war damals selber überrascht gewesen. Als man auf ihn schießen wollte, war ihr schlagartig bewusst geworden, dass sie ihn liebte. Und dafür fast gestorben. Ein Wunder hatte sie überleben lassen. Ein Wunder hatte neues Leben in ihr geschaffen. Reflexartig legte sie die Hand auf ihren Bauch. Gabriel folgte der Geste.

»Woran denkst du?«, fragte er.

»An seinen Namen.«

»Hm. Ist das nicht zu früh?«

»Kommt auf deine Vorschläge an«, meinte Caro. »Vielleicht haben wir konträre Vorstellungen.«

Die Matratze knarzte. Gabriel rückte sein bandagiertes Bein zurecht. »Das überfordert mich gerade.«

»Reden wir morgen weiter.« Sie drehte sich zur Seite und schob sich auf ihn.

»Was wird das?«

»Ich will mit dir schlafen«, flüsterte Caro.

»Hier?« Er strich ihr eine Strähne hinters Ohr. »Ich habe seit drei Wochen nicht mehr geduscht.«

»Ich bin auch nicht taufrisch.«

»Mit der Schiene wird das schwierig.«

Sie kicherte. »Du zierst dich wie eine Jungfrau. Bleib einfach liegen. Ich mach das schon.«

Caro richtete sich auf, tastete nach seinem Gürtel, öffnete die Schnalle und zog ihm die Hose zu den Knien.

»Kannst du nicht schlafen?«, raunte Gabriel.

»Ich bin hundemüde«, gähnte Caro, »und gleichzeitig hellwach. Körper und Kopf können sich nicht einigen.« Sie schmiegte sich an ihn. »Du hast gleich verstanden, was auf dem Zettel steht. Die russischen Kürzel.«

»Ja.«

»Und mich im Unklaren gelassen?«

»Das wäre zu …«

»Was?«, unterbrach sie ihn. »Willst du gerade *zu kompliziert* sagen?«

»Nicht direkt. Ich … vergiss es.«

Caro zupfte an seinem Bart. »Aber warum hast du es nicht bei der Information belassen? Warum hast du den Auftrag angenommen?«

»Ich habe … Abstand gebraucht.«

»Du bist fortgelaufen«, stellte Caro lakonisch fest.

»Außerdem gab es politische Gründe«, wich er aus.

»Ach ja?«

»Die Russen können hier nicht suchen. Die Amis wollen abziehen. Die NATO will keinen kompromittieren. Dazu die Gefahr, dass die Taliban darauf aufmerksam werden. Also haben sich die Schweizer bereit erklärt einen neutralen Suchtrupp zu beauftragen.«

»Labor Spiez«, stellte Caro fest.

»Wir haben schon mit ihnen zusammengearbeitet.«

»Ah ja«, sagte Caro. »Ich habe also recht? Es geht um verschollene Biowaffen?«

»Du bist verdammt schlau.«

»Gut, dass du dich daran erinnerst. Hat das mit dem Sperrgebiet in Karakalpakistan zu tun?«

»Die Insel der Wiedergeburt. Zynischer Name. Von dort ist der Militärkonvoi im Oktober 1982 in den Hindukusch aufgebrochen. Der Transporter mit den Kartuschen ist nie angekommen. Die Sowjets haben den Verlust vertuscht. Dieser Lieferschein war der erste Hinweis darauf.«

»Und ihr habt die Skizze entziffert?«

»Nein. Damit haben die Spezialisten nichts anfangen können. Aber sie haben anhand der Lieferscheinnummer recherchieren können, welche anderen Fahrzeuge im Konvoi waren. Sie haben den Fahrer eines der Panzerfahrzeuge aufgespürt und der konnte ihnen die Koordinaten nennen, wo sie damals steckengeblieben sind. Auch wenn er nichts zu dem verschollenen Transporter wusste.«

»Der gestohlen wurde?«

»Die Kartuschen sind nirgends aufgetaucht. Die Militärs nehmen an, dass der Wagen bei dem Scharmützel mit den Mudschahedin abgerutscht ist. Die Straßen sind sehr schlecht.«

»Euer Auftrag war also, das Fahrzeug zu finden?«

»Ja. Und Proben sicherzustellen. Wir hatten einen Mikrobiologen mit.«

»Hatte der Abschuss damit zu tun?«

»Ich denke nicht. Das waren Banditen, die eine lukrative Beute gesehen haben. Sie wollten den Hubschrauber nicht zerstören, sondern am Boden halten. Warum fragst du?«

»Ich habe keine Beweise dafür, aber ich glaube, ich wurde verfolgt. Zumindest bis Chorugh.«

»Was sollte jemand von dir wollen?«

»Ich habe die Skizze gefunden und die Begriffe recherchiert.« Caro gähnte wieder.

»Du kannst nichts gefunden haben, was mit dem damaligen Einsatz zu tun hat«, gab Gabriel zu bedenken.

»Du meinst?«

»Und es ist gleichgültig. Sie werden ein anderes Team schicken. Wir sind raus.«

»Bedauerst du das?« Caro schloss die Augen.

»Ich bedauere nur, dass du dich meinetwegen in Gefahr begeben hast.« Ein leiser Tadel schwang in seiner Stimme.

»Meine Entscheidung«, murmelte Caro und hörte seine Antwort nicht mehr. Sie schlief unselig. Anstatt endlich Frieden zu haben, quälte Caro nachts ein Alptraum aus Hitze, Blut und Gefangenschaft.

10

Ihr Atem bildete Wölkchen. Ein kühler Luftzug strich über ihre Stirn. Caro tastete nach den Socken. Der Vorhang war ein Stück zur Seite geschoben. Niemand schien im Haus zu sein. Warum hatte Gabriel sie nicht geweckt? Rasch schlüpfte sie in den Kaftan, zog Jeans und eine Weste über, band das Kopftuch um. Die Eingangstür stand offen. Der Ofen war kalt. Gerade als Caro einen Blick ins Freie werfen wollte, kam Tahera mit Zweigen und einem Korb mit getrocknetem Dung herein. Sie lächelte Caro zu. »Unsere Männer sitzen draußen und spielen Schach. Salmai liebt das Spiel. Ich nicht.«

»Und Shafi?«

»Hat die Ziegen zum Fluss getrieben. Ein guter Junge.« Sie bückte sich und heizte den Ofen ein, stellte einen Topf mit Milch auf die Herdplatte. »Hier.« Tahera schlug ein Tuch auf und reichte ihr einen Brotlaib. Caro brach ein Stück vom Fladen ab, setzte sich mit einem Becher Ziegenmilch auf den Teppich. Tahera rührte im Milchtopf, zog ihn an den Rand, warf ein feuchtes Tuch darüber, legte Dung nach. Wärme breitete sich aus, die sowohl vom Ofen, als auch von den bedächtigen Bewegungen der alten Frau ausgingen. Eine Welle der Zuneigung erfasste Caro. Sie sagte: »Danke, dass ihr meinen Mann aufgenommen habt. Auch wenn er für euch ein Ungläubiger ist. Danke, Tahera.«

Die alte Frau wiegte den Kopf. »Nur Narren fragen nach dem Glauben. Gott schaut seinen Kindern ins Herz, nicht in den Kopf oder aufs Maul.«

»Kann ich helfen? Bei der Arbeit?«

»Iss einmal in Ruhe. Wenn du fertig bist, kannst du mir bei einem Teppich helfen.«

»Ich kann nicht knüpfen.«

»Musst du nicht.« Tahera prüfte noch einmal Ofen und Milchtopf, ging hinaus. Caro folgte ihr nach ein paar Minuten. Gabriel schaute kurz vom Spielbrett hoch, zwinkerte ihr zu. Mit dem Turban, dem graubraunen Bart und der Zotteljacke wirkte er auf die Entfernung wie ein Einheimischer.

Tahera hockte neben dem Erdofen vor einer gemusterten Fläche: Wollstränge in verschiedenen Brauntönen auf einem beigen Flor. Sie schlug mit zwei Eisenstangen darauf, dann nässte sie die Wolle, schlug weiter. Caro hockte sich daneben, beobachtete die Bewegungen.

»Jetzt du«, sagte Tahera und hielt Caro die Griffe hin. Caro schlug zu. Eine anstrengende Arbeit, bald schmerzten ihr die Arme, aber Tahera schien zufrieden.

»Genug«, sagte sie schließlich und zupfte ein paar Stränge zurecht. Caro lockerte ihre Schultern.

»Lebt ihr ganz allein hier?«, fragte sie die alte Frau.

»Jetzt schon. Vier meiner sechs Kinder sind jung gestorben. Eines schon im Kindbett an Cholera. Die anderen bei einem Erdbeben. Ein Felssturz. Der Schulbus ist von der Straße gerutscht.«

Caro wusste nicht, ob sie Tahera nach ihren übrigen Kindern fragen sollte. Sie wollte keine Narben aufreißen. Tahera musterte sie und sagte: »Mein Sohn heißt Assib. Er war ein stilles Kind. Er hat mit seinen Freunden Fußball gespielt. Und Schach mit seinem Vater. Aber er wurde immer größer und immer wütender. Er wurde Islamist. Plötzlich war alles Sünde und nur noch die Entbehrung heilig. Er wurde Dschihadist. Da haben wir ihn verloren. Er schloss sich einer Miliz an.« Sie presste die Lippen zusammen und nahm einen Eimer mit dampfender Brühe. Caro schnupperte: Seifenlauge. Tahera spritzte die Flüssigkeit auf die Wollstränge, raffte ihren Kaftan und kniete sich an den Rand. »Du auch.«

Caro folgte und gemeinsam wickelten sie die Stränge zu einer dichten Rolle.

»Früher habe ich das mit meiner jüngsten Tochter gemacht«, sagte Tahera leise. »Vor Jahren haben sie mein Mädchen fortgeholt. Einer aus Assems Clan verlangte sie zur Ehefrau. Ein Jahr später hat sie sich kochendes Wasser über den Körper geleert. Ein Unfall, haben sie behauptet. Sie ist jetzt in Kabul.« Die Trauer floss unter ihrer freundlichen Haut wie ein unsichtbarer Fluss. Caro beugte sich hinüber, fasste die schwieligen Hände der Hirtenfrau und drückte sie sanft.

»Bring mich auf andere Gedanken, bitte, erzähl mir eine schöne Geschichte«, wisperte Tahera. »Und dann erzähle ich dir etwas aus meiner Heimat.«

Ächzend stemmte sie sich hoch, goss weitere Lauge über die Rolle. Während sie den Filz traten, erzählte Caro die Geschichte vom Weber und seiner schönen Braut, die Legende von der Khanseide. Tahera hörte aufmerksam zu und lächelte.

Nachdem sie den Teppich aufgerollt, mit Lauge behandelt und wieder eingerollt hatten, traten sie weiter und jetzt erzählte die Hirtenfrau: »Alles Leben im Universum beginnt und endet mit Anahita, denn sie ist die Göttin des Wassers, die Quelle aller Bäche. Sie spendet der Erde Fruchtbarkeit. Vier schnaubende weiße Pferde ziehen ihren Wagen, wenn sie wie ein Sturm über den Himmel rast. Die Pferde heißen Wind, Regen, Wolke und Graupel, und sie verdunkeln den Himmel. Inmitten von Dunstschwaden rauscht die stolze Anahita dahin, schrecklich und schön. Ihr Haupt ziert ein mit acht Sonnenstrahlen und hunderten Sternen geschmückter Kranz. Wallend weht ihr glänzendes Haar hinter ihr her. Ein mit Goldfäden bestickter Umhang bedeckt ihre Schultern. Mit der einen Hand lenkt sie die ungestümen Pferde, in der anderen hält sie ein Rutenbündel, das Zeichen ihrer göttlichen Macht. Im *Aban Jascht* rufen die Krieger Anahita an, ihnen Beistand zu geben. Ihr Begleiter ist Verethragna, der Vielgestaltige. Als Eber stürmt er in die Schlacht, als Widder jagt er durch die Berge und als Rabe schwebt er im Himmel. Einst hat Ahura Masda verkündet, dass wenn ein Mann einen Knochen oder eine Feder des Raben in der Hand halte, so fließe die Kraft Verethragnas in seine Glieder und niemand könne ihn ab da mehr in die Flucht schlagen, er besiegt seinen mächtigsten Feind. Selbst Chosrau, der Gütige, hat unter seinen prächtigen Gewändern immer eine Rabenfeder an einer Kordel getragen.«

Caro horchte auf. »Wer war Chosrau?«

Die alte Frau strahlte und erzählte ihr eine weitere Geschichte: von Chosrau, dem großen König der Sassaniden, einem Gerechten, der seinen Reichtum teilte und unzählige Feuertempel gespendet hatte.

In diesem Moment erkannte Caro einen weiteren Denkfehler, den sie bei der Übersetzung gemacht hatte: *Kosroows Hort*, das bedeutete: Schatz des Chosrau! Mit einem Mal zweifelte sie, ob der russische Soldat den Standort eines Militärtrucks gezeichnet hatte.

»Staub pickt«, sagte Crow und stakste näher.

»Flügel auf«, befahl Caro. Inzwischen zog sie die Sprachsteuerung dem Display vor.

220

»Krah«, bestätigte Crow und breitete die Schwingen aus. Caro nahm ein Tuch, wickelte sich den Stoff um den Finger und fuhr sachte die künstlichen Federn entlang. Immer in der Kleberichtung der photosensiblen Folie. Vorsichtig richtete sie eine verschobene Lamelle. Sie blies ein grobes Korn weg, hauchte auf die Kameraaugen, wischte sachte nach.

»Streichen gut, gut«, sagte Crow.

Gabriel raunte ihr ins Ohr. »Sieh an, selbst das künstliche Ding schätzt deine geschickten Finger.«

Caro ignorierte beide Kommentare. »Akkustatus?«

»Vierzig Prozent.«

»Flugstatus?«

»Sechzehn Minuten.«

»Empfangsstatus?«

»Null.«

Gabriel sagte: »Das wird sich erst ändern, wenn wir in der Ebene sind. Und nur in der Nähe größerer Städte.«

»Zumindest kann Crow dokumentieren«, erwiderte Caro. »Ab mit dir«, befahl sie dem Ornithopter. »Koordinaten und Kartographie.«

»Krah«, bestätigte Crow, hüpfte ein Stück und stieg auf. Bald war der Ornithopter nur mehr ein dunkler Punkt.

Gabriel beschattete die Augen, schaute sich um, dann beugte er sich vor und küsste Caro verstohlen. Sie lächelte. »Jetzt wird es Zeit. Ich werde dich baden. In Ordnung?«

»Und wie!« Er kratzte sich unter dem Turban. »Es gibt aber keinen Brunnen, nur den Fluss im Tal.«

»Schon okay. Wir werden eine ruhige Stelle finden und ich bringe dir einen Kanister warmes Wasser für die heiklen Körperteile.«

»Unartiges Mädchen«, sagte er grinsend. Er bemühte sich nicht, seine schiefen Gesichtszüge zu verbergen. Caro streichelte seine Wange, fuhr mit den Fingerspitzen die vernarbte Grube an seinem Jochbein nach. »Davon habe ich nichts gesagt. Aber du darfst es dir den ganzen Weg hinunter wünschen.«

Er spitzte die Lippen, packte seine Krücke und humpelte bergab. Caro ging ins Wohnhaus, legte im Ofen nach und ließ die Klappe einen Spalt offen, damit mehr Hitze entstand. Dann packte sie zwei leere Kanister und lief ins Freie. Am Pfad zum Fluss begegnete sie Shafi, der mit frisch geschnittenen Ästen bergauf kam. Er ließ das Viehfutter fallen: »Du sollst nicht schwer tragen.«

»Ich bin schwanger, nicht krank.« Caro lachte. »Keine Sorge. Der Kleine hält sich schon fest.«

»Trotzdem«, meinte er. »Gib her. Ich hole Wasser.«

Tahera klopfte gerade die Filzteppiche aus. Sie riss die Augen auf, eilte auf Caro zu und packte ihre Hand. »Ein Kind?« Erwartungsvoll starrte sie Caro an.

»Ja. Aber das ist doch nichts Besonderes.«

Shafi schüttelte den Kopf, hob die Kanister hoch und trollte sich.

»Komm«, sagte Tahera, »komm mit. Du sollst gesegnet sein.« Im Vorbeigehen nahm sie Fladenbrot und ein kleines Gefäß an sich. Überrascht ließ sich Caro von der alten Frau mitziehen.

Nach ein paar Minuten auf einem gewundenen Fußpfad erreichten sie die hinterste Kante des Plateaus. Verdeckt von ein paar knorrigen Bäumen krallte sich ein kleiner Lehmkubus an den Berghang. Das Gebäude wies nur eine einzige Öffnung auf: ein niedriges Rechteck ohne Türstock, bekrönt von einem Widdergeweih. Sie mussten sich bücken, um einzutreten.

Die inneren Wände waren weiß gekalkt, fingen das Tageslicht ein, schimmerten sanft. In der Mitte ragte ein behauener Steinblock auf. An der Oberseite war eine verkohlte Eisenschale eingelassen. Große und kleine Hörner lagen geschlichtet darin. Ein archaischer Altar.

Tahera legte das Brot nieder, holte aus dem Gefäß einen Zylinder Ziegenkäse, platzierte sie auf dem Fladen. Danach faltete sie die Hände. Caro tat es ihr gleich. Mit gesenktem Kopf umrundeten sie dreimal den Altar. Tahera murmelte ein Gebet.

»Für die Gesundheit des Ungeborenen«, sagte sie am Ende. »Und für die Gesundheit der Mutter.« Sie kniete sich hin. »Du auch«. Caro folgte. Tahera brach ein Stück Brot ab und aß es mit einem Brocken Käse, reichte ein weiteres Stück an Caro. Während sie kaute bemerkte Caro die Petroglyphen am Sockel des Steinblockes: gehörnte Tiere, Vögel, tanzende Frauen und ein riesiges zotteliges Wesen auf zwei Beinen.

»Ein Bär?«, flüsterte sie.

»Ein Totem«, erklärte Tahera. »Ein Vorfahre der Menschen, die vor uns hier gelebt haben. Bergvolk. Ihre Stimmen singen noch in den Felsen. Wir achten sie wie unsere eigenen Ahnen. So muss es sein.« Die Hirtenfrau strich über die Felsritzungen. »Manchmal strecken die Seelen ihre Hände aus, spenden Geschenke, geben Rat, warnen.«

»Aus dem Gestern?«, raunte Caro.

»Oder aus dem Morgen«, sagte Tahera ehrfürchtig. »Die Zeit hat an diesen Orten keine Richtung. Es ist wilde Zeit. Sie kann uns täuschen.«

Schweigend vertiefte sich Caro in die Bildnisse. Einmal mussten sie mit rotem Pigment gefärbt gewesen sein. Spuren waren an den Rändern noch zu sehen. Die Figuren ähnelten frappant den Zeichnungen am Rand der Skizze, die sie gefunden hatte. »Ich muss dich etwas fragen. Draußen.«

Tahera nickte und drückte sich hoch. Ächzend sagte sie im Freien. »Die alten Knochen knacken.«

Caro beugte sich vor und zeichnete in den Steinstaub: die Figuren, das Relief, die Konturen der Gebäude und Wege. »Das habe ich vor einer Weile gefunden. Auf einem Blatt Papier in einem Buch. In England.«

Tahera studierte die Zeichnung, griff nach Caros Händen, drehte und wendete sie. »So zarte Finger, so zierliche Gelenke. Und so ein starker Wille. Diesen Weg auf sich zu nehmen.« Sie schaute Caro in die Augen. Ihr wacher, warmer Blick schien in Caros Seele zu dringen. »Ich habe dich gesehen. Mit dem heiligen Vogel. Er begleitet dich. Du bist ein Kind Anahitas.«

Damit hockte Tahera sich hin, legte mit Stöckchen und Steinen eine Struktur. »Das ist der Ort, nach dem du fragst.« Sie bohrte ein Loch in den Schutt. »Hier sind wir. Dorthin führen aber nur Wege, die vom Vergehen erzählen. Es ist ein Ort der Geister.«

Caro studierte die dreidimensionale Karte und prägte sich jedes Detail ein.

Dampf stieg über dem Topf auf. Caro füllte das Wasser zurück, holte eine Flasche Duschgel und ein Handtuch aus ihrem Rucksack. Mit einer Decke über den Schultern schleppte sie die Kanister zum Flussufer. Etwas abseits einer Furt entdeckte sie Gabriel. Er hatte sein Gewand gewaschen und saß trotz der Kälte nackt auf einem Rundling.

»Tut mir leid. Hat etwas gedauert.« Sie spannte eine Schnur, hängte die Decke und die Kleidungsstücke darüber. Schuf ein kleines Boudoir.

»Kein Problem«, sagte er und dehnte sich, »Shafi hat mir gesagt, dass Tahera dir etwas zeigen will.«

»Beug dich vor«, befahl Caro. Gabriel gehorchte und sie goss ihm warmes Wasser über Kopf und Rücken, schäumte seine Haare ein, massierte seine Haut.

»Mmh. Etwas tiefer.«

»Später.« Sie wusch seine Arme, Schultern und die Brust, weiters die Beine und Füße, achtete darauf die Schiene nicht zu verrücken.

»Höher«, sagte er.

»Du bist schamlos«, kicherte Caro. »Schon, dass ich dich so wasche ist für die Menschen in diesem Land obszön.«

»Hier schaut uns höchstens ein Ziegenbock zu.«

»Apropos – Tahera war mit mir in einem Hörner-Tempel. Dort steht ein Altar mit prähistorischen Felsritzungen. Fast so wie auf der Skizze.«

Gabriel hörte ihr aufmerksam zu.

»Ich glaube, es geht um mehr als nur diese Kartuschen. Tahera hat mir erzählt, dass tiefer in den Bergen ein Gesternort liegt.«

»Ein Gesternort?«

»Wahrscheinlich meint sie damit eine alte Siedlung. Baktrisch vielleicht. Ich habe im usbekischen Reiseführer darüber gelesen: Baktrien wurde einmal das Reich der tausend Städte genannt und war berühmt für seine Pferde und seine Goldverarbeitung. Von der Antike bis in die Sassanidenzeit. Das würde zu dem Begriff Chosraus Hort passen. Könnte nicht der Fahrer des Transporters einfach geflüchtet sein? Und er hat zufällig eine antike Stätte gefunden?« Langsam goss sie ihm das letzte warme Wasser über den Unterleib.

Er stöhnte wohlig, schloss die Augen, sagte dann: »Unwahrscheinlich. Schweres Gefährt kann kaum in diese Berge fahren.«

»Wer sagt, dass es ein Truck war? Diese Kartuschen können doch nicht groß gewesen sein. Vielleicht sind sie mit einem Geländewagen transportiert worden.«

»Möglich. Aber warum ist nie etwas von einem archäologischen Fund bekannt geworden? Wie ist der Lieferschein in diese Bibliothek gekommen? Und wo ist der Transporter abgeblieben?«

Caro rubbelte mit dem Handtuch seine Haare, rieb seine Haut trocken. »Keine Ahnung. Das Kriegschaos. Aber wir könnten dort nachsehen. Es ist nur ein kleiner Abstecher. Tahera hat mir den Weg beschrieben.«

Gabriel runzelte die Stirn. »Vielleicht ist der Auftrag doch noch zu retten.« Er griff nach ihrer Taille. »Muss dein Kaftan nicht auch gewaschen werden?«

»Viel zu kalt«, wehrte Caro ab. »Viel zu kalt. Schau an dir runter.« Dann lachte sie wegen seines Blickes und wickelte Gabriel in die Decke.

Das Fett zischte. Tahera röstete Gemüse. Die Männer saßen auf gemusterten Polstern, tranken Tee mit Butter und knabberten Nüsse. Caro rührte Teig. Salmai stand auf, holte eine langstielige Pfeife. Im Augenwinkel bemerkte Caro wie der alte Hirte seiner Frau sachte über den Arm fuhr. Eine fast unerhörte Geste. Tahera lächelte ihn an, deutete auf ein Regal. Salmai holte einen Beutel hervor und stopfte sich die Pfeife. Tahera sagte etwas zu ihrem Mann und alle lachten. Salmai zwinkerte seiner Frau zu und sog genussvoll an seiner Pfeife. Aromatischer Rauch stieg auf.

Tahera nahm Caro die Schüssel ab und raunte ihr zu: »Der Rauch lindert die Schmerzen in seinen Knien. Ich meine aber, Lachen wirkt besser.«

Während der Teig buk und das Gemüse köchelte, nahm Tahera zu Caros Überraschung eine Zeitung zur Hand, setzte eine Brille auf und studierte die Seiten, las ihrem Mann ab und zu einen Absatz vor. Caro stand auf, ging zur Schlafkoje und kramte das schmale Buch, das Nadja ihr geschenkt hatte, aus dem Rucksack.

Sie hielt Tahera den Roman hin. »Darf ich dir das schenken? Ein Roman aus Kirgisien.«

Interessiert musterte Tahera den Umschlag. Salmai deutete auf das Titelbild. Er schien die Abbildung zu kennen. Tahera nahm das Buch und blätterte darin. »Wovon handelt die Geschichte?«

»Von Dschamilja, einer verheirateten Frau, die sich in Abwesenheit ihres Mannes in einen Invaliden verliebt, wegen seines Gesanges, und die alles dafür aufgibt. Mir hat es gefallen. Aber ich weiß nicht, ob du das lesen darfst.«

Schallend lachte Tahera, klopfte sich auf den Schenkel. Rasch wechselte sie mit Salmai ein paar Sätze. Der alte Mann grinste und stieß Rauch aus.

»Natürlich darf ich das lesen«, sagte Tahera. »Ich werde auch Salmai die Worte übersetzen. Er mag dramatische Geschichten.« Traurig setzte sie nach: »Wir hatten früher so viele Bücher. Geschichten aus der ganzen Welt. Als es unsere Schule noch gab. Alles wurde verbrannt.« Sie nahm die Brille ab und rieb sich ihre Stirn.

Salmai sagte etwas. Shafi stand auf, verschwand in einer Kammer und kam mit einer bunten Langhalslaute zurück: einem bauchigen Instrument in Form eines Pfaues, die sechs Saiten waren auf das Krönchen des Vogels gespannt. Salmai legte seine Pfeife fort, stimmte die Laute, zupfte ein paar Töne. Er begann zu erzählen, Gabriel übersetzte Caro leise seine Sätze.

»Man hat die Sänger vertrieben, die Erzähler. Aus den Städten und den Tälern. Man will unser Vermächtnis zerstören. Aber in den Bergen erklingen noch unsere Stimmen. Wir singen die Lieder, die schon unsere Vorväter gesungen haben. Damit unser Clan weiß, wo er herkommt. Seit tausend Jahren leben wir hier. So hört jetzt die Rubab klingen und merkt euch unsere Geschichte.« Damit intonierte Salmai einen Falak, eine lange Ballade. Schließlich schwieg die Rubab, genauso die Menschen. Der Wind pfiff ums Haus. Die schwarzorange Glut pulsierte im Herd. Shafi wischte sich die Augen. Tahera schaute in die Ferne.

»Wie hat die Geschichte geendet?«, fragte Caro leise. Gedämpft rezitierte Gabriel:

Am Tag da wir fortgehen
wird ein Winterwind
unsere Spuren verwischen –

Wenn sich dann der Schnee legt
wer wird noch von der Unermesslichkeit erzählen
in der wir einst diesen Weg gewandert sind?

Im Morgenlicht der Zeit
Im Morgenlicht der Zeit

Tahera klatschte in die Hände. »Genug davon. Jetzt wird gegessen.« Sie öffnete eine Kredenz und holte Metallschüsseln heraus. Caro half ihr aufzutragen, hockte sich zuletzt neben Gabriel. Er sagte: »Tahera erinnert mich an meine Großmutter. Die hat auch immer nach Essen und Gewürzen gerochen.« Er schob sein verletztes Bein zurecht.

Salmai deutete darauf, redete lebhaft auf Gabriel ein. Zu Caro gewandt übersetzte Gabriel: »Er meint, dass mein Bein inzwischen genug belastbar ist. Ich soll längere Märsche probieren. Bald wird der Gebirgspass unpassierbar.«

»Gehen wir nicht den Weg zurück, den ich mit Shafi hergekommen bin?«

»Nein. Ihr habt viele Fragen gestellt. Das spricht sich herum. Diese Region wird von Hafiz Assem beherrscht. Einem alteingesessenen Warlord. Seine Männer haben unseren Hubschrauber beschossen, glaubt Salmai. Der Bergkamm über uns ist die Grenze zur Provinz Takhar, dort gehen sie nicht hin. Salmai führt uns weiter in den Ort Farkhar. Das sind rund dreißig Kilometer. Zwei bis drei Tagesmärsche.«

»Kannst du das überhaupt gehen? Das klingt nach unwegsamem Gelände«, warf Caro ein.

Gabriel winkte ab. »Ein Mann namens Faryadi, ein Verwandter von Salmai, bringt uns von Farkhar mit dem Auto nach Taloqan. Das ist die Provinzhauptstadt. Dort gibt es einen Flughafen und ein UNHCR-Büro, über das wir einen Bedarfsflug zum Camp Marmal anfordern können. Am Stützpunkt der RS sind wir in Sicherheit. Das ist der Plan.«

»Wann gehen wir?«

»Salmai sagt, in spätestens einer Woche gibt es viel Schnee. Dann müssen wir drüben sein.«

»Und Shafi?«

Er schien verstanden zu haben und sagte: »Ich kehre nach Keshem zurück, vielleicht hat der Apotheker das Moped gesichert. Ansonsten nehme ich einen Bus nach Tem.«

Caro sprang auf. »Ich schulde dir noch etwas. Bevor ich es vergesse.« Sie hielt die Hand auf. »Gib mir deinen Notizblock. Ich schreibe eine Nachricht für Leo.«

Shafi löste die Kordel und überreichte Caro sein analoges Notepad. Sie klappte den Block auf, schrieb in Deutsch eine Bestätigung mit Datum hinein, damit Shafi das restliche Geld von Nomad Nature Tours bekam. »Wann brichst du auf?«

»Wenn ich sicher bin, dass du mit ihm zurechtkommst«, sagte er grinsend und winkte in Gabriels Richtung. »Du musst einen großen Mann stützen.«

»Ich hoffe, du meinst groß im Sinne des Geistes«, gab Gabriel zurück.

»Nun eher im Sinne deines Gewichtes.«

Gabriel klopfte auf seinen Bauch. »Tahera hat mich zu gut gefüttert.«

»Ich werde euch morgen begleiten. Zum Trainieren.«

Gabriels blassblaue Augen fixierten Shafi. Caro konnte ihm seine Verunsicherung ansehen und stupfte Gabriel an. »Lass das«, flüsterte sie auf Deutsch.

»Ich wollte nur sehen, ob es noch wirkt«, gab er zurück, beugte sich vor und klopfte Shafi auf die Schulter. »Natürlich, Freund. Du kennst diese Berge.«

»Ich werde dir ihre Eigenheiten zeigen. Ihre Schönheit«, sagte Shafi eifrig.

»Du liebst die Natur?«

»Ja. So viele sehen nicht mehr genau hin. Trauen sich nicht, das Verborgene zu denken. Sobald wir aber nicht mehr so denken können, sind wir verloren.«

Wolken wölbten sich über den Berggrat, glitten wie Fluten zu Tal. Der Anstieg schien kein Ende zu nehmen, führte über einen Abbruch mit losen Steinen. Die letzten drei Tage waren sie immer weitere Strecken marschiert, heute gingen sie zum ersten Mal allein. Shafi wollte nachmittags mit Salmai nach Keshem fahren.

Langsam querten sie das Schuttfeld. Nach der Hälfte war Caro außer Atem. Auf Gabriels Stirn standen Schweißtropfen, die Krücke fand kaum Halt im losen Material.

»Genug«, sagte Caro. »Gehen wir zurück. Da musst du dir mit Shafi noch etwas basteln.«

»Hm. Eine Kralle zum Aufstecken wäre gut.«

Bergab rutschend stützte sie Gabriel mit ihrer Schulter. »Was meint dein Knöchel?«

»Er ist nicht begeistert, aber es ist auszuhalten«, sagte er gepresst.

Zurück am Hof beriet sich Gabriel mit Shafi, Salmai packte sein Werkzeug aus. Nach einer Stunde hatten sie ein Dreibein geschraubt, das sich an der Krücke fixieren ließ.

Mit ihrem Rucksack und einer prall gefüllten Umhängetasche humpelte Gabriel aus dem Wohnhaus, legte das Gepäck vor Caro ab. »Wir versuchen den Weg gleich noch einmal.«

»Echt jetzt?«, maulte Caro. »Können wir nicht bis nach Mittag warten?«

»Ja, könnten wir – aber ich will nicht.«

»Kannst du endlich damit aufhören den Soldaten zu geben?«

»Nein. Trink ordentlich und schnür die Schuhe nach.«

»Sonst noch Anweisungen, Herr Hauptmann? Und überhaupt – wer sagt, dass du das Sagen hast? Salmai wird uns führen und ich werde dich unterstützen. Also – wie meinst du ist da die Befehlskette?« Sie stemmte die Hände auf die Hüften.

Zuerst schaute Gabriel verblüfft, dann verzerrt sich sein Gesicht und er lachte lautstark, plumpste auf den Hocker neben dem Erdofen.

»Du solltest dich beherrschen«, murmelte Shafi.

Caro funkelte ihn an: »Was? Was sagst du da?«

»Ich habe gar nichts gesagt«, grinste Shafi und machte einen Schritt zurück.

»Ja, aber das so laut«, grantelte Caro.

Shafi hockte sich neben Gabriel, zog eine ernsthafte Grimasse. »Bist du dir sicher, mein Freund, dass du sie mit Heim nehmen möchtest? Sie ist ein ganz schön starrsinniges Weib. Das hat man davon, wenn man sie etwas lernen lässt.«

Gabriel wischte sich die Lachtränen von den Wangen. »Du sagst es.«

»Ich könnte dir helfen. Ich kaufe sie dir ab. Drei Kamele und zehn Schafe«, feixte Shafi.

»Ein gutes Angebot.« Gabriel wiegte den Kopf. »Der Transport nach Europa wäre aber zu teuer. Ich werde die Frau behalten müssen.«

»Ein schweres Schicksal, mein Freund.«

»Ich werde es mannhaft ertragen.«

»Und sonst geht es euch gut?«, warf Caro ein, packte den Rucksack und durchsuchte den Inhalt. »Brauchen wir das alles?«

Gabriel antwortete: »Das ist noch nicht alles, morgen müssen wir mehr Proviant und Wasser einpacken.«

»Na gut«, seufzte Caro und wuchtete den Rucksack auf ihre Schultern, schloss die Schnallen der Gurte.

»Der war für mich gedacht.« Gabriel drückte sich hoch, klemmte sich die Krücke unter die Achsel.

»Nichts da. Du nimmst das Täschchen. Das genügt einmal.«

Shafi schüttelte grinsend den Kopf. »Ich helfe Salmai beim Beladen des Kombis. Wenn ihr zurück seid, sind wir wahrscheinlich schon weg.« Er hielt Gabriel die Hand hin. »Gute Reise. Gute Rückkehr. Friede sei mit euch.«

Gabriel drückte ihm die Hand, legte danach die Handfläche auf Stirn und Brust. »Wenn Gott gibt, fragt er nicht, wessen Sohn ein Mann ist. *Wa-aleikumu s-salām.*«

Mit einem Mal verspürte Caro heftige Wehmut. Sie schaute zu Boden, damit man ihr nichts ansah. Shafi räusperte sich. »Ich kann dir nicht genug danken«, sagte Caro leise. »Nur wenige Männer haben deinen Mut.« Sie riss sich zusammen und blickte ihm ins Gesicht. »Ich werde meinem Kind von dir erzählen.«

Shafi schielte zu Gabriel hinüber, der auffordernd nickte.

»Ich bin gerne mit dir gegangen.« Shafi nahm Caros Gesicht zwischen die Hände, küsste ihre Stirn. »*Senda baschi.* Du sollst leben.«

Die Kralle griff überraschend gut. In einer Stunde hatten sie das Schuttfeld durchquert, ohne dass Caro Gabriel helfen musste. Mit dem Rucksack hätte sie das auch nicht geschafft. Am Rand der Moräne löste sie das Verbindungsseil, legte den Rucksack ab und holte eine Wasserflasche heraus. Der kalte Tee schmeckte bitter.

Gabriel schob die Sonnenbrille hoch, blickte über den Taleinschnitt und hinauf zum Bergkamm. »Gibst du mir einen Überblick?«

Caro nickte, holte ihr Smartphone aus der Jackentasche und tippte das Symbol mit dem Luftbild an. Mit Gesten befahl sie Crow höher zu steigen und hielt Gabriel das Display hin. Er studierte die Topographie. »Danke. Das genügt.«

Caro befahl Crow zu landen. Der Ornithopter faltete die Flügel zusammen und sagte: »Kontakt. Mobil. Abbruch. Transfer unvollständig.«

»Er hat Netz gefunden?«, fragte Gabriel überrascht.

»Anscheinend ein mobiles W-LAN. Aber nur kurz. Crow konnte zehn Prozent uploaden.«

Stirnrunzelnd betrachtete Gabriel den Vogel. »Wer hat in diesen Bergen solche Ausrüstung?«

»Vielleicht eine Militärpatrouille?«

»Hier operiert Resolute Support nicht.«

»Huawei E5788U«, sagte Crow.

»Was ist das?«, fragte Caro.

»Kontakt.« Crow klappte den Schnabel auf und zu.

»Kontakt orten. Koordinaten«, befahl Caro.

»Nicht. Ladevorgang.« Der Vogel trippelte im Kreis, richtete sich nach der Sonne aus.

»Okay. Wir warten«, bestätigte Caro und hockte sich auf den Felsboden.

»Zurück trage ich den Rucksack«, sagte Gabriel und setzte sich neben sie, nahm ein Stück Fladenbrot. Caro reichte ihm eine Käsekugel.

»Geht es dir gut?«, fragte er kauend. »Kommst du zurecht?«

»Ja. Wirke ich erschöpft?«

»Nein. Ich meine wegen … wegen …« Er schaute sie hilflos an.

»Meines Zustandes?« Caro lachte. »Die Ärztin hat mir einen Aktivurlaub empfohlen, bevor mein Umfang zu groß wird. Sie hat aber wahrscheinlich an eine komfortablere Umgebung gedacht.«

Vorsichtig streckte er die Hand aus, berührte ihren Bauch. »Ein Name also?«

Caro legte ihre Hand über seine. »Was hättest du für Vorschläge?«

Gabriel zögerte. Caro half ihm: »Auf alle Fälle kein Name, bei dem sich am Spielplatz jeder zweite umdreht wie Alexander, Paul oder Lukas.«

»Etwas Ausgefallenes willst du? Wie wäre es mit Bartel? So hat mein Urgroßvater geheißen. Oder Utz?«

Caro verzog das Gesicht.

»Seyfried?« Seine Stimme klang ernst, aber seine Augen lächelten. So aufgeräumt hatte sie ihn selten erlebt. Alle Förmlichkeit schien von ihm abgefallen zu sein.

»Verschieben wir das«, sagte sie zerstreut. Ihre Gedanken überschlugen sich: Wo sollte das Kinderzimmer hin? Wollte sie eine Taufe? Würde Britta sich freuen? Und Peter?   »Du weißt aber schon, dass ich weiter selbstständig arbeiten will?«, stellte Caro fest.

Er blinzelte. »Wie könnte ich daran zweifeln?«

»Auch auswärts.«

»Natürlich.«

»Du wirst dich kümmern?«

»Wie sollte ich nicht? Und außerdem …« Gabriel zog eine fröhliche Grimasse. »Wir haben genug Mitarbeiter. Da wird sich schon ein Babysitter finden.«

»Wir werden das Wasserbecken sichern müssen. Aber kein Gitter. Das würde ich nicht jeden Morgen ansehen wollen.« Caro spielte mit einem Stein, warf ihn soweit sie konnte.

»Alles wird sich finden«, sagte Gabriel und streichelte ihre Schulter.

»Ladezustand bereit«, sagte Crow. »Begleitstatus.«

Caro bestätigte. »Gehen wir zurück. Willst du den Tempel sehen?«

Gabriel nickte und schulterte den Rucksack.

Ein scharfer Knall. Das Echo hallte mehrmals. Gabriel stoppte. »War das ein Schuss?«, fragte Caro tonlos.

»Ja.«

»Salmai?«

»Nein. Er hat nur eine alte Schrotflinte. Das war ein Sturmgewehr.«

Noch ein peitschender Schuss.

»Runter«, befahl Gabriel, schob sie ins Gebüsch neben dem Tempel. Caro presste die Augen zu Schlitzen, um besser sehen zu können, lugte durch die Äste: Salmai und sein Hund lagen neben dem Kombi und rührten sich nicht. Männer in Kurtas und Fellwesten liefen über den Hof. Einer schleifte Tahera aus der Scheune, zwang sie auf die Knie. Caro biss sich in die Fingerknöchel, um nicht aufzuschreien. »Wir müssen ihr helfen«, krächzte sie.

Gabriel blieb reglos. Sie stieß ihn an, er schüttelte den Kopf, packte ihren Oberarm.

Ihre Stimme schrillte. »Mach etwas.«

»Still«, sagte er scharf. »Ich habe nur ein Messer mit.«

Entsetzt beobachtete Caro, wie Shafi aus dem Wohnhaus stolperte. Er hatte den Revolver in der Faust, hantierte aber fahrig, konnte den Hahn nicht spannen. Ein Mann entwaffnete Shafi, zwang ihn neben Tahera zu Boden. Gewehrläufe richteten sich auf die beiden. Einer redete auf Shafi ein.

Flehend schaute Caro zu Gabriel auf. Sein Gesicht war steinern. Ein Aufschrei riss ihren Blick wieder zum Hof hinüber. Tahera war zusammengesunken. Blut sickerte unter ihr hervor. Der Mann vor ihnen wischte sein Messer an ihrem Kopftuch ab. Ein anderer hielt Shafis Arme hinter dem Rücken fest. Der Mann mit dem Messer zerrte die Kordel von Shafis Hals, blätterte in dem Notizblock. Er riss ein Blatt heraus, hielt es einem anderen Mann hin, der vorlas. Caro stockte der Atem.

Der Mann vor Shafi zerrte ihn am Hemdkragen hoch, schrie ihn an. Die oberen Knöpfe rissen ab. Er verstummte und starrte.

Der Mann hinter Shafi brüllte auf. Er packte sie an den Haaren, riss ihr das Hemd herunter, entblößte ihre Brüste. Zwei andere Männer griffen zu, zerrten an der Hose. Shafi schlug um sich, trat einen gegen das Schienbein. Sie warfen sich auf ihren Leib.

Ein Kreischen stieg in Caro hoch. Gabriels Körper spannte sich. Er drückte sie nieder, packte ihre Handgelenke, presste ihren Kopf an seine Brust. Sein Jackenärmel dämpfte das Grunzen der Männer und Shafis Schreie. Caro brauchte aber nichts zu sehen, die Bilder erstanden vor ihrem inneren Auge.

Quälend lange dauerte das Martyrium. Die folgende Stille dröhnte. Gabriel lockerte seinen Griff. Caro regte sich nicht; sie wollte sich nie wieder bewegen.

»Sie sind unaufmerksam. Sie plündern das Haus«, raunte Gabriel. Er zerrte Caro hoch, schob sie vorwärts. Bevor der Tempel ihr die Sicht verstellte, erhaschte sie einen Blick: Die Männer hatten die toten Körper achtlos liegen gelassen. Gabriel scheuchte sie den Pfad hinauf. »Rasch, rasch. Sie werden zuerst beim Fluss nach uns suchen.«

Caro biss sich auf die Zunge, stolperte bergan. Nach ein paar Minuten stieß sie hervor: »Und jetzt? Was passiert jetzt?«

»Jetzt wird sich zeigen, wie viel wir beide ertragen.« Gabriel deutete auf die Berge. Auf Eis und Fels.

11

Alle Dinge verwischten. Konturen lösten sich auf. Wie ein Firnis überzog die Finsternis die Felsen. Ein Abglanz des untergegangenen Mondes schimmerte über vereinzelte Wolken. Automatisch setzte sie Fuß vor Fuß. Eiskrusten krachten unter ihren Schuhsohlen. Immer wieder rutschte Caro aus, versuchte zu vermeiden am Seil zu rucken. Seit dem Tempel schwiegen sie. Einmal hielt Gabriel inne und betrachtete den Nachthimmel. Caro folgte seinem Blick, stürzte mit den Augen hinauf ins Sternenmeer, das gleichzeitig nah und unendlich erschien. Hinauf zu Kassiopeia. Ein zirkumpolares Sternbild, hatte ihr Gabriel einmal erklärt, ein Wegweiser zum Nordstern.

Caro fuhr sich mit der Zunge über die trockenen Lippen, schluckte schwer. Gabriel bückte sich, hob einen kirschgroßen Stein auf und schob ihn ihr zwischen die Lippen. Sie lutschte und das Durstgefühl ließ nach.

Der letzte Mondschimmer verging. Caro stolperte bei jedem Schritt, hatte das Gefühl ein Geist zu sein: körperlos, gewichtslos, erinnerungslos.

Endlich hielt Gabriel an. Frostiger Wind strich über Caros Gesicht. Sie bibberte. Stöhnend kniete Gabriel sich hin, schichtete Steine zu einem niederen Wall. Caro sehnte sich nach einem Feuer. Sie schlang die Arme um sich. Schuld verschlang sie. Ihre Neugier hatte den russischen Zettel hervorgeholt, Gabriel aufgescheucht, und sie zu einer ungeschickten Suche angestiftet. Ihr Eigensinn hatte drei gute Menschen ermordet. »Was habe ich nur angerichtet?«, ächzte sie. Alle Kraft wich aus ihrem Körper. Caro schwankte leicht, rutschte zu Boden, lehnte sich gegen den Wall.

Gabriel packte sie an den Schultern, schüttelte sie leicht. »Nicht jetzt. Du musst alles wegschieben. Es behindert dich. Du hast noch Zeit genug darüber nachzudenken. Wenn wir wieder Zuhause sind. Aber im Moment ist das unser einziges Ziel. Unverletzt nach Hause zu kommen.«

Caro zog eine böse Grimasse, knirschte mit den Zähnen. Gabriels Daumen streichelte ihre Wange. »Überlege dir stattdessen einen Namen für unser Kind. Das sind gute Gedanken.«

Sie wollte nicht nachgeben, schüttelte zornig den Kopf, schluchzte. Nach Hause kommen. Im Moment schienen ihr Atelier und das Atrium viele Lichtjahre entfernt zu sein. Wie eine Fata Morgana. Wie ein Traum. Caro fröstelte.

Gabriel rutschte hinter sie, öffnete seine Jacke, zog sie an seinen Körper und hüllte sie ein. Sie lehnte ihren Kopf an seine Schulter, schloss die Augen. Die Kälte klammerte sich an ihre Gedanken. »Gabriel?«

»Hm.«

»Schwörst du mir etwas?«

»Kommt darauf an.«

»Nein. Du musst mir dein Versprechen vorher geben.«

Er schwieg ein paar Atemzüge. »Gut.« Seine Stimme klang unschlüssig.

»Sag es.«

»Ich verspreche es«, sagte er.

Eine Weile rang Caro mit Worten, schließlich sagte sie schlicht: »Du wirst mich nicht allein zurücklassen. Du wirst mich töten. Wenn es kein Entkommen mehr gibt.«

Sein Körper spannte sich an, schon meinte Caro er würde protestieren, doch Gabriel schwieg. Endlich entspannte er sich wieder, drückte sie noch enger an sich. Die Kälte flüchtete. Caro glitt an den Rand des Wachseins.

Chaotische Wirbel umspülen sie. Die ferne Seele greift nach ihr. Ein Spalt öffnet sich. Sie steht in der brennenden Sonne. Der verhüllte Mann ist ganz nah. Sie hat keine Angst mehr. Er schiebt die getönte Schutzbrille hoch. Unter braunen Augenbrauen leuchten steingraue Augen. Ihre Augen. Er sagt mit kraftvoller Stimme: »Meinen Namen sollst du erfahren, wenn ich auch friedlos bin, und meine Abkunft auch: Ich bin der Nachkomme des Einäugigen.« Er gibt ihr, was er in der Faust hält. Ein Lederband. Daran ein eiserner Anhänger: Mjölnir, der Hammer von Thor.

In schrägen Strähnen ging Graupelregen nieder. Die Zeit schien parallel ungleich zu vergehen. Wasser rieselte über Stein, gleichzeitig kam der Grat nicht näher. Ihre Füße versanken im Schutt. Die Zeit verlief gleichermaßen zu schnell und zu langsam.

Gabriel marschierte mühevoller als gestern. Sie hörte den Schmerz in seinem Atem. Trotzdem ging er unbeirrt bergauf, folgte einem kaum erkennbaren Pfad. Nach einem steilen Anstieg blieb er stehen. Zuerst meinte Caro, er würde sie um Hilfe bitten, aber er deutete auf einen Felsen, auf eine glattgeschliffene Mulde, in der sich Wasser sammelte. Sie glich einem Taufbecken. Caro kniete sich hin und trank. Dann tauchte sie eine Plastikflasche hinein, schöpfte Wasser durch den Flaschenhals, reichte Gabriel das Gefäß. Er trank die Flasche leer. Sie warteten bis die Rinnsale die Mulde wieder ausfüllten. Eine halbe Stunde für eine Flasche Wasser. Die ganze Welt schien in Grautönen zu versinken.

»Das ist ein Ort, der den Menschen nicht will«, sagte sie mehr zu sich selber als zu Gabriel. »Es ist furchteinflößend. Wild und Grausam.«

»Die Natur ist nicht grausam, sie ist nur gleichgültig«, antwortete Gabriel müde.

Die feuchte Kälte drang durch Caros Regenjacke, ihre Füße fühlten sich taub an. Während Gabriel den Rucksack anhob, entwand sie ihm den Träger. »Ich trage.«

Gabriel öffnete den Mund, sagte aber nichts und nickte. Er drehte sich um und stapfte los.

Caro begrüßte das Gewicht des Rucksackes, den rutschigen Weg, den nasskalten Wind: die Anstrengung vertrieb die Gedanken an die schrecklichen Bilder des Vortages. Sie konzentrierte sich auf ihre Atmung, schob die Morde in eine Gedächtniskammer, die sich eines Tages wieder öffnen würde. Aber nicht heute.

Friedlose Nachkommen. Die nächtliche Vision schob sich in das graue Einerlei. Friedlose Nachkommen. War das ihr Schicksal?

Das Gelände wurde flacher, sie schienen ein Plateau erreicht zu haben. Der Pfad verlief sich. Der Regen ließ nach. »Machen wir eine Rast. Der Wind ändert die Richtung, es wird bald aufklaren«, sagte Gabriel.

Caro nickte und hockte sich mit dem Rücken zum Wind auf den Boden, ohne den Rucksack abzunehmen. Das Gewebe schützte ihren Körper. Sie fühlte sich zu erschlagen, um hungrig zu sein.

»Wie hältst du das aus?«

»Was?«

»Deine Auslandseinsätze. Die Kriegsgebiete. Die Opfer«, murmelte sie.

»Ich hatte nie Alpträume oder Flashbacks.«

»Du bist keine Maschine.«

»Nicht jeder verinnerlicht das Grauen.«

»Nein?« Caro schaute ihn skeptisch an.

»Ich hatte immer einen geistigen Fluchtort. Die Erinnerung an meine Kindheit in der Wachau hat mir den Rückhalt gegeben das Draußen auszuhalten.« Er suchte nach Worten. »Meine Großeltern hatten einen unbedingten Glauben, einen geregelten Alltag, einen Gleichklang zwischen innerer und äußerer Landschaft.«

In diesem Moment begriff sie: die Regeln, die genauen Zeitabläufe, auf denen er im Alltag bestand, genauso das tägliche Trainieren im Freien – das alles war seine Art das Erlebte zu bewältigen. Wahrscheinlich war ihm das nicht einmal bewusst.

Der Himmel brach auf, blaue Inseln erblühten im Grau. Caro schaute hinauf: Fliehende weiße Wolken zogen über den klingenähnlichen Kamm, der das Tal umrahmte. Wie ein Finger ragte ein einzelner Fels aus dem Schnee am Gebirgspass. Die Sonne fleckte die Bergflanken und beleuchtete die Ruinen einer Stadt. Eine still versunkene Siedlung, eine Kulisse, wie für einen Film erschaffen. Dieser verlassene Ort hatte sein eigenes Wetter und Licht; ein Ort wie in einer anderen Dimension.

Als sie näherkamen, bemerkte sie einen Hügel, der abseits aufgeschüttet worden war, obenauf ein kreisrunder Steinbau ohne Fenster. Gabriel folgte ihrem Blick und sagte: »Ein Turm des Schweigens.«

»Wozu diente er?«

»Luftbestattungen. Um Erde und Wasser nicht zu beschmutzen.«

»Gibt es hier Geier?« Spontan suchten Caros Augen den Himmel ab.

»Wahrscheinlich. Lämmergeier. Aber hier findet schon lange kein Tier mehr Nahrung«, antwortete Gabriel.

Caro nickte. Die Ruinenstadt war ein ausgezehrtes Gebilde: zerbröckelnde Mauern, abgebrochene Treppen, bleiche Holzbalken. Ein einzelner Baum, der aussah wie aus Knochen gefertigt.

»Wir bleiben hier«, erklärte Gabriel. »Es ist schon zu spät, um zum Pass aufzusteigen.«

Vor einem kubischen Gebäude hielt er inne, betrachtete die Überreste eines Reliefs: ein geflügelter bärtiger Mann in einem Schmuckband. »Faravahar«, murmelte Gabriel. »Ein Feuertempel.«

»Die Skizze«, raunte Caro. »Das ist der Ort – nicht wahr? Der Ort von der Skizze. Der Ort, den mir Tahera beschrieben hat.«

Gabriel nickte langsam. »Außer dem Fußpfad muss es noch einen anderen Weg geben. Das hier war eine große Siedlung. Sie haben sicher Handel getrieben.«

»Warum haben diese Menschen sich so einen abgelegenen Platz ausgesucht?«

»Früher hat es im Hindukusch mehr Wasser gegeben. Hinter dem Gebirgspass geht es in fruchtbare Täler. Hier waren sie sicher und dem Himmel nahe. Das war ihnen wichtiger als Ökonomie.«

Das Gebäude neben dem Tempel glich trotz seiner eingefallenen Kammern der Karawanserei in Samarkand, in der sie mit Nadja war und Dimash getroffen hatte. Plötzlich fiel Caro etwas Eigenartiges ein: Nadja hatte Dimash nach dem chinesischen Fabrikanten ausgefragt. Aber sie hatte bei ihrer ersten Begegnung doch dieses Bändchen dabeigehabt. Von der Wirtschaftskonferenz. Hatten die Touristen nicht erzählt, dass die Delegation wegen der neuen Garnfabrik nach Samarkand weiterreist? Verwirrt schüttelte sie den Kopf. Warum hatte Nadja …

In diesem Moment wurde ihr Gedankenfluss durch ein schrilles *Krah, Krah* unterbrochen. Ein Warnruf. Ihr Kopf schnellte zu Crow hinauf. Hastig fingerte sie ihr Smartphone aus der Jackentasche, tippte das Krähen-Icon. Mit Crows Kameraaugen sah sie eine Drohne. Sie näherte sich rasch.

»Schieß sie ab«, befahl Gabriel. »Sofort.«

»Das ist kein Kampfmodell«, antwortete Caro und tippte in rascher Folge Befehle. »Aber Crow kann hacken und krallen. Hat er mir erklärt. Gibt es zwar nicht als Programm, aber er wird es verstehen.«

Mit einem *Krah* schraubte sich der künstliche Vogel hoch. Ruckartig bewegte sich sein Kopf. Dann stürzte der Ornithopter in einer Wendung von oben auf die Drohne, fasste in die Propeller und fuhr mit dem Schnabel gegen die Kamera. Quadrocopter und Krähe stürzten ab.

»Gut gemacht«, lobte Gabriel.

»Haben sie die Ruinen entdeckt?«

»Ich weiß es nicht.« Er zog die Brauen zusammen. »Woher haben die so ein Ding?«

»Aus dem Internet?«

»Das war ein Mikado. Eine Militärdrohne. Die gibt es nicht im Online-Handel.«

»Sie hatten auch eine Panzerfaust, hast du gesagt.«

»Das ist etwas anderes. Nicht so technisch.« Er kniff die Augen zusammen und starrte in die Ferne.

»Was machen wir jetzt? Weitergehen?«

»Nein. Erst morgen früh. Wir suchen uns einen sicheren Unterschlupf. Sehen wir uns um.« Er deutete auf den Turm des Schweigens.

Die Leichengruben waren leer. Caro atmete auf. Die ganze Plattform wirkte wie saubergefegt. Eine niedere Mauer umrahmte die Turmkante. Kerben furchten den Stein. Caro strich darüber. Krallenspuren. Neben ihr lehnte sich Gabriel schwer gegen die Krücke.

Von oben war die Zerstörung der Stadt noch deutlicher zu sehen: die meisten Dächer waren eingestürzt. Außer dem Begräbnisturm schien noch ein zweiter Turm größtenteils intakt. Ein Wachturm, meinte Gabriel.

Am gegenüberliegenden Stadtrand begann eine breite Schotterstraße, die in Windungen bergab führte und in einem Wall aus losem Gestein verschwand. Ein Bergrutsch hatte den Fahrweg unpassierbar gemacht. Von dort drohte keine Gefahr.

Sie stupste Gabriel an. »Siehst du jemanden?«

Er schüttelte den Kopf. Sein Blick suchte die Häuser ab. »Dort«, er deutete auf den Tempel. »Die Treppe neben der Steinmauer. Da dürfte eine Höhle sein. Ein sicherer Raum. Dort bleiben wir bis morgen.«

»Wieso sicher?«

»Kein loses Mauerwerk.« Gabriel sprach noch hölzerner als sonst. Ein feiner Schweißfilm stand auf seiner Stirn.

»Soll ich dir über die Stiegen helfen?«

»Nein«, sagte er scharf und humpelte los. Caro folgte ihm mit ausgestreckter Hand, um seine Jacke packen zu können, falls er strauchelte.

Bei der Hälfte des Abstieges bemerkte sie im Augenwinkel eine Bewegung. Ein schwarzer Fleck im Steingrau. Kaum hatten sie den Grund erreicht, rannte Caro los. Crow taumelte näher. Der Vogel versuchte zurückzukommen. Ein Bein fehlte und ein Flügel stand geknickt ab. Caro hob den Ornithopter hoch, drückte ihn an sich. Vorsichtig faltete sie den kaputten Flügel zusammen. Obwohl er nur eine Maschine war, empfand sie Mitleid. Dieser Crow würde nicht mehr fliegen.

Sie zog das Smartphone aus der Hosentasche, um einen Statusbericht abzufragen, aber das Display blieb schwarz. Der Akku war leer.

Sie steckte Crow in den Rucksack und lief zum Tempel. Gabriel wartete bereits bei der Steintreppe. Dieses Mal ließ er sich helfen.

Die niedrigstehende Sonne leuchtete in die Höhle. Vor dem Eingang lag eine metallene Henkelvase, ein mannshohes Feuergefäß, umgestürzt und korrodiert. Sie schoben sich vorbei. Der Höhlenboden war mit bemalten Fliesen ausgelegt, die einen androgynen Engel in einem dunkelblauen Gewand darstellten, seine Flügel erinnerten an einen Paradiesvogel. Über ihm wölbte sich ein gemeißeltes Spruchband, das im schrägen Licht plastisch wirkte. Geschwungene Lettern, fast wie eine Verzierung.

»Kannst du das lesen?«, fragte sie Gabriel.

»Ja.« Er runzelte die Stirn.

»Und? Was steht da?«

»Dämonen vergessen nie. Erheben sich zu ihrer Zeit. Sie rufen nicht – sie finden dich.«

»Eine Warnung?«

»Sieht so aus.«

An der hinteren Wand reihten sich dunkel gerahmte Nischen, die einmal bunt bemalt gewesen sein mussten. Verblichene Szenen mit Landschaften und Tieren. Wie Durchgänge in eine idealisierte Welt, in ein Paradies. Im

Dämmerlicht der linken Ecke bemerkte Caro Gestalten. Ähnliche Petroglyphen wie am Sockel des Tempels – der aufgerichtete Bär und die tanzenden Menschen. Seltsam, dachte sie, die Ecke ist ganz sauber. Ihr Blick glitt zum anderen Ende der Nischenwand: Die Kanten waren von Steinstaub bedeckt. Langsam ging sie näher. Der Bär stand auf einem angedeuteten Podest, der anonyme Künstler hatte den Felsen entsprechend behauen. Caro stieg auf die schmale Stufe, reckte sich, spürte einen Luftzug über ihr Gesicht streichen. Nachdem ihr Kopf in der Höhe des Bärenkopfes war, veränderte sich die Perspektive. Die letzte Säule unterstützte eine optische Täuschung. Die Ecke war keine massive Felswand. Anstelle der Umrahmung öffnete sich ein schmaler Durchgang ins Innere des Berges.

Atemlos rief sie nach Gabriel. Er schlurfte näher, legte den Kopf gegen das Bildnis und lugte in den stockdunklen Spalt. »Alle Achtung. Das ist simpel und effektiv.«

»Gehen wir hinein?«

»Würdest du es aushalten, wenn ich Nein sage?«

»Nein.«

Er grinste. »Zum Glück hatte ich vor meinem Sturz ein paar Dinge eingesteckt.« Aus einer Tasche der Expeditionsweste, die er unter der Zotteljacke trug, holte er eine Stablampe.

Caro nahm den Rucksack ab. »Ich gehe vor, du sicherst mich.« Sie knotete sich das Seil um die Taille. Gabriel reichte ihr die Taschenlampe. Caro leuchtete den Rand und den Boden ab – alles schien stabil zu sein. Strenger Mineralgeruch wehte ihr entgegen. Caro richtete den Strahl der Xenon-Lampe in den Gang. Scharfes Licht stach in die Dunkelheit. Sie schlängelte sich durch den Spalt und erstarrte.

Der Tote hatte die Farbe der Felsen angenommen, wirkte wie aus dem Gestein herausgewachsen. In seiner Schläfe klaffte ein Loch. Caro schluckte und riss sich zusammen. Der Körper des Toten war mumifiziert, er musste schon Jahrzehnte hier sitzen.

»Sowjetische Uniform«, sagte Gabriel und stakste über die ausgestreckten Beine des Toten. Caro fröstelte, fasste den Griff der Stablampe fester und schlich vorwärts. Der Gang weitete sich, wurde zu einer Kammer, dahinter zu einer Höhle, in deren Dimension sich der Strahl der Taschenlampe verlor. Caro konnte nicht entscheiden, ob die Wände natürlich oder behauen waren. Plötzlich stieg sie auf etwas Weiches, kiekste und sprang zurück. Sie leuchtete auf den Boden: Vor ihr breitete sich ein riesiger Teppich aus. Der ganze Felsensaal schien damit ausgelegt zu sein. Hinter sich hörte sie Gabriel scharf einatmen. »Ach du meine Güte«, stieß er hervor.

»Was ist?«

»Ich kann mich irren. Aber ich glaube, das ist der *Bahārestān*. Der Frühling des Königs. Dieser Teppich ist eine Legende. Er gilt als zerstört und verloren.«

»So sieht er nicht aus.«

»Die Zoroastrier müssen seine Teile gesucht und alle Fundstücke hier versteckt haben. Jemand hat ihn später wieder zusammengesetzt.«

»Das ist der Schatz von Chosrau?«

»Ja. Der Teppich stammt aus Taq-e Kisra, dem Palast der Sassaniden-Herrscher in Ktesiphon. Chosrau ließ den Teppich im Winter auflegen, um an den Frühling zu erinnern. Nach der Eroberung seines Reiches durch die Araber im siebenten Jahrhundert wurde der Teppich zerschnitten und seine Stücke einzeln fortgebracht. Der Emir von Medina soll diese dann an sein Volk verteilt haben.«

Caro leuchtete über den antiken Teppich: ein schachbrettartiges Muster mit Obstbäumen, Blumenbeeten, Pavillons, durchzogen von Bächen, in denen Fische schwammen; Wildtiere und Vögel tummelten sich in der umlaufenden Bordüre; Stickereien aus Goldfäden und Seide, Verzierungen aus Perlen und Edelsteinen schimmerten im harten Xenonlicht. »Er ist in unglaublich gutem Zustand«, murmelte Caro. »Diese Höhle ist wie eine Klimakammer. Trocken, kalt, belüftet. Keine Insekten, keine Pilze. Wie groß ist er?«

»Das wussten die Chronisten nicht genau. Einige meinen dreißig mal zweihundert Meter.«

»Wow. Er muss hunderte Kilo wiegen. Und unglaublich wertvoll sein. Sowohl historisch als auch materiell.«

Bevor Gabriel antworten konnte, hallten gedämpfte Geräusche durch den Gang – sie waren nicht mehr allein.

Pferde schnaubten. Ihr Fell dampfte. Zwischen den Tieren tummelte sich Gestalten und luden Kisten ab. Caro stöhnte auf. Ihre Verfolger hatten sich nicht vom Geröll abhalten lassen. Auf der freien Fläche zwischen dem Turm des Schweigens und den Resten der Stadtmauer schlugen sie ein Zeltlager auf. Jeweils ein Mann sicherte den Pfad und die Straße. Kein Fluchtweg ins Tal, dachte Caro, wir sitzen in der Falle. Sie steckte ihre kalten Hände unter die Achseln. »Sollen wir den Berg hinauf?«

»Wir können in der Nacht nicht über das Schneefeld gehen.«

»Morgen früh also?«

Gabriel schwieg und beobachtete. Langsam kroch die Dämmerung herauf. Schließlich kniff er die Augen zusammen und murmelte nachdenklich »Sie beten nicht.«

»Wie bitte?«

»Sie haben die Zeit für das Zuhr-Gebet verstreichen lassen. Kein einziger hat einen Gebetsteppich ausgerollt. Das sind keine Muslime.« Er schob sich die Umhängetasche auf den Rücken und robbte ein Stück bergab. »Wir müssen näher heran.«

Bäuchlings folgte ihm Caro. Hinter einem Wall hatten sie eine gute Sicht auf das Lager: Caro zählte fünfzehn Gestalten, der Anführer schien ein großgewachsener Asiate zu sein, vertraulich an seiner Seite eine schlanke Frau mit schwarzem Zopf unter einer Pelzmütze, beide in gefütterten Overalls. Wut schwappte in Caro hoch. Eine Frau! Sie teilte Befehle aus. Wie hatte sie diese Gräueltaten zulassen können?

»Ein Bebut«, flüsterte Gabriel.

»Was?«, fragte Caro genauso leise zurück.

»Ein gebogenes Messer. Einige haben das am Gürtel. Eine traditionelle Waffe im Kaukasus.«

»Keine Afghanen?«

»Söldner. Vermutlich Armenier. Oder Georgier.«

Caro hielt inne, die Teile fügten sich zusammen: der Lieferschein aus 1982, Kämpfer aus ehemaligen Sowjetstaaten, der neuwertige Band über orientalische Teppiche im Nachlass alter Bücher. Wahrscheinlich war der Lieferschein ursprünglich nicht im Beowulf gewesen, sondern in dem Bildband. Durch ein Versehen hatte das Papierstück anscheinend das Buch gewechselt und schien für den ursprünglichen Besitzer verschollen. Jemand musste ihre Recherche im Internet bemerkt haben, ihre Suche nach den speziellen Kürzeln – oder er hatte einen Algorithmus auf Stichworte lauern lassen. Und als man die Skizze in ihrem Zimmer nicht gefunden hatte, war jemand auf ihrer Spur geblieben.

»Wir haben Schatzgräber hierhergeführt«, raunte sie.

»Wahrscheinlich.«

Caro rieb sich die Nasenwurzel. »Was sollen wir …«

In diesem Moment bebte die Erde.

Noch schwebte der Morgen im Dämmerlicht. Caro rieb sich die kalten Beine. Lose Steine häuften sich am Vorplatz. »Geh nicht hinaus«, sagte Gabriel, schluckte eine Tablette, reichte ihr die Flasche weiter. »Trink aus.«

»Es ist unser letztes Wasser.«

»Du brauchst es mehr wie ich«, gab Gabriel zurück, kaute an einer Trockenfrucht.

Caro biss vom Brot ab, spülte den trockenen Brocken mit Wasser hinunter. Sie hatten in der Ecke mit den Petroglyphen geschlafen, um sofort im Durchgang verschwinden zu können.

Er strich ihr sanft ein paar Brösel vom Kinn. Caro lächelte unkonzentriert. Beständig lauschte sie. Bald würde es hell genug sein. Gabriel machte aber keinerlei Anstalten aufzubrechen. Caro beschlich eine Ahnung. »Gabriel?«

»Ja?«

»Auch wenn wir vor ihnen den Gebirgspass erreichen – sie werden nicht umdrehen, nicht wahr? Denen ist die Provinzgrenze egal.«

Gabriel nickte.

»Sie werden uns auch nicht einfach ziehen lassen? Sie wollen keine Zeugen?«

Gabriel nickte.

»Wir werden um unser Leben kämpfen müssen?«

Gabriel nickte.

Caro schluckte, ihre Kehle fühlte sich wund an. Ihr Puls flatterte. »Hast du Angst?«

»Natürlich.«

»Du wirkst nicht so. Mehr … mehr … fokussiert.«

»Man muss Angst ausnutzen, sie macht aufmerksam.«

Heiser fragte sie: »Was machen wir jetzt?«

»Wir besorgen uns militärische Ressourcen«, antwortete Gabriel ruhig.

»Waffen?«

»Vor allem Kommunikation. Sie haben Satellitentelefone. Ich kenne die Nato-Notfallfrequenzen. Wir werden um Hilfe rufen.«

»Wie sollen wir eines bekommen? Wir können kaum ins Lager schleichen.«

»Wir locken einen der Wachposten in die Höhle. Sie werden ihn nicht gleich vermissen.«

»Okay. Was soll ich tun?«

»Leg dein Kopftuch in den Spalt, damit er auf den Durchgang aufmerksam wird. Er wird erst nachsehen, bevor er Meldung macht.«

Caro kramte den Hidschab aus dem Rucksack, platzierte ihn so, dass ein weißer Zipfel in die Höhle ragte. Inzwischen warf Gabriel kleine Steine an die Treppenstufen, die klickernd wieder heruntersprangen. Nach einer Weile hörten sie knirschende Schritte.

Gabriel und Caro zwängten sich in den dunklen Gang. Mit zitternder Stimme fragte sie: »Wie willst du ihn lautlos überwältigen? Du kannst kaum länger stehen.«

»Du musst ihn ablenken.« Er deutete auf den mumifizierten Mann. »Setz dich neben ihn.«

»Und wenn er zuerst schießt und erst dann schaut?«

»Das wird er nicht.«

»Sicher?«

»Ganz sicher – wie hast du reagiert?«

»Ich bin erstarrt.«

»Auch ich habe gezögert. Das ist ein Reflex.«

»Na gut.« Sie setzte sich neben dem Leichnam auf den Boden, nahm die gleiche Haltung an wie der tote Mann.

Gabriel grinste grimmig. »Passt.« Er legte einen Finger auf die Lippen.

Die Stille erdrückte Caro. Sie hielt die Luft an. Mit jedem sich nähernden Schritt spannte sich ihr Körper mehr an. Ein Schlurfen, der Spalt verdunkelte sich. Ein metallisches Kratzen. Eine Männerstimme fluchte leise.

Gabriels Einschätzung stimmte. Der Mann blieb einfach stehen und riss die Augen auf. Die Taschenlampe entglitt seinen Fingern.

Professionelles Töten ging schnell vor sich. Ein Stich, ein Schnitt, ein Schuss – vorbei. Nicht so wie die mörderische Folter, die auch dieser Mann verbrochen hatte. Fast bedauerte es Caro, dass er so schnell sterben durfte. Gabriel ließ seine Leiche zu Boden gleiten. Er säuberte sein Kampfmesser und durchsuchte den Mann. Die Pistole und zwei Magazine drückte er Caro in die Hand, legte sich den Riemen des langläufigen Gewehres um. In der Innentasche fand er das Iridium-Telefon. Sein Mund verzog sich zufrieden. »Nimm ihm alles Brauchbare ab. Ich muss ein Stück hinauf, um zu telefonieren. Das kann etwas dauern. Verhalte dich ruhig.« Er schob sich durch den Spalt.

Mit fahrigen Fingern tastete Caro den Toten ab. Ein Sturmfeuerzeug, eine Wasserflasche, ein Flachmann, Energy-Riegel, Taschentücher, eine Drahtsäge, ein kleines Fernglas, ein Panzerband, ein taktisches Medipack. Die Brieftasche ließ sie stecken. Nachdem sie alles in den Rucksack gestopft hatte, schleifte sie den Söldner zur Wand. Platzierte den frischen Toten neben den Mumifizierten. Ein gespenstisches Duo.

Der Frühling des Königs. Der Teppich war im Winter im Palast ausgelegt worden, hatte Gabriel erzählt, damit der Hofstaat auch in der kargen Jahreszeit lustwandeln konnte. Ein durch und durch dekadentes Objekt. Und doch: der riesige Teppich gehörte – wie die ganze antike Stadt – in die Obhut von Archäologen. Die Kunsträuber vor der Höhle ärgerten Caro. Wie oft hatte sie in der Restaurationswerkstatt schon Objekte gesehen, die in ein Museum gehört hätten. Der Gartenteppich durfte keinesfalls in einer privaten Sammlung verschwinden. Bei der Bergung würden die Männer den Tempel schleifen, die uralten Malereien und Petroglyphen zerschlagen. Den Ort zerstören, der Tahera heilig gewesen war.

Caro schlug mit der Faust gegen den Felsen. Nein, dachte sie, das bin ich der Hirtenfrau schuldig; ich muss diese Leute täuschen bis das Militär kommt.

Aber wie konnte sie den Spalt verbergen? Da hatte sie eine Idee. Sie trat einen Schritt in den Durchgang hinein. Ihre Finger tasteten über die Deckenkante. Sie spürte feine Sprünge. Das Erdbeben hatte Spuren hinterlassen. Würde der Druck reichen? Aber auch nicht zu stark sein? Das Risiko musste sie eingehen. Sie holte Crow aus dem Rucksack, drückte den Schnabel zusammen. Der Vogel erwachte, versuchte einen Selbsttest.

»Nicht bereit«, krächzte Crow.

»Bestätigt. Wie funktioniert *Exit*?«

»Kapsel. Akku reagiert. Bums.«

»Detonation?«

»Begrenzt.«

»Zeitspanne?«

»Sagen.«

»Verstanden.« Mit klammen Fingern holte sie das Panzerband aus dem Rucksack. »Exit. Exit. Exit. Drei Minuten«, befahl Caro.

»Bestätigt. Caro aufpassen. Schützen. Schauen nicht.«

»Verstanden.« Sie nahm den Ornithopter und klebte Crow mit dem Panzerband an die obere Kante, direkt neben einen Riss. »Ich habe keine Ahnung, ob das funktionieren kann«, murmelte sie.

Crows Kopf ruckte. »Nimm Geist mit. Für Britta.«

»Wie?«

»Abwurf Speicher.«

»Warte! Läuft Exit weiter?«

»Krah«, sagte Crow. Ein Klicken. Der Schnabel fiel ab. Caro hob den Bauteil auf, steckte ihn in die Brusttasche unter dem Pullover. Zu ihrem Pass, der goldenen Taschenuhr und dem abgelaufenen Flugticket nach Wien.

Sie duckte sich hinter die metallene Henkelvase. Der Knall war dumpf. Das Bröckeln etwas lauter. Eine Staubwolke wallte wie eine Nebelgranate durch die Höhle. Der Wind wirbelte eine Säule ins Freie hinauf. Caro starrte dem Dunst nach. Daran hatte sie nicht gedacht.

»Schiuli?« Eine ferne Stimme. Caro zog den Rucksack näher, drückte sich in die Öffnung der Henkelvase. Wo blieb Gabriel nur? Sie hoffte, dass der Sucher den Einsturz für eine Spätfolge des Erdbebens halten würde. »Schiuli? Ching braucht dich.« Die Stimme kam näher. Eine Gestalt tauchte auf. Die Frau mit der Pelzkappe. Zum Schutz vor dem Staub hatte sie ihre untere Gesichtshälfte verhüllt. Zuerst wollte Caro in die Henkelvase kriechen. Aber ihr fiel der gemeißelte Spruch ein. Die wartenden Dämonen. Die Geister in den Felsen. Manieriert putzte sich die Frau staubige Flecken von ihrem Overall und Caro wusste in diesem Moment, wer vor ihr stand. Sie richtete sich auf. »Hallo Nadja.«

»Was hat mich verraten?«, sagte die Usbekin und zog das Staubtuch vom Gesicht.

»Ein Umhängeband. Du hast in Taschkent an der Wirtschaftskonferenz teilgenommen. Und doch hast du in Samarkand behauptet, den wichtigsten Teilnehmer nicht zu kennen. Herrn Yuang. Ein reicher Fabrikant und Sammler von antiken Teppichen. Er hat dich auf mich angesetzt, nicht wahr?«

»Wann ist es dir aufgefallen?«

»Zu spät.«

»Du wärst sowieso nicht umgekehrt. Du bist auch nur so eine gefühlsduselige Frau, die sich allein über ihren Ehemann definiert.« Nadja spuckte aus. »Kein Rückgrat.«

»Man hat also Rückgrat, wenn man unschuldige Menschen missbrauchen und töten lässt?«

»Kollateralschaden.« Nadja linste zum Höhleneingang, tappte mit der Stiefelspitze auf den Boden.

»Ihre Namen waren Shafi, Tahera und Salmai«, klagte Caro, tastete mit der Hand zum Bund ihrer Jeans. Tränen verschleierten ihren Blick.

»Und wenn schon? Wie meinst du bekomme ich meine Freiheit? Raus aus diesem muffigen System? Raus aus dem Eheversprechen? Nur mit Geld. Viel Geld. Ich will mit Ching ans Meer und standesgemäß leben. Singapur oder Hongkong. Ich möchte …«

Caro presste hervor: »Interessiert mich nicht.« Sie zog die Pistole und erschoss Nadja. Der Nachhall schmerzte in ihren Ohren, sie schüttelte den Kopf. Nadjas Gesicht schaute erstaunt zur Höhlendecke.

»Ich soll dir noch etwas von Shafi ausrichten«, murmelte Caro. »Wer um Regen betet, muss auch mit Sturm rechnen.«

Eine Silhouette erschien im Eingang. Caro hob die Pistole. Gabriel humpelte herein, stützte sich an der

Felswand ab, betrachtete die Tote flüchtig. »Das war unklug. Der Lärm hat sie aufgescheucht.«

»Ich weiß«, sagte Caro.

»Wir müssen weg hier.«

»Ich weiß«, sagte Caro und rührte sich nicht. Jetzt passte sie unerbittlich zu Gabriel, jetzt war sie auch eine Mörderin.

In einem Vorratsspeicher fanden sie ein neues Versteck. Die Lüftungsschlitze des erhöhten Steinkastens boten eine gute Rundumsicht ohne Einsicht zu gewähren. Gabriel beobachtete mit dem erbeuteten Fernglas den Suchtrupp. »Sie haben die Frau gefunden«, sagte er. »Der Asiate tobt.«

»Bekommen wir Hilfe?«

»Ja und nein.« Er konzentrierte sich auf etwas im Freien. Sein Atem bildete Wölkchen.

»Das heißt?«, fragte sie mürrisch.

»Ich habe jemanden im Camp erreicht. Einen Büro-kraten. Der von nichts wusste. Nach langer Diskussion hat er mich zum afghanischen Militär weitergeleitet. Spezialkommando.« Er stockte und wechselte den Be-obachtungsposten.

»Und weiter?«

»Hauptmann Beshad wird uns herausholen.«

»Und wann?«

Gabriel zuckte mit den Schultern. »Wenn sie Satelli-tenfotos bekommen.«

»Fotos?«

»Sie haben mit meiner Beschreibung nichts anfangen können. Die Ruinenstadt ist ihnen unbekannt. Die Hub-schrauber starten nicht ohne genaue Zielkoordinaten.«

»Na toll. Sie kommen also in einer Stunde, in einem Tag oder in einer Woche.« Caro schnaubte.

»Es beginnt. Sie schwärmen aus. Du musst mir helfen.« Gabriel hob das Gewehr, legte den Lauf in die Öffnung. Caro sprang auf. »Nimm das Fernglas. Sag mir ihre Positionen an«, befahl Gabriel.

Caro drückte sich an einen Lüftungsschlitz. Das militärische Fernglas half ihr mit Skalen. Plötzlich war Caro ganz ruhig. Sie las die Zahlen laut ab, ignorierte den folgenden Knall. Durch die Optik sah sie Menschen fallen; es berührte sie nicht.

»Raus, raus«, rief Gabriel. Vier Männer waren so nahe, dass er das Gewehr nicht mehr in einen passenden Schusswinkel bekam. Noch verharrten die Söldner in Deckung.

Hektisch schaute Caro sich um. »Wohin?«

»Dach. Leiter.« Gabriel schulterte das Gewehr.

Caro betrachtete das schiefe Holzgestell. »Da muss ich dir helfen.«

»Musst du wohl.« Er rollte das Kletterseil aus, band sich ein Ende um die Brust. Caro rüttelte an der Leiter. Das bleiche Holz knirschte. Vorsichtig stieg sie auf den ersten Tritt, kletterte dann hoch. Gabriel warf ihr den Strick zu. Über einem Sparren geduckt sicherte sie das Seil und unterstützte Gabriels Ausstieg. Er säbelte die Bindung der Leiter durch, deutete mit der Messerspitze auf den Wachturm. »Dorthin. Das sehen sie von vorne nicht.«

Robbend erreichten sie die hintere Kante des Kastens. Gabriel ließ sich einfach hinunterfallen. Caro rutschte die Steinwand hinab. Sie lugte hinter dem Stützpfeiler hervor. Die Männer schienen sich zu beraten.

Gabriel rappelte sich auf. Eine Querstrebe der Krücke war gebrochen. Er warf sie weg. »Seltsam«, meinte Caro. »Sie könnten Granaten werfen.«

»Könnten sie«, bestätigte er.

»Hm. Sie wollen uns lebend? Um die Schatzkammer zu finden?« Sie stützte Gabriel.

»Ja. Zumindest vorerst.«

Jammern erfüllte den Turm. Der Wind fing sich in Balken. Die runde Form der Wände glich einem Leuchtturm. Seitlich führte eine stabile Treppe hoch, endete in einer Holzplattform. Die Brüstung war abgebrochen. Gabriel kroch die Stiegen hoch, Caro folgte ihm, hielt das Gewehr auf seiner Schulter fest. Ihre Armmuskeln schmerzten. Oben angelangt lehnte sie sich erschöpft gegen die Wand, streckte die Beine aus. Die Farbe ihrer Sneakers war kaum mehr zu erahnen. Gabriel atmete schwer. Caro schaute zur Turmspitze hinauf. Nicht einmal Vögel nisteten hier. Ein Teil des Daches war eingebrochen, hatte die Leiter im Schlot mitgerissen. Die Holztreppe war der einzige Weg nach Draußen. Die Plattform war eine Sackgasse.

»Du hast diese Frau gekannt?«, fragte Gabriel unvermutet.

»Wie kommst du darauf?«

»Deine Reaktion«, antwortete er leise.

Caro betrachtete ihre Finger. Die meisten ihrer Nägel waren abgesplittert. Sie suchte einen Anfang, ordnete ihre Gedanken und erzählte: von der chinesischen Wirtschaftsdelegation unter Führung von Herrn Yuang, von Nadja und Dimash, den sie scheinbar für ihre Ziele eingespannt hatte, wie die usbekische Bewacherin – oder Beschützerin? – ausgeschaltet worden war und von dem SMS, mit dem sie Nadja ihren Aufenthalt in Termez verraten hatte. »Ich habe aber keine Ahnung, wie sie mich in Afghanistan gefunden hat«, schloss sie ihren Bericht.

»Sie hat sicher nicht allein agiert«, sagte Gabriel. »Ihr habt Fragen gestellt. Vielleicht haben sie auch das Smartphone geortet.«

»Wenn ich gewusst hätte, wie …«

Rufe klangen herein. Jemand bellte Befehle. Caro spannte sich an. Gabriel rollte auf den Bauch, robbte zur Abbruchkante und legte das Gewehr an. Caro drückte sich auf den Boden, hielt sich die Ohren zu. Durch eine Ritze konnte sie die Türöffnung sehen. Ein Körper tauchte auf. Gabriels Schuss peitschte. Steinsplitter rieselten. Ein Arm erschien. Eine Kartusche in der Faust. Ein Schuss. Ein Aufschrei. Die Gaskartusche detonierte im Freien. Schreien und Fluchen.

Caros Ohren fühlten sich betäubt an. Gabriel warf das Gewehr zur Seite. »Pistole«, presste er hervor. Sie reichte ihm die Waffe. Zwei Männer mit improvisierten Schilden. Gabriel schoss dreimal. Plötzlich ein Klicken. »Magazin.« Caro schob ihm die beiden Teile hin. Gabriel wechselte zügig, legte an, schoss. Immer wieder provozierten die Männer einen Schusswechsel. Kurz blieb die Türöffnung leer und Gabriel legte die Pistole weg, wischte sich Staub und Schweiß vom Gesicht. »Das war der letzte Schuss.«

Fassungslos starrte Caro ihn an. »Zwei hättest du übriglassen können.«

»Ich habe nicht mitgezählt«, zischte er. »Noch sind sie nicht heroben. Die Treppe ist schmal. Ein Engpass.«

»Hältst du dich für einen Spartaner? Du weißt schon, was mit denen passiert ist.«

»Leonidas ist unsterblich geworden.«

»Und seine Frau verzweifelt.«

Gabriel schnaufte. »Es gibt wenige Optionen.«

»Wo bleibt die Kavallerie?«

»Prioritäten. So wichtig sind wir nicht.«

»Ich weiß«, murmelte Caro. Ihre Augen huschten rundum: keine Öffnung, durch die sie sich zwängen konnte; keine Möglichkeit nach oben zu klettern. Der Boden am Grund des Turms war aus gestampfter Erde, wenn sie hinuntersprang, war es nicht sicher, dass sie tot war. Panik stürmte in ihr hoch. Schuld, so viel Schuld. Dieser Ching würde den Mord an seiner Gespielin vergelten wollen. Sie konnte es ihm nicht verdenken.

Caro packte Gabriel am Arm. »Dein Versprechen. Jetzt. Ich will durch eine freundliche Hand sterben.«

Er schob sie weg, zog sein Kampfmesser, kniete sich mühevoll an den Treppenabsatz. Einer der Söldner wagte sich durch die Öffnung.

Caro flehte: »Du musst das tun. Für mich. Bitte.«

Gabriel schüttelte hitzig den Kopf. »Verkriech dich zwischen den Balken. Ich werde sie aufhalten so lange ich kann.«

»Und weiter?«, stieß sie hervor. »Du wirst dabei sterben. Und ich muss ihnen den Teppich verraten. Diese Männer werden mir Schlimmes antun. Wie Shafi. Unser Kind wird das nicht überleben. Und sollte ich überleben, werde ich langsam daran zugrunde gehen. Ich bin zweimal aus einem finsteren Loch herausgekrochen, ein drittes Mal kann ich das nicht. Nicht ohne dich.«

Gabriel packte den Messergriff so fest, dass seine Knöchel weiß hervortraten. Aber noch immer zögerte er.

»Du hast das Rotkäppchen töten können. Die Frau, die so aussah wie ich. Denk an sie. Denk daran, was sie euch in Albanien angetan hat!«, rief Caro verzweifelt.

Er presste die Lippen zusammen, sein Gesicht versteinerte. Fast zärtlich legte er den Arm von hinten über ihre Schulter, fasste ihre Stirn und bog ihren Kopf ein Stück zurück. Langsam hob er die Klinge. Caro lehnte sich an Gabriel, schloss die Augen und versuchte ihre Angst in seinem Atem zu ertränken. Loszulassen.

Er flüsterte ihr zu: »Außer in deinem Himmel ist für mich keine Zuflucht mehr in dieser Welt.« Es klang wie ein Gebet.

Schon meinte sie die Schneide zu spüren, als Gabriel sie plötzlich freigab. Caro keuchte enttäuscht. Bevor sie ihn anfauchen konnte, drückte er ihr die Finger auf den Mund. »Horch.«

Angespannt lauschte sie. Zuerst hörte sie nur die Stiefeltritte und die Stimmen der Männer, die den Turm hinaufstiegen, endlich vernahm sie ein Knattern. Rotoren, dachte Caro. Das sind Rotoren! Kurz darauf ratterte ein Maschinengewehr. Schreie drangen herauf.

Gabriel warf das Messer fort und zog sie an sich. Hielt sie fest, als drohte sie sich aufzulösen. Heftiges Zittern schüttelte Caro. An ihrer Schläfe spürte sie seine Tränen. Erlöst hauchte sie Gabriel ins Ohr: »Du bist ein Weichei.«

12

Die usbekische Polizei verhaftete sie auf der Brücke der Freundschaft. Nur informell, wie der Uniformierte mehrfach betonte. Caro lehnte jegliche Hilfe ab, während sie den Grenzfluss querten. Sie zu Fuß und Gabriel im Rollstuhl. Ein Regierungsbeamter aus Masar-e Sharif begleitete sie.

Im Polizeibus wurden sie nach Termez geschafft und in einem kahlen Büro vernommen. Caro gab nur einsilbige Antworten. Gabriel schwieg. Der afghanische Beamte legte einen umfangreichen Schriftverkehr vor: Visa, Registrierungen und Genehmigungen. Caro wunderte sich, wie schnell die gefälschten Formulare entstanden waren. Darin wurde dargelegt, dass das Ehepaar Winter auf Einladung der Universität Masar-e Sharif im Hindukusch war. Caro in ihrer Funktion als Restauratorin, Gabriel als ihr Personenschützer und Übersetzer, um die afghanischen Archäologen bei einem Sensationsfund zu beraten.

Eine polternde Diskussion der Beamten folgte. Gabriel erklärte ihr leise, dass die Usbeken darauf beharrten, keine Ausreiseunterlagen zu haben, der Afghane ihnen im Gegenzug unfassbare Schlamperei unterstellte. Ein Neuankömmling beendete das Streitgespräch. Attaché Schultke legte Caro und Gabriel eine Verwarnung der usbekischen Regierung vor und die Daten für einen von der Botschaft arrangierten Sonderflug nach Wien in zwei Tagen. Damit war die Sache erledigt.

»Schade – ich hätte noch gerne Buchara besichtigt. Und Chiwa«, sagte Caro bei der Verabschiedung. »Lässt sich da was machen?«

»Überspannen Sie es nicht«, sagte der Attaché.

Sie kämmte ihre nassen Haare, genoss das Gefühl frisch gebadet zu sein. Nach den letzten Tagen wirkte die schlichte Ausstattung im Surxon geradezu luxuriös. Caro ließ sich auf das Doppelbett fallen und strich über das weiche Bettzeug. In Gedanken stellte sie eine Liste von Artikeln auf, die sie für Gabriel besorgen musste. Von der Polizeistation war er direkt ins Spital geschafft worden, damit die Ärzte seinen Knöchel röntgen und neu schienen konnten. Anscheinend wollten die Behörden ihn keinesfalls unversorgt aus dem Land werfen.

Ein Klopfen alarmierte sie. Caro ging zur Tür und linste auf den Gang. Ein Zimmermädchen stand am Gang. Caro öffnete die Tür einen Spalt. »Ihr Gepäck, Madame«, sagte die Frau, knickste und eilte davon.

Verblüfft betrachtete Caro die Reisetasche, die sie in Samarkand zurückgelassen hatte. Obenauf lag eine Karte: ein Gruß von Scharaf und eine Einladung zum Essen von Tabib Cem. Wie auch immer er von ihrer Rückkehr erfahren hatte. Anscheinend hat er gute Kontakte, dachte Caro und kramte ihr Smartphone heraus, steckte es an. Dann fiel ihr ein, dass das Surxon kein W-LAN anbot.

Rasch zog sie sich um und wechselte vom Hotel in das rosarote Kaffeehaus gegenüber. Sie stellte das Telefon vertikal auf, wählte Brittas Nummer und sog tief die Luft ein, als ihr die Kellnerin die Bestellung hinstellte.

Caro zögerte den ersten Schluck hinaus. Genussvoll schnupperte sie an der schwarzen Brühe. Schließlich setzte sie die Tasse an die Lippen und ließ den Kaffee im Mund kreisen, bevor sie ihn schluckte.

Dieses Mal hatte sie ein Stück der samtroten Torte genommen, die ihr die Kellnerin schon das letzte Mal im Barbie-Land empfohlen hatte. Sie schob ein Stück in den Mund, während sie darauf wartete, dass sich die IP-Verbindung aufbaute. Fast hätte sie einen Freudenschrei ausgestoßen, als Brittas strubbeliger Kopf am Bildschirm materialisierte.

Aus Britta sprudelte die Erleichterung, sie überschüttete Caro mit Fragen. »Diese Fragmente, die Crow geschickt hat. Mit jedem Mitteilungseingang ist es schlimmer geworden. Und unwirtlicher. Wo seid ihr denn da bloß hingeraten?«

In kurzen Sätzen schilderte Caro ihre Erlebnisse nach Chorugh. Die grausamen Szenen sparte sie aus. Die Alpträume würden früh genug kommen.

»Und was ist mit dem Teppich?«, fragte Britta.

»Wird demnächst von Archäologen geborgen.«

»Und ihr werdet als Entdecker gefeiert?«

»Wohl kaum. Man hat uns in Masar-e Sharif höflich zu verstehen gegeben, dass wir aus Sicherheitsgründen sofort außer Landes müssen, man uns dafür bei der Ausreise aus Usbekistan unterstützt und wir tunlichst nichts veröffentlichen sollen.« Caro winkte ab. »Ist schon in Ordnung so. Ich denke, sie werden dort auch weiter nach dem verschollenen Sowjettransporter suchen wollen. Wie geht es übrigens Matthäus?«

»Den Umständen entsprechend gut. Er ist bereits in der Rehabilitation.«

Caro seufzte. »Das freut mich. Gabriel hätte es sich vorgeworfen.«

»Dazu besteht kein Grund. Matthäus ist ein großer Junge. Er hat das Risiko gekannt.« Britta schnäuzte sich.

»Eines muss man Gabriel lassen: Wir hatten eine interessante Hochzeitsreise«, sagte Caro abschließend. Schon wollte sie sich verabschieden, bemerkte aber Brittas Gesichtsausdruck. »Es ist noch etwas passiert«, stellte sie fest.

Britta nickte. »Das ist vielleicht nicht der richtige Moment – aber Gabriels Vater ist vor zehn Tagen gestorben. Völlig unerwartet. Nach einem Familienessen. Das Begräbnis war gestern. Könntest du ihm das bitte ausrichten?«

»Ja, gut. In einer Stunde fahre ich ins Spital.«

»Und noch etwas – Magda sagt, sie freut sich schon so auf ihr Enkelkind. Ich nehme nicht an, sie meint Gabriels Bruder?«

Caro biss sich auf die Lippen und nickte betreten.

»Du hättest ruhig etwas sagen können, ich dachte, wir sind Freundinnen«, schmollte Britta.

»Sind wir auch. Aber du hättest mich am Flughafen abgefangen und in der Firma eingesperrt«, erwiderte Caro.

»Und sowas von«, murrte Britta. »Dafür schuldest du mir Wiedergutmachung.«

»Was stellst du dir vor?«, fragte Caro vorsichtig.

»Ich will Patin sein.«

Caro reckte den Daumen hoch.

Britta lächelte breit. »Weißt du schon einen Namen?«

»Ich habe da so eine Idee«, antwortete Caro.

Ein paar Blätter zitterten noch am Maulbeerbaum. Umrahmt von den golddurchwirkten Vorhängen wirkte er durch das große Fenster wie ein impressionistisches Gemälde. »Der Winter kommt früh dieses Jahr«, sinnierte Tabib Cem. »Letztes Jahr sind wir Mitte November noch im Freien gesessen.« Er lehnte sich tiefer in die

Sitzpolster, sog am Mundstück einer Wasserpfeife aus rotem Glas. Höflich hatte Gabriel das zweite Mundstück genommen, als der Heiler ihn zum Rauchen einlud. Caro saß ein Stück abseits auf einem Satinsofa, nippte an ihrer Teetasse. Die dicken Teppiche dämpften alle Geräusche. Nach dem Essen hatte sich die restliche Familie zurückgezogen. Ein süßlicher Geruch breitete sich im Raum aus.

»Mein Enkel«, seufzte Tabib Cem. »Immer am Smartphone. Mit dem Kopf ganz woanders. Manchmal glaube ich, er würde sich gerne entmaterialisieren. Sein physischer Körper erscheint im als Behinderung.« Er stieß Rauch aus. » Meine Patienten werden immer jünger. Die Seele erkrankt, je mehr der Mensch seine Natur leugnet, sich von seiner Umwelt entkoppelt.«

Gabriel murmelte zustimmend. Der Heiler lächelte. »Erzählen Sie mir doch, wo Sie waren. Von den Bergen. Wenn Sie dürfen.«

Schon wollte sich Caro entschuldigen, aber zu ihrer Überraschung sagte Gabriel: »Natürlich, Tabib. Wir sind unter uns. Es bleibt unter uns.«

Der Heiler strich sich über den Bart, lächelte wissend, nickte. Und sie erzählten. Von den letzten Feueranbetern. Von der antiken Stadt und dem verlassenen Tempel der Zeitalter. Vom Frühling des Königs.

Still hörte Tabib Cem ihnen zu, seine Gesichtszüge wurden weich und versonnen. Als sie geendet hatten, sagte er: »Was für ein Fund. Wie viele alte Stätten mag es dort noch geben? Wie viele werden auf immer verloren sein? Der Schnee schwindet. Trockenheit vertreibt die Menschen. Niemand wandert mehr durch die baktrischen Berge.«

»Vielleicht ist es besser, wenn manche Orte verborgen bleiben. Menschen wollen von verlorenen Paradiesen träumen«, meinte Caro.

»Wasser ist das wahre Paradies«, sagte ihr Gastgeber. »Doch wir verschwenden es. Einmal hat unser Fluss den Aral-See genährt, heute versickert er in der Wüste. Die Zukunft der Menschen versiegt wie der Amudarja.« Tabib Cem schloss halb die Augen, horchte nach innen. »Die Dichter werden verstummen, die Krieger werden aufstehen.«

Dann schwieg der Heiler, versank in seinen inneren Landschaften. Gabriel winkte Caro stumm mit sich, humpelte ins Freie hinaus und schlug vor, ein letztes Mal zum Grenzfluss zu gehen.

Eine milchige Sonne hing im grauen Himmel. Sie wanderten schweigend die Fahrstraße entlang. Bei einer von Gabriels Krücken fehlte der Gummipuffer, jeder zweite seiner Schritte klackte metallisch. Im Wind trieben Schneeflocken. Caro blies in die hohlen Hände. Sie erreichten den Amudarja. Ein Stück flussaufwärts erhob sich ein rostiger Kran zwischen abgewetzten Containern, reckte seinen Arm zum afghanischen Ufer hinaus; ein Anlegesteg verlief sich im Fluss, am Ende schief, weil ein Steher eingeknickt war. Der Boden wurde weich, fühlte sich moosig an unter den Schuhsohlen. Caro blieb stehen. Träge breitete sich der Fluss aus, nur ab und zu verriet ein Strudel, dass in seiner Tiefe eine gefährliche Strömung verborgen war. Ein wirres Büschel trieb im gelbgrünen Wasser vorbei, der Fluss schimmerte milchig, glich einem flüssigen Opal. Im versandeten Ufer stak ein Klappsessel, halb versunken im Schlick.

Ein eintöniger Vogelruf erschallte. Die Stadt schien weit entfernt zu sein. Caros Augen folgten den Schlieren des Flusses, ihr Blick versank in den wirbelnden Mustern. Eine hypnotische Wirkung.

Gabriel sagte: »Das Wasser war schon lange da, bevor uns ein Gott erträumt hat. Es hat uns kommen sehen und es wird uns gehen sehen.«

Caro schaute ihn erstaunt an. »Tief drinnen versteckst du einen Poeten, gib es zu.«

Er grinste schief: »Verrate es niemanden. Das schadet meinem Image.«

»Indianerehrenwort«, schwor Caro und kickte einen Kiesel mit der Schuhspitze fort. Das Steinchen platschte in den Schlick.

»Wenn man mich vor einem halben Jahr gefragt hätte …«, begann er und stockte.

»Was gefragt?«

»Ob du zu so etwas fähig wärst.«

»Einen Menschen zu erschießen?«, sagte sie bitter.

»Nein. So einen Weg auf dich zu nehmen.«

»Hättest du verneint«, stellte Caro fest.

Gabriel nickte. »Und ich irre mich selten.«

»Besserwisser.« Caro stupfte ihn an.

»Willst du noch immer zu Weihnachten in die Villa?«, fragte er sanft.

»Wir werden sehen.« Gedankenverloren starrte sie zum anderen Flussufer, ein verwischter braungrauer Streifen. »Unsere Väter – sie waren schwache Männer. Sie haben uns nicht beschützt. Werden wir unser Kind beschützen können? Vor dem, was kommt?«

»Das kann ich dir nicht versprechen. Aber wir können es vorbereiten. Auf die eisernen Jahre.« Er klang ungerührt. Genauso ungerührt hatte er die Nachricht vom Tod seines Vaters aufgenommen. Er war ein alter

Mann, hatte Gabriel nur gemeint, ein tyrannischer alter Mann.

Eine Weile betrachtete Caro das träge strömende Wasser. *Oxus* wurde der Amudarja in der Antike genannt, einer der vier Flüsse, die das Paradies speisten. Wieder dachte sie an Tabib Cems Prophezeiung. Kein Engel mit Flammenschwert vertreibt uns Menschen aus dem Paradies, dachte sie bitter, das machen wir schon selber.

Sie griff in ihre Umhängetasche. »Wir sind *nicht* unsere Väter«, sagte Caro und warf das braune Tagebuch in den Fluss. Nur wenige Augenblicke schwamm es an der Oberfläche.

»Ich weiß seinen Namen«, raunte sie, griff nach Gabriels Hand, verschränkte ihre Finger in seinen. Er schaute sie fragend an.

»Torben«, sagte Caro mit Nachdruck. »Unser Sohn soll Torben Winter heißen.«

Er lächelte. »Und wenn es doch ein Mädchen wird?«

Tjuratam – 2064

Blaue Kühle eilt lautlos über die Ebene. Der Mann zieht den Reißverschluss seiner Steppjacke zu, hält die Hände ans Feuer. Tarnung ist nicht nötig, meilenweit ist er der einzige Mensch. Ein Schemen gleitet über die uferlose Steppe. Ein Schrei, der Adler landet. Sein Begleiter, ein Bote der Götterdämmerung.

Über dem Feuer tanzen Schattenrisse. Eine Rakete steigt auf. Der strahlende Schweif wirkt nah, aber der Weltraumbahnhof Baikonur ist zwei Tagesmärsche entfernt. Der Mann kommt von dort. Er hat den Ort ausgekundschaftet. Morgen wird er die Oase erreichen. Die Partisanen erwarten ihn. *Sie* erwartet ihn.

Er löst das Lederband um seinen Hals, zieht den Anhänger ab, steckt den Thorhammer in den USB-Port des Ornithopters, holt die Daten aus dem eisernen Adler.

Der Mjölnir. Er ist alles, was er von seiner traurigen Mutter noch hat. Tora, die Soldatin, die lieber eine Künstlerin geworden wäre, und die bei der Schlacht um Wien gefallen ist. Freiwillig gefallen, um den Schmerz nach dem Tod ihres Ehemannes auszulöschen.

Der Mann stochert im Feuer. Er erinnert sich nicht an seinen Vater, der ein Opfer der globalen Pandemie wurde. Ausgelöst von einem aggressiven Virus, der mit japanischen Walfängern aus der schmelzenden Antarktis eingeschleppt worden war. Japan wurde sofort unter Quarantäne gestellt, aber ein paar Flüchtlinge schafften es zu den Kurilen und weiter aufs russische Festland. Über die eisfreie Nordwestpassage und Kanada breitete sich die Infektion rasend schnell aus. Dann begannen die Bürgerkriege.

Sterne über Sterne in der Dunkelheit. Seine Augen gleiten über den Himmel. Er sucht nach Kassiopeia. Sein Großvater hat ihm die Navigation mit Sternbildern beigebracht. Und viele andere nützliche Dinge. Seine Großmutter hat ihm die Wärme gegeben, die er verloren geglaubt hatte. Und Zuversicht. Sie hatten ihn in den Trümmern der Hauptstadt gefunden und nach Wiener Neustadt mitgenommen, ihm die jung gestorbenen Eltern ersetzt. Ob seine Großeltern noch leben? Er hat seit fünf Jahren nichts mehr von ihnen gehört.

Schlagartig wird ihm die Leere bewusst. Die endlose Öde der kasachischen Halbwüste. Er summt, um sich abzulenken. In diesem Moment fällt ihm das Lied ein, das seine Großmutter ihm manchmal vorgesungen hat, wenn Drohnenalarm sie wieder einmal in den Bunker getrieben hatte. Seine Stimme tastet nach den Tönen und er singt. Zuerst leise, dann immer lauter. *Es steht ein Soldat am Wolgastrand …*

Anmerkung

Die Handlung ist rein fiktional. Ähnlichkeiten mit real existierenden Personen oder Firmen sind zufällig.
Hintergrundinfos zu Zentralasien gibt es auf: https://www.bmeia.gv.at/reise-aufenthalt/reiseinformation/

Andere verfügbare Bücher

Eine Art Mensch – Fantastische Erzählungen
Wolf Creek – Roman / Urban Fantasy
Geisterbär – Roman / Urban Fantasy
Roadrunner – Roman / Thriller
Codename Valkyrjar – Roman / SF-Thriller
Herbstfrau – Roman / Psychothriller
Nachtwort – Lyrik mit Grafiken
Eisenhut – Roman / Landkrimi
Serpentin – Roman / Landkrimi
Hüllen – Roman / Thriller
Tagwerk – Lyrik mit Grafiken

https://traumpfad.jimdo.com

Nachtrag

Als freischaffende Autorin kann ich mir leider für eigene Veröffentlichungen kein bezahltes Korrektorat leisten, daher bitte ich, alle Textfehler und Auslassungen nachzusehen. Mein Testleser, MS Word und ich haben uns redlich bemüht, alle Fehler zu finden, aber wir sind halt auch nur zwei Menschen und ein Algorithmus ☺.